# 嫉妬とか承認欲求とか、
# そういうの全部捨てて
# 田舎にひきこもる所存

## 1

# 〜登場人物紹介〜

《ディア》
街の商家の娘。
昼はラウの店で働き、家では両親から迫害される毎日を送っていたが、結婚式当日にラウとレーラに裏切られ、ジローとともに出奔する。

《ラウ》
街の最も大きい商家の一人息子であり、ディアの婚約者。誰とでも軽い調子で話すお調子者で、口が上手。

《ジロー》
ディアの家で用心棒として雇われている無精ヒゲのおっさん。隣国との戦争に参加したことがあるらしいが、その過去は謎が多い。

《レーラ》
ディアの異母妹。
天真爛漫な性格で、両
親からは蝶よ花よと可愛
がられ育てられる。

《クラト》
村で暮らすジローの幼馴染。
過去に何かあったようでジ
ローとは不仲。

《村長》
ジローの出身村の村長。
老人ばかりになった村の
将来を憂いている。

《ジェイ》
街の花屋の息子。理由はわ
からないものの、レーラに
執着しているようで……。

# 嫉妬とか承認欲求とか、
# そういうの全部捨てて田舎にひきこもる所存
# 1

# プロローグ『名前のない関係』

くつくつと煮立った鍋を火から下ろして、出来上がったスープをお皿に盛りつける。

お皿は二枚。ひとつは私の分。もうひとつは同居人の分である。お肉が好きな彼のために、そちらの皿にはお肉を多めに入れてあげる。

食卓に運んで、パンを入れた籠《かご》を添えれば今日のお昼ご飯の完成である。

私はエプロンを脱いで、馬の手入れをしている彼を呼びに外へ出た。

「ジローさーん。お昼ご飯できましたよー」

呼びかけるが返事はない。聞こえなかったかなと思い、馬小屋のほうまで歩いていくと、芝生の上に座ってくつろいでいる馬の姿が見えた。

「あれ？　馬を放ってジローさんはどこに行っちゃったの？」

と思ったら、よく見ると彼は馬のお腹を枕にしてすやすやと昼寝をしていた。馬も若干困っている様子で、私が近づくと助けを求めるようにブフッと鼻を鳴らした。

「もう、ジローさん。起きてください！」

大きめの声で呼びかけると、ジローさんはビクッと体を揺らしてガバッと上半身を起こした。馬はようやく解放されたとばかりに立ち上がって、自分で馬小屋に帰っていく。

「んあ？　あれーディアさん。どうしたのォ？」

「どうしたのじゃないですよ。馬が枕にされて困ってましたよ」

「いいのいいの。俺ら仲良しだから、馬も喜んでンだって」

寝ぐせの酷い髪を掻きまわしながら、ジローさんはいつも通り適当な返事をする。お昼ご飯ができたと告げるとようやく立ち上がって手を洗いに行った。

食卓についた私たちは、揃って食事を始める。

「おっ。肉がたくさん入ってる。うま、ディアさんの作る飯はどれも美味《うま》いよなァ」

「多めに作ったから、足りなかったらお代わりしてくださいね」

美味いから食い過ぎちゃうんだよなァと言いながらもお代わりをするジローさんを見て、自然と笑いが溢《こぼ》れる。

いつも通りの穏やかな食卓。でも少し前まで私は、こんな平和な時間を過ごせるようになるとは思ってもいなかった。嵐のような出来事に打ちのめされて、自分を見失いかけていた私に手を差し伸べてくれたのが、このジローさんだった。

「あー美味かった、ごちそう様。片づけは俺がやるからなー」

「じゃあお願いしますね。ありがとうございます」

まるで仲の良い夫婦のような会話を交わす私たちだが、一緒に住んでいるだけで恋人同士なわけでもない。それどころか、友人ですらない関係から始まって、不思議なことにこうして家族のように過ごしている。

他人から見たら、私たちは何に見えるだろう？

人買いと、買われた娘に間違われたことはある。友人と呼ぶには、お互いのことを知らなさすぎる。親子にも兄妹《きょうだい》にも見えない私たちは、自分たちでもこの関係を表す言葉が見つからない。

でも私は、この家族でも恋人でも友人でもないジローさんと過ごす時間がこれまでの人生の中で一番穏やかで幸せで、なによりも大切に思っている。

だから名称なんて必要ない。

明日も明後日《あさって》も、こうしてジローさんと穏やかな日々が過ごせればそれでいい。

それ以外、私は何も求めていない。

# 第一話『羨望と孤独』

「ディアちゃーん、ちょっとこっち手伝ってー」

「はい！　今行きます」

炊き出しの準備が終わったと思ったら、またすぐ別の持ち場に呼ばれて手伝いに行く。朝から始まった収穫祭は、夕方にある演舞に向けて佳境に入っていた。追い立てられるような忙しさに目が回りそうになる。

私は女将《おかみ》さんたちと一緒に裏方として朝から働き通しだったから、ひと段落したところで少しでもお腹に何か入れておきたかったが、呼ばれてしまったので食事は諦めるしかない。

「このあと男衆《おとこしゅう》に食事を振る舞うからね、それが終わればアタシたちも休憩できるから、もうひと頑張りよ」

顔に疲れが出ていたのか、私を呼んだ女将さんが背中を叩いて励ましてくれる。気を遣《つか》わせて申し訳ないなと思い、できるだけ笑顔でハイと返事をした。


私の住む町で、毎年行われる秋の収穫祭。

実りをもたらしてくれた大地の精霊に感謝を捧げるために行われるこのお祭りは、娯楽の少ないこの町に住む私たちにとって、とても楽しみにしている大事な行事だ。

特に若い娘は、祭りで綺麗な衣装を着て踊り子を務めるので、年頃になると皆、張り切って準備にいそしんでいる。

同じ歳の頃の娘たちが楽しそうに舞い踊る中、私は暗い舞台裏からそれを見ていた。

祭りは若い男女の出会いの場でもある。

若い男性も祭りでは踊り子のそばで捧げものの担《かつ》ぎ手となる。男たちの力強い輿《みこし》担ぎは壮観で、夜の松明《たいまつ》の灯りに照らされてとても幻想的な光景に見える。そこに衣装を身に着けた娘たちが踊り子として参加して、男女が協力して感謝の舞を捧げる祭りとなっているのだ。

この同じ年に踊り子と担ぎ手を務めた男女は、一緒に練習することが多いせいか、その後恋仲になることが多く、祭りの前からその後もしばらく若者は皆浮き立ったようにふわふわと落ち着かない雰囲気になる。

最後にその若者たちの演舞が終わったところで、朝から続いた祭りがようやく終わり、裏方の女衆は表舞台の華やかさとは程遠いところで片付けに追われていた。

少し離れたところにある舞台の周辺では、熱が冷めやらぬ様子の男女がワイワイと談笑している姿が見えた。

　頬を上気させて笑顔で語り合う皆の姿はキラキラと輝いていて、裏にいる自分がすごく遠いところにいるように思える。

　ふと見下ろすと、一日働いて薄汚れた自分の服が目に入る。汚れてもいいものを選んできたので、着古した服は余計にみすぼらしく私の目に映った。

　舞台の人々と見比べると惨《みじ》めになりそうだったので、無理やり目線を引き剥《は》がして、片づけ作業に集中した。

「ディアちゃん。ここ片づけたら終わりにして大丈夫よ。今日は疲れたでしょ」

「あ、いえ。女将さんたちのほうが忙しくて大変だったでしょうから」

　一緒に裏方作業をしている女衆《おんなしゅう》の人に声をかけられたので、羨《うらや》ましげに舞台を眺めていたことに気付かれただろうかと少し気まずくなる。

「ディアちゃんもまだ未婚の娘さんなのに、毎年裏方なんて可哀想ねえ」

　後ろから別の女将さんが声をかけてきて、かけられた言葉にドキンとするが、できるだけ動揺を表にださないよう平静を装って返事をする。

「……両親が、私は婚約者がいるからもう裏方でいいだろうって言うので……仕方がないですよね」

　彼女の言う通り、私は十八になるこの年まで祭りに参加できたことはなかった。

　未婚の若者はほぼ毎年参加しているというのに、両親は私には婚約者がいるのだから、出会いの場に娘役として参加する必要はないと言って、かならず裏方作業に回されてしまう。

妹のレーラだけを可愛がる両親は、妹を着飾らせることにばかり熱心で、多分私には衣装代がもったいないから祭りに出させたくないだけなのだと思う。

私の家は、実母が幼い頃に亡くなっていて、その後父が再婚して後妻との間にレーラが生まれた。天真爛漫《らんまん》で可愛いレーラを両親は溺愛していて、私はあの家で娘として扱われていない。

私も祭りに参加したい、と昔言ったことがあるが、必要ないの一言で終わってしまった。

「でもねえ、親なら一度くらい娘の踊り子姿を見たいと思うものだけどねえ。まあ許嫁《いいなずけ》の方の意向もあるでしょうから仕方ないのかしらね」

言外に、親に愛されていないのね、と言われているように聞こえてしまって、上手く返答ができず曖昧に笑うしかなかった。

そのうち、我が家の事情を知る人が気を遣って話題を変えてくれたので、有難く思いながらそっとその場を離れた。

家族のことも、婚約者のこともできればあまり話したくない。

私の婚約者であるラウは、まだ子どもの時分に親同士で決められた相手だった。

ラウは町で一番の商家の一人息子だ。

その女将さんに私は幼い頃に気に入ってもらえて、婚約者となった。そのラウとは、今年結婚式を挙げる予定になっている。

結婚が決まっているのだから、既婚と同じというのが両親の主張だが、町の女の子で一度も祭りに参加したことがないのは私くらいのものだ。

だから私は子どもの頃から一度もこのお祭りを他の若者と同じように楽しんだことはない。

でも、女将さんたちは優しかったし、若い子でも全員が毎年祭りに参加するわけではないので、今年は出ないという子は裏方を手伝ってくれたりする。その子たちと一緒に作業していればさみしくはなかったし、食事も出してもらえるので、皆で一緒に食べたりして、楽しいこともあった。

町の女性は、既婚者は裏方に回り、表に出ないのがしきたりだった。

女衆は、祭りの前から男衆が着る衣装を縫い、皆に振る舞う菓子や料理を前日から仕込んで、当日はひたすら配膳や片づけに追われる。

一年に一度の大切なお祭りだが、裏方は前準備も後片づけもあるのでとても大変で、ようやく祭りが終わった時にはもう疲労困憊《こんぱい》だった。

婚約者に関しては、あちらはまだ未婚の男が担当する担ぎ手となって祭りの表側に出ていた。

手が空いた時に時々祭りの様子を覗き見たが、音楽に合わせ踊り子たちと楽しそうに踊るラウはとても眩《まぶ》しく見えた。

「…………いいなあ」

舞台の上で生き生きと踊る皆の姿を見て、私も衣装を着てあの場所に立つ自分の姿を想像してみたが、上手く思い浮かばない。

……羨んでも、仕方がないことだ。

「片づけ、早く終わらせて帰ろう」

自分に言い聞かせるように独り言を呟《つぶや》いて、黙々と手を動かし続けた。

片づけが終わり、女衆もそれぞれ帰り支度を始めたので、私も荷物を持ってラウに声をかけてから帰ろうと思ったが、演舞が終わってから酒を振る舞われた男衆は酔っぱらって大騒ぎしている。

ラウもその輪の中にいて、声をかけづらい雰囲気だった。

どうしようかと悩んでいるうちに、彼らは『今日は飲み明かすぞ！』と騒がしく歩き去ってしまったので、諦めて背を向けて家に帰る道を歩き始めた。

しばらく行ってから、ふと明日は店をどうするのか訊《き》くのを忘れていたことに気が付いた。

ラウの実家は商売をしていて、その店で私は子供の頃から働いている。

祭りが終わった明日は、通常ならいつも通り店を開けるのだが、ラウが今日飲み明かすつもりなら、休業か開店時間を遅らせるかもしれない。だから私が出勤するかどうか、確認しておこうと思っていたのに、うっかりしてしまった。

やっぱり戻ってそれだけ訊いてこようと思い直し、私は来た道を戻り始めた。

男衆が打ち上げをしているであろう酒場を探して、多分大通りにある店だろうと予想してそちらへ向かう。近道するために裏路地を抜けて大通りへ向かうと、酒場が近いのか、大声で騒ぐ男たちの声が聞こえてきた。

いくつか聞き覚えのある声があったので、ああ、この酒場で飲んでいるのかと思い、店の表側に足を向けた瞬間、男たちの大きな笑い声とともに私の名前が聞こえてきたので、ギクッとしてその場に踏み留まってしまった。聞き耳を立てるつもりじゃなかったが、自分の名前が聞こえるとどうしても聞かずにはいられない。

「ラウももうすぐ結婚かー！　ディアはしっかり者だから家業は安泰だろ、なあ？」

「あー？　うっせー……耳元で叫ぶな……」

ラウは随分酔っぱらっているようで、ろれつの回らない声が聞こえてくる。

「んだよ。つまんねえな。結婚前なんだからもっとはしゃげよなあ」

「てか、ディアとの結婚が嫌なんじゃねえのー？」

からかうような声は、多分ラウの友人の誰かだった。……名前はなんだったか、思い出せない。

ただ、もともと私はラウの友人たちにあまり良く思われていなかったし、話題が自分のことだったので、ますます出て行きにくくなってしまった。

「うっせーうっせー。ガキの頃から決まっていた結婚にそんなにはしゃげるかよ。結婚式なんか、義務だ義務。あんな催《もよお》しめんどくせえだけだ」

「うわ、ひでえ。あんなに働き者の嫁さん捕まえておいて、その言いぐさ！　まーでも店のための結婚だもんなー。義務みたいなもんか」

「それにあの『ディア』だろ？　俺アイツの笑ったとこ見たことねーもん。仕事はできるかもしんねえけど、あんな冷たそうな女と一生を共にするなんてごめんだわ」

酷い言われようだったが、こういった悪口には慣れている。

仲良くもない人に言われても今更傷つかない……と自分に言い聞かせていたが、ラウの言葉を聞いて凍り付いた。

「ディアはさあ……俺を差し置いて店を仕切ってるしよ……妻ってか、母親がもう一人いるみたいで可愛げねーんだよな。仕事の話しかしねえし。俺、アイツのつまらなそうな顔を一生眺めて暮らすのかと思うと、本当に嫌になるわ……」

お前飲みすぎだろーとラウの発言を窘《たしな》める声も聞こえたが、私は聞いてしまったラウの本音に打ちのめされて、呼吸すら忘れて立ち尽くしていた。

「結婚前から母親みたいってそれはキツイなー」

「俺、母親とはヤレねーわ。ご愁傷様だなーラウ」

友人たちの下品な笑い声が耳に響いて、ようやく我に返った私は踵《きびす》を返してその場から逃げ出した。ラウの言葉が頭から離れない。

酔っぱらっていたせいだと思い込みたかったが、きっとあれは酔っていたからこそ出た本音だ。うっかり聞いてしまった自分の不注意さに嫌気が差す。


どこをどう走ってきたのか、自分でも分からないが、気づけば私は家の前に戻ってきていた。家にはまだ灯りがともっていて、両親や妹が収穫祭の余韻を楽しんでいるのかもしれないと思い、正面玄関から入る気になれず、裏口から入ろうと庭へ回った。

すると、馬小屋の前にある丸太の上に誰かが座っているのに気付き、ギクリとして足を止める。

「んあ？　誰だ……あれ、お嬢さんすか？　なんでこんなところに……」

人が来た気配に気づいたのか、こちらに目を向けてきた。その顔を見て、彼が我が家の厩番《うまやばん》を務めている男だと分かった。

ひとりで酒盛りでもしていたのか、酒の瓶を片手にだらしなく座っている。

無精《ぶしょう》ひげを生やしたこの男は、元傭兵という触れ込みで我が家の警備として父が雇ったのだが、この穏やかな町ではそれほど荒事《あらごと》があるわけでもなく、警備だけでは給金がもったいないということで、いつの間にか厩番の仕事もするようになっていた。

特に仕事熱心でもなく、むしろ昼寝をしているところをよく見かける。なぜこんなのを雇っているのかと思うが、どうやら庭木の手入れや御者《ぎょしゃ》まで頼まれればしているらしく、怠け者だがつぶしがきくらしい。

うさんくさいこの男と、直接会話をするのはそういえば初めてだ。給仕のマーサが『あの男は傭兵時代に拷問を受けたせいで、〝男〟じゃなくなったらしい』ととんでもない噂話をしていた。どういう意味か分からなくて首をかしげる私に、男性機能を失ってしまったという意味だと説明されて恥ずかしかったことを思い出し、なんとなく気まずい気持ちになる。

「ちょ、ちょっと裏口から入ろうと思っただけです。そこ通してくれますか?」

「はあ……なんでもいいんですけど、家に入る前に顔拭《ふ》いたほうがいいですよ。ヒデェ顔」

男はそう言って腰に下げていた手ぬぐいを顔に押し付けてきた。

「や、ちょっと……これ臭い……」

手ぬぐいは汚いだけでなく、なんだか臭い。

一体何を拭いた手ぬぐいなのかと、そんなものを顔に付けられたことに抗議しようとしたが、ふと濡れた感触がして、私はようやく自分の顔が涙でびしょびしょだったことに気が付いた。

「あ………あれ?　気づかなかった……あ、ありがとうございます」

泣いていることに気づかないほど、私はショックだったらしい。

親の決めた結婚だし、結婚式が近づくにつれてラウが浮かない顔をしているのも分かっていた。でもラウとは幼い頃からの付き合いで、二人で過ごした楽しい時間もたくさんあった。だから、あれほどまでに厭《いと》われているとは思っていなかった。

〝つまらなそうな顔〟

先ほどのラウの言葉を思い出すと、また涙が溢れてくる。

厩番は涙が止まらない私を見て、髭《ひげ》をじょりじょりとさすりながら困ったように唸《うな》っていた。

結局、厩番は何も言わず泣いている私を隠すように目の前に立ってくれていた。そしてもう一度その汚れた手ぬぐいで顔を拭かれそうになったので、丁重にお断りして自分のハンカチを取り出して涙を拭いた。

「……すみません、泣いたりして」

「いや、俺は別に……その、目ぇ早く冷やさないと明日腫れちまいますよ」

気まずそうに助言してくれる彼は、泣いていた理由を聞いてこなかった。単に聞くと面倒なことになりそうだとかそういう理由だとしても、泣き止むまで付き合ってくれるような人だから、気を遣って訊かずにいてくれたのかもしれないと思った。

もう一度お礼を言って家に入ろうとすると、厩番はわざわざ扉を開けてくれた。

「嫌なことがあった時は、酒飲んで寝ちまうのが一番ですよ。じゃ、おやすみなさい」

そんなことを言い置いて、厩番はさっさと扉を閉めてしまう。

「お酒飲んで寝るって言ったって……お酒なんか飲めないわ……」

言葉を向けた相手はもう扉の向こうだ。誰もいない裏口の廊下で、私はしばし佇《たたず》む。

もう頬を伝っていた涙は乾いていた。

私は居間にいる家族に気づかれないよう、そっと自室へと向かう。だが、足音を立てないように廊下を歩いていたのに、後ろから声がかけられ呼び止められてしまった。

「あれっ？　お姉ちゃん、いつのまに帰って来たの？」

「レーラ……ちょっと服が汚れていたから、裏口から入ったの。あ……今日は踊り子お疲れ様。とても上手だったわよ」

声をかけてきたのは妹のレーラだった。まだ祭りの衣装を着たままで、少しお酒も飲んでいるのか、顔がほんのりと赤くなっている。

「えへへ、ありがと。お姉ちゃんが衣装可愛く作ってくれたおかげだよ。ねえ、いまもらったお菓子食べてるんだけど、お姉ちゃんも一緒に食べようよ。なんかいっぱいもらっちゃったのー」

「あ、ううん。さっき夜食が振る舞われてたくさん食べてきちゃったからお腹いっぱいなの。ごめんね、もう疲れたから寝ちゃうわ」

そっかー、とレーラは言って、くるんと衣装の裾を翻《ひるがえ》して居間へと戻って行く。

その後ろ姿を、私は羨望の眼差《まなざ》しで見送った。

# 第二話『家族の定義』

妹のレーラと私は半分しか血がつながっていない。

半分はつながっているはずなのに、見た目も性格も全く似ていない姉妹ね、とあらゆる人に耳にタコができそうなほど言われて育った。

両親の愛情を一身に受けて、天使のように可愛く育った妹。私はいつもこの天真爛漫な妹が羨ましかった。

継母《けいぼ》は、父と結婚した当初は幼い私をとてもかわいがってくれた。私も優しくしてくれる新しい母にとても懐いていた記憶があるが、いつの頃からか私と継母は上手くいかなくなってしまった。

その原因のひとつはやはりレーラが生まれたことだと思う。

みんなに祝福されて生まれた妹は赤子の時からとても可愛らしく、両親の関心は全てレーラに向かっていった。

私はその頃、幼いながらも自分の立場というものを理解していて、前妻の子である私は両親にとって扱いにくい存在であると、なんとなく分かってしまった。

だから寂しいからと言って我儘《わがまま》を言ったりしなかったし、できるだけ継母の役に立とうと努力していたつもりだった。

だが、その頃ちょうど父の仕事が上手くいっておらず、イライラした父が母に八つ当たりをするのをよく目にした。赤ん坊だったレーラも、この時期よく夜泣きをして、家の中は常にギスギスした雰囲気だった記憶しかない。

ある時、居間のソファで母がレーラを抱っこしたまま寝入ってしまっていた。

それを見た私は、疲れた様子の母になにかしてあげたいと思って、寝ている二人にそっとブランケットをかけてあげた。

ところが、ブランケットをかけた時に腕が当たったのか、寝ていたレーラが起きて泣き出してしまったのだ。寝ていた母も驚いたように目を覚まし、火のついたように泣くレーラと、慌てる私を見ていきなり私の頬を引っぱたいた。

「ようやく寝かしつけたところだったのに！　なんで起こすのよ！　アンタはホント余計なことばっかりしてっ！　嫌がらせのつもりなの！」

「ち、違うっ、ごめんなさい。起こすつもりじゃなくて……」

大騒ぎしている声が聞こえたのか、書斎から父が顔をしかめながら現れた。

「うるさいぞ！　なにを騒いでいる！　レーラが泣いているじゃないか！　泣き止ませろ！」

「ディアがレーラを起こして泣かせたのよ！　せっかく寝付いたところだったのに！」

母の言葉を受けた父は、無言のまま私を平手で張り飛ばす。

ぶたれてもう一度、ごめんなさいと謝ると、父は溜飲《りゅういん》が下がったのか私から目を逸《そ》らし母が抱くレーラを代わりに抱っこしてあやし始めた。

父に抱っこされたレーラはすぐに泣きやみ、キャッキャと笑ったので、父と母はその様子を見て二人ともほっとしたように笑顔になっていた。

頬をさすり俯《うつむ》く私には目もくれない。

それが少しだけ悲しくて、張られた頬をぎゅっと押さえる。でも、いつもギスギスしていた父と母がひさしぶりに笑顔でいるところを見られたので、それにホッとして悲しい気持ちが少しだけ薄れていった。

両親が笑顔になってくれるなら、ちょっと痛いくらいなんてことない。そう思うようにして、笑顔の三人を眺めていた。

⁂

この出来事をきっかけに、家族の雰囲気は変わっていった。

父と母はあまりケンカをしなくなり、いつも辛そうだった母はよく笑うようになっていた。レーラもだんだん夜泣きをしなくなり、どんどん可愛く育っていく姿を見て、両親はいつも嬉しそうに二人でレーラを構って、幸せそうに微笑《ほほえ》みあう時間が増えていく。

それに比例するように、父や母の私に対する風当たりは強くなっていった。

たとえばカトラリーの使い方ひとつでも、少しでも間違うと手がはれ上がるまでぶたれる。レーラが悪戯《いたずら》して壁を汚してしまった時なども、ちゃんと妹を見ていなかったと言われ、お仕置きとして外に締め出されたりもした。

特に父がイライラしている時など、歩く音がうるさいと些細《ささい》なことで怒鳴られる。だから怒らせないように必死に言われたことを頑張って、いい子でいようとしたが、どれだけ努力しようとも、私が怒られる回数は減らなかった。

私が怒られお仕置きをされるほど、父と母の仲は良くなっていくようだった。

レーラが大きくなるにつれ、それは顕著になり、レーラがなにか悪いことをしてしまった時や粗《そ》相《そう》をした時は、父と母はレーラに対する怒りを私へと向けた。

父の事業は上向いてきたといってもまだまだ軌道に乗ったとは言いがたく、仕事のことでイライラしていることもあった。

母も、レーラの夜泣きが減って少し楽になったといっても、ちょっとしたことで泣き止まなくなったりして、疲れた顔をしているときも多かった。

そういう時は決まって、私は細かいことで激しく叱責《しっせき》されきつい仕置きを受けるはめになる。

イライラした気持ちややり場のない怒りとかをぶつける相手が、家族の中でいつのまにか私の役割になっていたのだ。

父も母も、怒鳴ったり叩いたり、怒りをひとしきり私にぶつけると気持ちが落ちつくようで、お互いやレーラには感情的にならずに笑顔で接することができるらしい。

そうやって私の家族は平和で明るくて、ケンカなどない幸せな家庭になっていった。

私を除いて、父と母とレーラは理想的な完璧な家族に見えた。家族の平和が保たれるように、怒りや不満といった良くない感情は私にぶつけ、処理する。そうすることで皆笑顔でいられる。

色々な不都合のはけ口となることが、家の中における私の役割であり、私の立ち位置なのだと、幼いころに漠然と理解した。

❀　❀　❀

集団の中で誰かひとり憎まれ役がいると、その他の人々は団結し仲よくなれるのだと、悲しいことに私は自分の家族から学んだ。

貶《おとし》めていい存在。

痛めつけていい存在。

蔑《さげす》んでいい存在。

そういう者をひとり作ることで、集団の絆は深まり、争いごとの無い関係を築きやすくなる。

決してそれが家族の正しい姿ではないのだろうが、私の家はそうやって私を憎まれ役にすることでしか均衡を保てなかったのだと、今では理解している。

たとえいびつな形でも、家族に私は必要とされているのだと思うようにして、辛い気持ちには蓋をした。いや、そうするしかなかった。

頑張っていれば、いつか家族が私を認めてくれるかもしれない。私がどれだけ家族の役に立つかを理解して、もっと必要としてくれるかもしれない。

そう、たとえ感情のゴミ捨て場なのだとしても、私は家族にとってなくてはならない存在のはずなのだと思うようにして自分を慰めた。家族に認められたいという欲求をひたすら追い求めるように、私は勉強も家の仕事も必死に頑張った。

でも、その努力も多分無駄だったんだろう。

両親は私を見ると、悪いところを探して文句を言うことしかしないし、成長した今では、妹のレーラがどれだけ私と違って素晴らしいかを比較するための存在でしかないようだった。

チリチリと嫉妬が胸を焦がす。

レーラは可愛がられて育った分、努力というものを知らない。

勉強も苦手なので、よく私が代わりに学校の課題などをやらされた。

今日の祭りの衣装も、本当は自分が着るものは女衆の修業の一環として自分で縫わなくてはならないのに、苦手だからという理由だけで私が全て作ることになった。

……私自身は祭りに娘として参加させてもらえたことなどないのに。

レーラが美しい踊り子姿で楽しんでいる姿を目の当たりにすると、一度もあの衣装を身に着けることなく独身時代を終える事実が重くのしかかってきて、今まで感じないようにしていた嫉妬心が胸を焦がした。

でも、嫉妬を感じれば感じるだけ自分が辛くなるのが分かっている。

意地でも辛いなんて思わない、嫉妬で無様な姿をさらすなんて絶対にしない。そう思うことだけが、私を支える矜持《きょうじ》だった。

＊　＊　＊

久しぶりに子どもの頃の夢を見てしまったせいで、寝起きは最悪だった。

昨日、立ち聞きしてしまったラウの言葉を思い出し、さらに暗澹《あんたん》たる気持ちになる。

目が覚めてしまったことだし、開店時間にはまだ早いがラウの店に向かう。休みなら休みで構わない。どうせ家にいても用事を言いつけられるだけなのだから。

ラウの家は輸入品を扱う卸問屋《おろしどんや》で、町では本業と別にラウのお母さんが雑貨店を営んでいる。

この町で一番大きな商店だ。

ラウのお父さんは一年のほとんどを買い付けの仕事で国内外を回っているので、問屋の在庫管理や入出荷、そして雑貨店の経営を、お母さんとラウの二人で担っている。仕事があまりにも忙しいため、以前はお手伝い程度だった私も、今では完全な従業員として毎日働いている。

店につくともうラウのお母さんが店の前を掃除していた。今日は開店で間違っていなかったようだ。やはり来て良かった。

「お義母《かあ》さん、おはようございます。あの、ラウはまだ寝ていますか……？」

「あらディアちゃん！　ずいぶんと早いのね！　昨日は大変だったんだから、もっとゆっくりでよかったのに。ラウは明け方帰ってきたからこれから寝るとこよ～。いやあね、あの子今日は使い物にならないわ」

店先でお義母さんと話していると、声が聞こえたのかラウが顔をのぞかせた。二日酔いなのか、頭を押さえて具合が悪そうな表情をしている。寝起きというより、飲み明かして今帰ってきたところのようだ。

「あーだりぃ。あ？　なんだよディア。こんな朝早くから、店手伝いに来たのか？」

「うん……あの、ちょっと話いい？　ねえ、結婚式のことなんだけど……本当にこのまま進めても、平気？　もし嫌なことがあるなら……」

昨日のラウの発言を立ち聞きしていたとは言えず、遠まわしにこの結婚を後悔していないかと聞いてみた。

「は？　細かい段取りは全部お前に任せてあるだろ。俺はそういうのよくわかんねーから、ディアの好きなようにすればいいだろ」

「いや、そうじゃなくって……あの、私でいいのかなって……」

ラウは特に変わった様子もなく、私と話をしている。でも、今更言いだせないだけで本当は私と話をするのも厭わしいのだろうか。

〝つまらなそうな顔〟

昨日聞いてしまった言葉がまた蘇って、胸がズキンと痛む。ラウはそんな私を訝《いぶか》しげに見ていたが、お義母さんがそんな彼を引っぱたいた。

「もう！　またそんな言い方して！　今からそんなんじゃディアちゃんに愛想つかされちゃうわよ。こんないいお嫁さん、ほかにいないんだから、大事にしなきゃだめよ～」

バシバシとラウは背中を叩かれて、鬱陶《うっとう》しそうにしていた。

「ちょ、二日酔いなんだからやめてくれよ。俺たちは長い付き合いなんだから、変に気を遣う関係じゃねーの。これでいーんだよ。な、ディア」

「あ……うん」

このままでいいのだろうか。ラウはこれでいいのだろうか。昨日の言葉は本心じゃないってことなのだろうか。

私の表情が晴れないのが気になったのか、珍しくラウは優しい言葉をかけてきた。

「結婚式……主役は花嫁なんだからさ、ディアがしたいようにすればいいだろ?　よくわかんないけどさ、女にとっては一生に一度の大事な晴れ舞台だっていうから、お前が納得いくように決めていいよ。心配しなくても、あとから文句なんか言わねーから」

こんな気遣うようなことを言われたのが久しぶりだったので、感動してしまった私は素直に頷《うなず》いて、たくさんの言いたかった言葉を飲み込んだ。

……きっとこれでいいんだ。

昨日はきっと男同士で飲んで、愚痴を言ってみたいだけだったんだ。この結婚を望んでくれたお義母さんのためにも、昨日のことを下手に掘り返してギクシャクしないほうがいい。

じゃあ寝るわ、と言うラウを見送って、モヤモヤする気持ちを振り切るように、私はいつもより張り切ってお義母さんと一緒に開店の準備をする。

お義母さんは仕事には厳しいが、親切で優しい人だ。人として尊敬している。

もとはと言えば、このラウのお母さんを助けたのがきっかけで、私はラウの婚約者になったのだ。


お義母さんとの出会いは、町中で貧血を起こしていた彼女を助けたのがきっかけだった。

助けたといっても、まだ幼かった私はただお義母さんの家の場所を聞いて人を呼びに行っただけなのだが、たったそれだけのことをすごく感謝してもらえて、わざわざ私の自宅にまでお礼を言いに来てくれたのだ。

この時は珍しく両親に褒められたのを覚えている。

この出会いをきっかけに、我が家とラウの家との交流が始まり、時々私がお店でお小遣いかせぎに働かせてもらったりするうちに、婚約話が持ち上がったのだ。

父は私がお嫁に行けばあちらとの商売のつながりも深くなるし、店の規模からいって我が家には利益しかない話なので、二つ返事で了承していた。

婚約の話には驚いたが、嫌ではなかった。働き者だからと言われ、自分の価値を認めてもらえたようでとても嬉しかった。

ラウとはお互い恋愛感情など持っていなかったが、向こうも特に否《いな》やはないらしく、私たちの婚約はすんなりと調《ととの》った。

ラウはこの頃、まだ結婚というものについてあまり深く考えていなかったのだろう。

それまで普通に仲良くしていたのに、友人たちが女の子と付き合ったりする年頃になると、ラウは急激に私に余所余所《よそよそ》しくなった。

恋愛もせず、親の決めた相手と結婚して一生を共に過ごさねばならないことの重大さに、成長するとともに気づいてしまって、今更ながら不満に思うようになったらしい。

それでも彼はこの結婚を止《や》めるとは言いださなかった。いや、言いだせない状況になっていたというのが正しいだろう。

なぜなら、私は店で重要な働き手になっていたからだ。

長く働くうちに、経理や仕入れ管理まで担当するようになっていて、私が抜ければお義母さんとラウだけでは店は回らなくなるくらい多くの業務を担っていた。

それに、いずれ嫁になると決まったからか、給金ももらっていなかった。

今更この結婚を止めるには問題があり過ぎるところまで来ていたのだ。

多分そのことをお義母さんに言われていたのだろう。ラウは不満そうな顔は見せるが、決定的に私を遠ざけることはなかった。

個人的な感情と、店を天秤にかけて、ラウは我慢するほうを選んだ。

この結婚は二人だけの問題ではない。今更止めたらたくさんの人にも迷惑をかける。

……だから、これでいいんだ。

ラウの言った言葉は、聞かなかったことにするのが一番いいんだ。

そう思って、自分を納得させ、ラウの不満にも自分の胸の痛みにも全て気づかない振りをして、式の予定日が近づくなか、私は淡々と結婚の準備を進めた。

❀　❀　❀

――――そして迎えた結婚式当日。

この日ばかりは私が主役のはずなのだが、朝早くから会場の準備に駆けまわっていた。

教会の隣にある広場で、結婚の宣誓が終わった後にささやかな祝賀会を開くのが習わしとなっている。

本来は、家同士が決めた結婚の場合は、両家の親が場所を用意して人々を招くものなのだが、私の両親は私のために動いてはくれないので、お義母さんだけに負担をかけるわけにもいかず、私が会場の準備からやらざるを得なかった。

招待客の確認と受付の準備が終わると、私も自分の準備に取り掛からねばならない時間になっていた。

急いで控え室へと向かい、この日のために準備した婚礼衣装に着替えなければいけない。

忙しくてラウとは朝からほとんど会話もできなかったが、もう着替えを済ませているころだろう。

私も急がなくちゃと思いながら、控え室になっている部屋のドアを開こうとした時、隣の衣装部屋のドアの向こう側から、男女のうわずった声が聞こえてきて、心臓が凍りつく。

「あっ、ラ、ラウッ！　好きっ！　ラウ好きなのっ……」

「ああ、レーラ！　俺だって！　レーラ、レーラッ！」

聞こえてきた声に、体が凍り付いて動くことができない。

…………嘘でしょう？

事実を認めたくなくて、思考が停止しそうになるが、聞こえてくる声を耳から遮断することはできない。ドアの向こうで女性と睦《むつ》みあっているのは……これから結婚する相手であるラウだ。

そして、信じたくないが、その相手は私の妹のレーラだ。

ドアノブにかけた手がブルブルと震えて力が入らない。呆然として、動くこともできず棒立ちになっていると、後ろから明るい声がかけられて文字通り飛び上がってしまった。

「あらら！　ディアちゃんまだそんなカッコして！　突っ立ってないで、早く着替えないと！　なにやってるのー」

私を探しに来たのか、いつの間にか真後ろに居たお義母さんが止める暇もなく衣装部屋のドアを開けてしまう。

「ホラ早く支度しなきゃ！　招待客の皆さんも…………ひっ、きゃあああああ！」

ノックもなく開けられた扉の向こうには、私の婚礼衣装を羽織った半裸のレーラと、ズボンをずり下ろしてみっともなくお尻を晒《さら》したラウの姿があった。

お義母さんの絶叫でこちらに気付いた二人は、抱き合った体勢のまま目を丸くしている。

疑いようもなく、明らかに情事の真っ最中だ。

「ああ……最悪だわ……」

私は現実逃避するように手で瞼《まぶた》を覆った。

「なっ……なに……アンタたちは何をやっているの――――！　この馬鹿っ！　早く離れなさい！

何考えてるのよ！」

我に返ったお義母さんが、聞いたこともないような怒声をあげた。

それからのことは悪夢としか言いようがない。

お義母さんの叫び声でたくさん人が集まってきてしまって、身を隠す暇もなく二人のあられもない姿を皆に見られてしまい、招待客の人々にも状況を知られてしまった。

控え室は、中腰でズボンを穿《は》こうとオタオタとしているラウを捕まえてバシバシと殴るお義母さんと、半裸を皆に見られて泣き叫ぶレーラとで大混乱に陥っている。

ラウを殴っていたお義母さんが、婚礼衣装を羽織ったまま震えているレーラに目をやり、腕をつかんで引き起こした。

「アンタも！　姉の結婚式でなんてことしているの！」

頬を張ろうと手を振り上げた瞬間、レーラがとんでもない言葉を叫んだ。

「乱暴しないで！　私、妊娠してるんだからぁっ！　お腹にラウの赤ちゃんがいるのっ！」

レーラが投下した爆弾発言のせいで、もう完全に結婚式どころではなくなってしまった。

泣き叫ぶレーラと、怒り狂うお義母さん。ラウのお父さんは騒ぎをきいて駆け付けてから、ずっとラウを殴り続けている。

私の両親はおろおろとしながらレーラをなだめている。

主催者側で動こうとする者がいなかったので、しかたなく私は、もう集まってきてくれていた招待客の人々に結婚式は中止になったと頭を下げて回る。

教会の司祭様にも事情を伝え、準備をして待っていてくださったのにこんなことになってしまって申し訳ないと、ただ謝ることしかできなかった。

司祭様は、多くを訊《たず》ねなかったが、私を慰めるようにそっと背中を撫でてくれた。

帰って行く招待客は皆、大体の事情を察しているのか気まずそうに会場を出て行く。友人たちは物問いたげにしていたが、私が無表情のまま頭を下げているのを見ると、結局何も言わずに帰って行った。皆の痛ましそうな目が辛くて、私は顔を上げることができなかった。

からっぽになった会場で、独りで片づけに取り掛かる。誰かに手伝ってもらえばよかったのかもしれないが、あまりにもみじめで一人になりたかった。

今日のために準備した花や飾りが全てゴミになっていくのを見ると、どうしようもなく苦しくなった。だが今日中にこの場所を片づけなくてはいけない。今は何も考えないようにして、私は黙々と作業をした。

片づけが終わってもまだラウたちは姿を見せない。

まだ控え室にいるのかと思ってそちらに向かうと、そこにはもう誰もいなかった。

会場にある部屋を全て回って探したが、私の両親も、ラウの両親も、ラウもレーラもいなかった。

「……帰っちゃった、のかな」

私が片づけをしているうちに、彼らもすでに帰ってしまったようだった。誰も私のことを気に留めなかったのだろう。

衣装部屋には、私が着るはずだった婚礼衣装がぐちゃぐちゃに踏み荒らされた状態で、床に広がっていた。

花嫁が着る婚礼衣装は、花嫁が全て仕立てて、友人やお世話になった人たちにも一刺しずつ刺してもらって皆の祝福をもらう風習がある。縁のある人に、一刺し、一刺し気持ちを込めてもらうのだ。

いろんな人の許《もと》へ衣装を持って回るたび、『おめでとう』や『幸せに』と祝福の言葉をもらったのに、その気持ちのこもった婚礼衣装はもう着られない。

よりによって、レーラはそれを羽織ってラウと抱き合っていた。

ラウとレーラはいつからあんな関係になっていたのだろう。あんな真似をして結婚式をぶち壊すくらいなら、もっと早く言ってくれればよかったのに。

汚れて踏みつけられた婚礼衣装は、まるで今の私の気持ちを表しているようだった。

# 第三話『地獄と孤独』

家から乗って来た馬車は見当たらなかったので、仕方なく歩いて家に帰る。

……これからどうなるのだろう。

恐怖にも似た不安が押し寄せてきて、家に帰るのが辛かった。

家に帰ると馬車が二台停まっているのが目に入る。ラウの両親も私の家に来ているのだろう。

ドアを開けると、父と母の媚《こ》びるような高い声が聞こえてきて、ああ、なにか話し合いの決着が付いているのだなと察しが付いた。

物音で私が帰ってきたことに気付いた父が、廊下に飛び出してきて、すかさず怒鳴りつけてくる。

「ディア！　お前はこんな大変な時にどこをフラフラほっつき歩いていたんだ！　早く客間へ来い、お前にも話がある」

どこって、会場にずっといたのだがと心の中で思ったが、口答えすると殴られるので黙ったまま父の後ろについて客間へと向かう。

客間には来客用の大きいソファにお義母さんだけが座っていて、少し離れた小さいソファにはラウがレーラと肩を寄せ合って並んで座っていた。

部屋を見回すが、ラウの父親の姿が見当たらない。

ソファ席でお義母さんが主体となって話し合いをしているところを見ると、父親はこの場にきていないようだ。

義父となる人とはあまり接点がなかったが、店のことや倉庫の管理など全部お義母さんに任せきりで、自分は買い付けと称して一年のほとんど家を留守にしていた。それなのに、たまに帰ってきた時は卸業《おろしぎょう》と店の帳簿を出させて、売り上げや経費についてしつこいくらい問い詰めてくるので、正直好きにはなれなかった。

普段お義母さんに任せきりなのに、文句だけを言うなんて無責任な人だなという印象だった。

確か結婚式の会場にはいたはずなのに、この場にいないということは……息子のために格下の者に頭を下げることになるのが嫌で妻に押し付けて逃げたのかもしれない。

ラウとはあまり関係がよくなかったし、久しぶりに帰宅してもラウとは会話もないような状態だったから、そんな息子のために下げる頭はないと言いそうだななどとぼんやり考えていた。

ちらりとラウを見ると、こちらを見ないくせにキョロキョロ目線を彷徨《さまよ》わせていて、こちらも逃げられるものなら逃げたいと思っていそうな顔をしていた。

静まり返る居間で、父が演説でもするように話し始めた。

「ディア、レーラはお前に遠慮してずっと言いだせなかったらしいが、以前からラウ君のことが好きだったんだそうだ。でも、ラウ君は家の都合でディアと婚約をしていたし、式の準備も進んでしまっている。ずっと気持ちを秘めて悩んでいたと言っていた。我が家としても良い縁だと思って、ディアをラウ君の婚約者にしてしまったが、家の都合だけで好き合っていない同士を結婚させるなんてやはりすべきではなかったのかもしれない。それは父さんの過ちだ」

父は悲しげに首を振りながら、妙に芝居がかった様子で大仰《おおぎょう》に両腕を広げて喋っている。

子どもができるような関係になっていたのなら、全然気持ちを秘めてなどいないだろうと思ったが、口には出せない。

「結婚は、やはり愛し合う二人が誓い合ってするものだ。結婚前に大切な娘を傷物にされて、正直、もろ手を挙げて大賛成というわけにはいかないが、レーラのお腹には新しい命がいる。ここはもう、レーラとラウ君の結婚を許すしかないだろう。ディアも別にラウ君と恋仲であったわけでもないのだから、構わないだろう？　縁がなかったと思って、結婚は諦めなさい」

にっこり微笑みかけているつもりなのか、歪《ゆが》んだ笑みを浮かべる父に吐き気を覚える。

……ああ、結局そういうことか。

既に冷え切って凍り付いていた心が、私の中で音を立てて崩れていった。

両親は絶対レーラを優先すると思っていたが、こんな風に裏切られた私を、父は少しも慮《おもんぱか》ってくれなかった。でも、ラウのほうは、お義母さんはそれでいいと了承したのだろうか。一縷《いちる》の望みをかけてお義母さんを見るが、目が合うとあからさまに逸らされてしまった。

それで、分かってしまった。

ラウの両親は、ラウとレーラを結婚させることを許したのだ。お義母さんは、従業員にも私にもいつも公平に接してくれて、筋が通らないことは決してしない人だった。だからこんな理不尽な話をそのまま受け入れるとは思っていなかった。

でもこの人は、問題解決のための方法として、うちの両親と同じようにすべての不都合を私に押し付け、切り捨てることを選んだのだ。

お義母さんに見捨てられたと分かった瞬間が、これまでのどの仕打ちよりも堪《こた》えた。息子の婚約者という立場以上に、店の従業員として私とお義母さんは協力し合って信頼関係が築けていたつもりでいたし、この場において私を擁護してくれる人がいるとしたら、お義母さんだけだと思っていた。それはただの幻想だったのだと分かって、打ちのめされてしまった。

「……じゃあ、私は用済み、ということですか」

絶望的な言葉を呟くと、とりなすようなお義母さんの声が聞こえてくる。

「ディアちゃん！　ラウのことは……本当にごめんなさいね、ディアちゃんに対してあまりにも不誠実だけれど、レーラさんを妊娠させておいて、男として責任をとらないわけにはいかないから……二人を結婚させるしかないの。お願い……分かって頂戴。でもディアちゃんが用済みなんてそんなことないわ！　ディアちゃんはウチの店に欠かせない大切な人なのよ！」

大切、だなんて甘い言葉も、残酷な現実の前には何の意味も成さない。黙っていると、お義母さんはひとつ提案なんだけどと勝手に話を続けた。

「だからね……ディアちゃんさえ良ければ、正式にウチの店で働いて欲しいの……。あっ！　もちろん経営側の人間としてね、お詫びも兼ねてあなたに利があるように取り計らうから安心して。まあでもいきなりそんなことを言われても、まだ気持ちの整理がつかないでしょうから、落ち着いたらまた話し合いましょう？　仕事はそれまで休んでていいから。ね？」

一瞬何を言われているのか理解できなかった。

それは、ラウとレーラが夫婦になって継いだ店で、従業員として働くということだろうか？

結婚式に浮気をされて破談となった私が、元婚約者と浮気相手の妹の下で、働く？

一体なんの冗談だ。

その提案を受けて、私が喜ぶとでも思ったのだろうか？　なんの蟠《わだかま》りも無く働けると思っていたのか？　どんな気持ちでその提案をしてきたのか、本当に理解ができない。

あまりにも心無い提案に絶句していると、イライラしたように父が口を挟んでくる。

「おい、なにを黙っているんだ。せっかくあちらのご両親がお前の今後について考えてくださったんだ。お前も、本来なら将来が約束されていたのに、いきなり仕事を失うのは辛いだろうからな。ちょうどいいじゃないか、レーラもお前を追い出すような真似はできないと言うし、赤ん坊が生まれれば手伝いが必要になるのだから、姉のお前がそばに居れば助かるだろう」

いい考えだといわんばかりの父。それに追従するように、母も私にいつもは見せない媚びたような笑顔を向けてくる。

「いいわよね、ディアはやっぱり結婚とか向いてないと思うのよ。職業婦人として生きていくほうが性に合っているんじゃない？　ねえ、レーラのお腹が大きくなる前に式をあげなくちゃいけないから、急がなきゃいけないし、あなたが助けてあげなさいよ。婚礼衣装も、一度縫っているから手順がわかるし簡単でしょう？　妊婦に負担をかけられないんだから、あなたができるだけ作ってあげなさい」

踏みつけられ、ぐちゃぐちゃになっていた私の婚礼衣装。

祝いの模様を刺繍《ししゅう》するのにとても時間がかかって、寝る間を惜しんで作ったのに、一度も袖を通すことなくゴミになってしまった。

その私に、レーラの婚礼衣装を作れと言う。

本気で言っているのか？　そんなことを言われて私がどう思うか分からないのだろうか？

ぐるりとこの場にいる人々をゆっくり見回すが、誰もこの提案が間違っているとは思っていないようで、特に反論の声は聞こえてこない。

誰かひとりでもいい。それはおかしいんじゃないかと一言言ってほしい。ほんの少しでいいから、私を気遣うそぶりを見せてほしい。

わずかな期待を込めて全員を見るが、声を上げてくれる人はひとりもいなかった。

……私のことを気にかける人は、ここには誰もいないんだ。

それを思い知らされて、それまで持ちこたえていた気持ちの糸がプツリと千切れてしまった。

「……お断り、します。私には無理です。なにもかも、無理です」

それだけ言って、背を向けて部屋を出た。

後ろから父の怒鳴る声が追いかけてきたが、ラウのお義母さんがなだめる声が聞こえたので、そのまま私は自室に駆け戻った。

そうして扉の前に本棚を倒して誰も入って来られないようにして、ベッドに突っ伏した。

悔しさと惨めさでやり切れず、頭をベッドに打ち付ける。

どうしてあんな残酷な提案ができるのだろう。どうして誰も、私が傷ついていると思ってくれないんだろう。どうして……どうして……。

自問自答する私に、もう一人の自分が嘲《あざけ》りながら答える。

――どうしてって？　そんなこと分かり切っている。答えは簡単。私が彼らにとって大切な人間じゃないからだ。

大切じゃない、どうでもいい存在の人間が、傷つこうと悲しもうと、それこそ彼らにとってはどうでもいいことだ。

私は……家族に愛されていないのがわかっていたから、だからこそ誰かにとって少しでも必要とされる人間になりたくて、色々なことを我慢して、耐えて、努力し続けてきたつもりだった。

でもそんなのはただの自己満足で、彼らには少しも届いていなかった。

なんの意味も無かった。彼らにとって私は気に掛ける価値もない人間だった。

「私は彼らに、少しも大切に思われていなかったんだ」

便利で使い勝手がいいだけの存在だった。気づきたくなかった、そんなこと。

「私、なんで生きてるんだろ……」

たとえ今、私が死んだとしても、誰も悲しまないし惜しんでもくれない。形式的に葬式をおこなって、儀礼的に弔《とむら》って、それで終わり。

そのうち私という人間が存在したことも忘れてしまう。彼らは私がどんな気持ちでいたのかも、どれだけ悲しんだかも少しも知らずに幸せに暮らすんだろう。そして思い出しもしないんだ。

私は頭をぐちゃぐちゃにかきむしって、何度も何度もベッドに頭を打ち付けた。

心の中に黒い気持ちがムクムクと湧き上がってくる。

暴力的な衝動が腹の底から溢れ出る。

――なにもかも滅茶苦茶にしてしまいたい。

ずっと私を虐《しいた》げ続けてきた家族も、給金の要らない使用人として使い捨てたラウのお母さんも、私を切り捨てて妹と幸せになろうとしているラウも、一番私が傷つく方法で結婚式をぶち壊した妹も、なにもかも、全てめちゃくちゃに壊してしまいたい。

私の居場所でなかったこの家も、私の大切な人になってくれなかったラウとラウの家族も、みんな全部消えてなくなればいい。

なにもかも消えてしまえ、二度と私の瞳に映らないように、消えてしまえ、消えてしまえ、消えてしまえ………。

真っ暗になった部屋の中で、私はふらりと立ち上がって、窓から外へ出た。

いつの間にか真夜中になっていて、屋敷の灯りも落ちていた。両親もとうに床についているようで、辺りはしん、と静まり返っていた。

闇色に染まる我が家を仰《あお》ぎ見て、思う。

生まれた時からずっと過ごしている我が家を見ても、楽しかった思い出が何も浮かんでこない。

その事実に自嘲的な笑いがこみ上げる。

傷つけられ厭われ蔑まれた記憶がつまったこの家を消し去ってしまえば、この苦しい気持ちも少しは楽になるのだろうか。

「……こんな家、燃やしてしまおう」

考えるより先に、するりと言葉が口から零れ落ちた。

そうだ、どうしてもっと早くそうしなかったのか。もっと早く燃やしておけばこんなにも傷つかずにすんだのに。

そうしよう！　きれいさっぱり燃やして消してしまおう！

そうと決めてしまえば気分がすごく高揚して、急に気持ちが楽になった。黒い感情に突き動かされるように、私は家の裏口へと向かう。

「なぁんだ、こんな簡単なことだったんだわ。なにもかも燃やして、全て消してしまえばよかったんだ。そうすればきっとすっきりする！　ああ！　なんで今まで思いつかなかったのかしら！」

沸き上がった激情で体がウズウズする。早くしなくちゃと気が急《せ》いてじっとしていられない。

異様な高揚感に頭がしびれて、今自分が何をしようとしているのか理解しないまま、操られるように私は走り出した。

勢いよく飛び出した次の瞬間、なにかに体当たりして、その反動で転んでしまった。

「きゃあ！」

「いてっ！　あ、すんませ……ってぎゃあああ！　お、おばけ──────！」

ぶつかった相手が一瞬誰だか分からず、目を凝らしてそちらを見ると、目があったとたんに相手が叫び出した。

「ヒエェェ〜！」

気持ちの悪い叫び声をあげて後ろに転がったのは、先日会った厩番だった。

こんな夜中に人に会うとは思わなかったから、私もびっくりしたが、男は私をおばけと見間違えたらしい。いい大人がみっともなく悲鳴を上げている姿は驚くほど滑稽《こっけい》だったので、ポカンとして何も言葉が出てこなかった。

この男、本来は警備で雇われたのではなかっただろうか。おばけと私を見間違えて怯《おび》えるなんてどう考えても役立たずなのだが。

「ひいやああ……って、あれ？　ん？　お嬢さん？　こんな真夜中になにしてんですか。うわ〜もうびっくりしたぁ」

「なにって……あなた、警備の人間が、そんな怖がりで仕事になるの……？」

「いや、いやいやいや、だって髪ボサボサでそんな鬼のような形相してるからぁ、おばけにしか見えなかったんですよ。お嬢さんこんな夜中に一体どうしたんですか……？　毒でも飲まされて殺された死体より酷い顔してますよ？　言っちゃアレですけどすげえブスになってますよ。いやあお嬢さんのそんなブス顔みたくなかったぁ……」

「ブ、ブス……⁉　普通、面と向かってそういうこと言いますか⁉　こんな顔で悪かったわね！　生まれた時からこういう顔なのよ！　だから親にも婚約者にも愛されなかったんじゃない……どうしろっていうのよ……私だってレーラのように可愛らしく生まれたかったわよ……っ。なんなのよぅだれもかれも！　私だって……っ！　私だってぇ……」

あまりの言われように、ずっと我慢していた涙が溢れてくる。ラウの浮気現場を見てしまった時も、誰にも顧《かえり》みられなかった時も泣けなかったのに、こんなタイミングで泣くなんて。

声をあげて泣く私を見て、男はまずいと思ったのか、慌てて言い訳を始める。

「あわわわ……違いますよ、そうじゃないですって、逆ですよ。いつものお嬢さん、すげえ美人でシュッとしているから、あ～目の保養だなあって思って眺めていたんです。それが今まで見たこともないようなおっそろしい形相で髪振り乱してたから、俺ショックで……あんな綺麗な顔してても、人ってこんなブスになれるんだなあって驚いちゃっただけですよ～ほら、窓に映った自分の顔見てみてくださいよ！　いつもと違ってすげえブスだから」

「ちょ、ちょょっとブスブス言い過ぎ……」

男に窓を指し示され、つられてそちらを見ると、幽鬼のような女が月明かりに照らされてガラスに映っていた。

それが自分だと認識するのに多少の時間を要するほど、普段見慣れていた自分の顔とはかけ離れていた。ギラギラと血走った目を吊り上げて泣いている恐ろしい姿。髪はぼさぼさになっていて、鬼のような形相と相まって恐ろしいことこの上ない。

ブスどころではない、これじゃまるで化け物だ。厩番が飛び上がって驚くのも無理はない、自分だってこんな人間に夜中に遭遇したら叫び出すに違いない。

「……うわ……なにこれ……酷い顔……」

「そうでしょ？　恨みつらみで墓場から蘇った死体みたいな顔でしょ？　心臓止まるかと思いましたよ～。こんな真夜中にウロウロして。なんかあったんすか？　つうか、俺……厠《かわや》に行くとこだったんだ。あ、やべ、漏れそう。ちょ、ちょっと待っててください、すぐ戻るんで」

厩番は突然焦り出して、私を馬小屋の隣にある汚い小部屋に押し込んだ。

反論する間もなく押し込まれて扉を閉められてしまう。

部屋を見回すと、小さな炊事場と、汚いテーブル。そして木箱を連ねて作ったような簡素なベッドがあった。どうやら厩番はここで寝泊まりしているらしい。隙間風が入ってくるこんな粗末な小屋で、あの人は暮らしているのか。

どうしたらいいのかと逡巡《しゅんじゅん》したが、部屋に戻る気にもなれず、仕方なくベッドの端っこに腰かけて厩番の帰りを待つ。

「あ〜すっきりしたぁ〜。あ、お待たせお嬢さん！　ちょっとは落ち着きました？　あ、わりーね、部屋寒かったでしょ」

ほどなく厩番が戻って来たが、その手にはどこから持ってきたのか酒瓶と燻製《くんせい》肉の塊がある。

……ウチの台所からくすねてきたのではないだろうか。いや、他に保管場所があったと信じたい。

そして男は、まだ消していなかった火壺に鍋を載せ、葡萄《ぶどう》酒を温めはじめた。

棚の上に乱雑に置いてある瓶の中からシナモンと蜂蜜を取り出し、テーブルに転がっているオレンジの皮を剥《む》いてぽいぽいと鍋に放り込み、なんとホットワインを作ってくれた。

テーブルに置きっぱなしになっていたカップにホットワインを入れて、私の前に差し出してくる。

「ほい。まだ死人みたいな顔色してるから、少し温まったほうがいいですよ」

「あ、ありがとう……」

カップの縁は欠けているし、置きっぱなしになっていたから洗ってあったのかも分からない。でもせっかく私のために作ってくれたものだし、なんだかとても美味《おい》しそうに見えたので、私はためらいながらも口をつけた。

「……美味しい」

厩番が作ってくれたホットワインは驚くほど美味しかった。

ちょっと甘すぎるくらいなのかもしれないが、その甘さがからっぽの胃に優しく沁《し》みて、心まで温まるようだった。

二口、三口と飲んでいると、お腹に温かいものが入ったことで、急激に空腹を感じて胃がきゅっとなった。それと同時にお腹が小さくくぅと鳴る。

そういえば私は朝から今まで何も食べていなかったということに気が付いて、そっと胃のあたりを撫でていると、それを見越したかのように厩番は燻製肉をナイフで切って渡してくれた。

「ホレ、食べなぁ？」

「……あ、ありがとう、いただきます」

もそもそと燻製肉を食べながらホットワインを飲む。

肉のうまみとホットワインの甘さが五臓六腑《ごぞうろっぷ》に染みわたるようで、冷え切っていた手足にも温かさが戻ってきた。

ふと見ると、私の手のひらは爪が食い込んだあとが残っていて、血がにじんでいた。

人心地がついた頃に、酒を瓶ごと呷《あお》っていた厩番が今日の天気でも訊くかのような気軽さで話しかけてきた。

「そんで、お嬢さんはなんかあったわけ？　おいちゃんに話してみ？」

厩番はニヤニヤしながら面白そうに私を見る。全然親身に話を聞こうって気はなさそうだ。

思えば私はこの時、ホットワインに残った酒精《しゅせい》でちょっと酔っていた。

こんなよく知りもしないうさんくさい男の部屋に上がり込んでベッドに座っているなんて、普段の私だったら有りえない迂闊《うかつ》さだ。

だが、身近な人にことごとく裏切られた私は、赤の他人と一緒にいるほうが楽だった。

「……なんかあったなんてもんじゃないです。もう、なにもかも嫌になって……」

「そうかい。まあ俺で良けりゃ聞いてやるから、すっきりするまで話したらいいですよ」

厩番は酒を飲みながら軽い調子で言う。

その軽くてどうでもよさそうな態度に気が楽になって、私は今日起きたことからポツポツと話し始めた。


一旦話し始めると、堰《せき》を切ったように次々言葉が溢れて止まらなくなってしまった。

酔った勢いで、ラウが本当は結婚を嫌がっているのを聞いてしまったことに始まり、今日結婚式でラウと妹が浮気をしていたこと、妹が妊娠していること、そして私の家族とラウの家族は二人の結婚を認めてしまって、誰も私のことなど顧みなかったことなどを、一気に喋った。

それを聞かされている厩番は、酒を飲んで肉を摘まみながら、『へー』とか『あらー』とか『そりゃひでえ』などとかなり適当なあいづちを打って笑っていたが、それでも一応話を聞いてくれていた。

多分ほとんど聞き流していたんだろうけれど、その適当さのせいで、『もっとちゃんと聞いて！』とムキになって、これまで親に虐げられてきたこととか、ラウの店では無給で働いていたのにこの仕打ちなどと、愚痴とかもふくめ、洗いざらい喋ってしまった。

　多分私は相当酔っていた。厩番の作ったホットワイン、酒精は全然飛んでいなかったと思う。

「……それでね、もうなにもかもイヤになって、こんな家燃やしちゃおうって思っちゃって……なんでだろう？　頭おかしいよね？　私どうかしてた……って、ねえ、聞いてる？　今ちょっと寝てなかった？　ねえ、あなたが訊ねたんだから最後まで聞いてよ。だから寝ちゃダメだってば……」

「うーん、うん、聞いてる聞いてるすげー聞いてる。あれでしょ？　婚約者が尻丸出しにしてて面白みっともなかったって話でしょ？　一生言われるよねそれ。男として一番恥ずかしいやつだわー。結婚式に衣装部屋で浮気とか、なんか背徳的なカンジがして、ちょっとのつもりが尻を出すほど盛り上がっちゃったんだろうねー」

「違うわよ！　確かにみっともないって思ったけど、今お尻の話はしてない！　だからねぇ……私……ええと、なんだっけ……ねむ……」

「あーお嬢さん今日は色々あって疲れてんでしょ。疲れた頭で色々思いつめるからおかしなこと考えるんですよ。とりあえず休んだらどうすか？　よく寝たら気持ちもスッキリしますって。ホラホラ、ねんねしなー」

「ん……この枕、臭い……」

「あーおっさん臭いすか？　まあ慣れればイイ匂いですよ。はい、おやすみなさい」

　こんな臭くて硬い寝台で寝られるわけがないと言おうとしたが、本当に疲れ切っていたらしく、瞼を閉じると気絶するようにあっというまに眠ってしまった。

❀　❀　❀

目が覚めて見知らぬ天井が目に入り、一瞬自分がどこにいるのか分からなくて混乱しかけたが、でもすぐに『あ、厩番の部屋だ』と思い出す。

音を立てないようにそっと体を起こした。

外はまだ夜が明ける前で、空が白み始めたばかりのようだった。

部屋を見回すと、厩番は床の上で酒瓶を枕にしていびきをかいて眠っている。

私がベッド（と呼ぶには粗末すぎるが）を占領してしまったからだ。そしてよくよく思い出してみると、酔いに任せ、とんでもない愚痴を聞かせてしまったような気がする。

なにをやってるのかしら私は……。

「でも……あの時、この人にぶつかってよかった……」

厩番にぶつかる前、本気で家に火をつけようとしていた。冷静になってみると、なんて恐ろしいことを考えていたのかと怖くなる。

そんなことをしたら、寝入っている両親やレーラも、お腹の赤ちゃんまでも殺してしまうかもしれないのに、あの時はそんなこと気にかけもしなかった。

なにもかも滅茶苦茶にしたいという破壊衝動に突き動かされていて、厩番に会わなければ本当に実行していたかもしれない。

冷静になった頭で考えると、自分のしようとしていたことが信じられない。でもあの時はそれがいい考えのように思ったのだ。そんなわけないのに。

自分がしようとしていたことなのに、恐ろしくて私は自分の身を抱いてぶるりと震えた。この男が、私の顔が鬼のような形相だったと言ったのは真実だった。

確かにあの時、私は鬼になっていた。

人はこんなにも簡単に常識とか良心とかを忘れてしまえるものなんだ……。

本当に、そんなことにならなくて良かったと、心の底から安堵《あんど》する。

はぁ、と私が深いため息をつくと、声が聞こえたのか厩番がビクッとして目を覚ました。

「んあ……？　あっ、いてて寝違えた……あ、お嬢さんおはようございます」

「おはようございます。あの、ベッド占領してしまってごめんなさい。それと、昨日は……色々ありがとうございました」

「んー？　ああ、いーですいーです。俺の臭い枕に顔を擦り付けてスヤスヤ眠るお嬢さんを見れて得した気分なんで。うん、よく寝られたみたいですね、顔色もいい。いつもの綺麗なお嬢さんに戻ってますよ」

「そ、そうですか……？」

綺麗なお嬢さん、と言われちょっと戸惑ってしまう。が、厩番はあくびをしながら喋っているので、適当に言っているだけとは分かっている。寝起きで髪も顔もぐちゃぐちゃのはずなのだから、綺麗なわけがない。

「んで、なんでしたっけ？　昨日の話ですけど、元婚約者さん。レオ君？　エロ君？　とかでしたっけ。なんならお嬢さんの代わりに、顔面ボコボコにしてきましょうか？　んー特別に銅貨三枚で引き受けちゃいましょう」

「レオでもエロでもなくラウよ。そんなことしなくていいですよ。あなたそんなことしちゃったらさすがにウチの厩番をクビになりますよ」

「あーいいんです。そろそろここも辞めようと思ってたんで。それより本当にいいんですか？　このまま何も報復しないで、妹さんとの結婚を祝福するつもりですか？　前歯の二本くらい折って間抜けなツラにしてやれば、ちょっとはすっきりすると思いますよ～」

妹との結婚、と言われ、それを考えるとまた黒い気持ちがムクムクと湧き上がってくる。

あんな風に裏切って私を傷つけた二人が、なにごとも無かったように結婚式をあげて幸せになるなんて、どうしたって許せるわけがない。祝福なんて、それこそ死んでも無理だ。

私が着られなかった婚礼衣装を着て、結婚式をあげる二人を目の当たりにしたら、やっぱり正気でいられる自信がない。

だからといって、厩番に頼んでなにか報復をしてしまったら……きっと私は止まれなくなる。

昨日の夜のように、黒い感情に身を任せて一線を越えてしまったら、もう常識も良心もなにもかも私は失くしてしまうと思う。

見ているからツラいんだ。

言葉を交わすほど、私は傷つけられる。

近くにいてはどうしても黒い感情が大きくなる。

なにかをしでかす前に、私はここから離れるべきなんだ。それに気づいたことで、自分が進むべき道が見えた気がした。

「……いいんです。それよりも、私、家を出ようと思います。正直、このまま二人の姿を見ていたら、憎む気持ちが抑えられないと思うんです。ここに居たら二人と関わらないではいられないし、顔を合わせたら自分がどうなってしまうか分からなくて。だから、もう物理的に離れて、自分の気持ちを整理したいんです」

「へぇ。じゃ、この町から出て行くってこと？　アテはあるんですか？」

私の発言に厩番はちょっと驚いたように目を瞠《みは》っていたが、煽《あお》るような物言いで訊いてくる。

「アテなんてないけど、ここにいるよりどこでもマシでしょうから。幸い、店でやらされていたから算術も帳簿付けも得意だし、家事も裁縫もできるからなんとかなるわ。今までの辛さを考えれば、なんでも耐えられると思うし」

厩番に答えるというより、自分に向けての言葉だったが、あえて口にするとなんだか気持ちが楽になってきた。

ここを離れても、昨日の悲しかった気持ちを思い出して泣いたりするのかもしれないが、ラウのことも家族のことも、顔を見なければ忘れていけるかもしれない。新天地で、思い出す暇もないくらい忙しく暮らしていたら、いつか本当に忘れられる日が来るだろう。

まだ早朝だから家族の誰も起きてはいないだろうし、通いの掃除人も来る時間ではない。だから今のうちに荷造りをして、誰にも会わず今すぐ出て行こう。うん、それがいい。

自分の気持ちが決まって、やるべきことがはっきりすると急に目の前が明るくなったような気がして、やる気が出てきた。

よし、と気合を入れてベッドから立ち上がろうとした時、厩番が私を引き留めた。

「んじゃあ、お嬢さん。俺が職場を斡旋《あっせん》するから一緒に行かないかい？　いいとこ紹介するからさ。女性が一人きりで旅をするのは色々危険だし、俺が一緒なら用心棒にもなるデショ？」

「職場を斡旋……娼館とかに売り飛ばされる予感しかしないので結構です」

「いやいやいや、俺そんな悪人に見えますぅ？　そんなことしませんよ！　第一、お嬢さんみたいな綺麗で働き者で、仕事もできる人を娼館なんかに売ったら勿体《もったい》ないでしょ。あのねえ、ここみたいな大きな町は若い人がたくさんいるけど、田舎はとにかく人手不足でね、お嬢さんだったら引く手あまたですよ。まあ給金は安いだろうけど、良い条件の職場を紹介できるだろうから、まあとりあえず見てみてから決めてくださいよ」

髭面《ひげづら》をニコニコさせながら厩番は言う。この男は、さらっと私を褒めてくるのでなんだかムズムズしてしまう。でも、こんな風に評価してもらえることなんて今までなかった。今までどれだけ頑張っても、私の家族は私のダメな部分をあげつらって決して褒めてなんてくれなかった。

赤の他人の厩番に褒められて、嬉しく思うより前にそんなことを思ってしまうなんて悲しいな、と乾いた笑いが漏れた。

この男は、単に私をおだてて騙して連れて行くつもりなのかもしれないが、もうそれでもいいかもしれないと思えた。

どうせ失うものもなにもない。それに女の一人旅が不安なのは確かだし、この町を出る手助けをしてもらえれば十分有難い。

「私、このまま家を出るつもりですよ？　二、三日とか待てないですよ？　あなたはそれでいいんですか？　職場放棄してこのまま出奔《しゅっぽん》する気ですか？」

「んーでも今月給金払われてないし、仕事もアレコレ増やされてしんどかったから、そろそろ潮時かなって思ってたんで、ちょうどいい機会ですよ。そうと決まったら行きましょう！　みんな起き出してくる前に荷造りして家を出ましょう！　ね！　ホラホラ急いで！」

追い立てられるように厩番の小屋から出される。

決めた以上やるしかない。私は窓から自分の部屋に入り、クローゼットから衣服を取り出して急いで荷造りを始めた。

抽斗《ひきだし》の中には、実は長年貯めてきた私のお金が隠してある。ラウの店では無給で働いていたとはいえ、時々お駄賃をもらうこともあった。よそのお店を手伝って、お手当を頂くことも結構あった。

そういうものを、いざという時のためにずっと貯めておいたのだ。

ラウと結婚して彼と家業を一緒にやっていくと決まっていたのに、私はずっとこの『いざという時』のお金を見つからないように貯めていた。

私は心のどこかで、この結婚がうまくいかないんじゃないかと思っていたのかもしれない。

そしてこんな風に逃げ出すための準備を無意識にしていたのではないだろうか。手元にあるお金を眺めながら、私はそんなことを思う。

小さな鞄に着替えなどを詰めて、お金はいくつかの袋に分けて鞄や服の内側などに隠して入れる。

他になにを持っていくかと部屋を見回す。

ふと、棚にある栞《しおり》の挟まった本が目に入って、迷いつつ手に取り鞄に詰めた。

荷物を詰め終わると、驚くほど小さくまとまった鞄ができあがった。持っていきたいものなんてここにはほとんどなかった。

そして、少し迷ったが、書き置きを残すことに決めた。自分の意思で出て行ったのだと示しておく必要があると思ったからだ。

『出て行きます。さようなら』

他に書く内容も思い浮かばず、一言だけ書いて机に置いた。色々考えたが、家族に伝えたいことも何もなかった。

鞄を持って窓を乗り越えると、そこにはもう厩番が待っていた。

「お、荷造り早いね。じゃあ行きましょうかお嬢さん。ホラ乗って」

「えっ？　馬？　え、これウチの馬でしょう。乗っていったら泥棒に……」

見覚えのあるウチの牝馬《ひんば》が、鞍《くら》を付けられていい子に待機している。私が止めるのも聞かず、厩番は私を担ぎ上げ鞍に乗せて自分も後ろにひょいと乗って、さっさと駆け出してしまった。

「お嬢さんちの馬でしょー？　だったらお嬢さんが乗っていったっていいじゃないの。手切れ金だと思ってもらったってことにしましょうや」

「手切れ金……？　うーん、そうなのかしら？　ねえ、もう私家を出たんだからお嬢さんじゃないの。だからそんな呼び方しないで、普通にディアでいいです。あとあなたの名前も教えてくれませんか？」

「おお、そうか、そうな。俺の名前はジローだ。かわいくジロちゃん♡　て呼んでくれてかまわんよ。よろしくな、ディアさん」

「ええ、道中よろしくおねがいしますジローさん」

「うーん、そういうカタい感じも悪くないねー」

朝日が照らす道を、馬は駆け足で走っていく。

昨日までは、一生この町で暮らしていくのだと思っていたのに、私はこうしてよく知りもしない男と馬に乗り、誰にも別れを告げずに出て行くのだ。

「なーんか愛の逃避行みたいでいいねー。何もかも捨てて、愛に生きる！　みたいな？」

ジローさんは軽口を叩いてのんきそうに笑っている。適当なことばかり言っているように見えるが、ひょっとして私が落ち込まないように明るく茶化してくれているのかもしれないな、と少しだけ思った。

「そうですね、何もかも捨てて逃げるんです私。家族も、元婚約者も、嫌だった気持ちもぜーんぶ捨てて、人生やり直すんです。これからは自分のために働いて、自分のために生きようと思います」

そうかそうかと言ってジローさんはまた笑っていた。

# 第四話『希望と逃避』

勢いのまま飛び出してきてしまったが、よく考えると、身元も不確かな男と二人旅など、何かされても文句は言えないのではと、頭が冷えて冷静になってから気づいた。

だけどあの町に戻る選択肢は私にはない。たとえなにかあっても女一人旅よりはましだろうと腹をくくった。

だが、ジローさんとの旅は思いのほか快適だった。

地理に詳しいのか、できるだけ宿があるような町や村を上手に経由して移動してくれる。そのため野宿する機会はほとんどなかったが、やむを得ず野宿した時も、安全そうな場所を見つけて、夜はほとんど見張りをしてくれたし、無計画に飛び出してきてしまったというのに、ちゃんと食事や休息をとれるようにしてくれた。元傭兵というのは嘘ではなかったらしい。

そして、町を出てからしばらく経った頃、今更ながら今後どうしたいかを改めて問われた。

幸いなことに、私は仕事で他の町に行くこともあったので身分札を作ってあった。

他の町へ入る時も、場所によっては店の証明書以外に個人の身分証を求められる場合がある。町からあまり出ることの無い人は必要としないものだし、鋳物《いもの》で作るこの札を発行するのに、保証金含め結構な支払いが必要になるので、ただの町娘で持っている者は少ない。

「身分札があるなら町に移住するのも簡単だな。大きい港町でも宿場町でも住民になれるから、あとは好きな土地を探せばいいだけだし」

「ごめんなさい、どういう意味ですか？　札があると無いでなにが変わるんですか？」

「あーそりゃ知らないか。国の法で『町』の基準があるんだ。あのねえ、余所者《よそもの》が『町』の住民になるのは意外と難しいんだよ。結婚とか養子とか以外で住民登録をするには、そこで一定期間就労して実績を作るか、保証金として大金を納めるかしないとできないんだ。町は仕事も多いぶん、人も多くて犯罪も増えるから、審査が厳しい。でもその札があれば、元いた町で身分が保証されているからって、すぐに住民申請ができるようになるから仕事も探しやすいだろうよ」

ジローさんは北方の村の出身で、そもそも身分札を持っていないので、どこへ行っても余所者枠の低賃金の仕事しかもらえないから若い頃は実入りのいい傭兵仕事ばかりをしていたと語ってくれた。

「そうなんですか。知らなかった……あの、『町』と『村』では何が違うんですか？」

「ああ、村は別に誰でも住める。町には壁があって、入るときに門番のところで申請が必要だろ？　でも村では門番なんていないし、出入り自由だからな。村だと国に納める税も安いけど、その代わり国の助けはほとんどない。町になると、国から軍憲兵《けんぺい》と裁判官が派遣されて、軍警察署と裁判所が設置されるんだ。だから治安も維持されているし、町に住む利点は多いよ。ディアさんはどうしたい？　町の方が仕事も娯楽も多いし、若い男も多いから、新しい出会いがあるかもしれないぜ？　いくつか町を巡ってみて、いいとこがあったらそこに決める？」

町を出るなら必要になるかもしれないと念の為に持ってきただけの身分札だったが、それほど重要だとは思わなかった。

確かに移動の途中で町に寄る時も、札を見せれば面倒な手続きをせずに、すぐ入ることができた。この時ばかりはあの店で仕事をしていてよかったと思った。

働き口のことを考えると、大きい町に住んだほうが良いに決まっている。だがごちゃごちゃして人との接触が多い町にいると、嫌なことばかり思い出してしまいそうで、どうしても住みたいとは思えなかった。

「……私、これからの人生は心穏やかに過ごしたいんです。人が多いところには住みたくありません。誰かと深くかかわることに疲れたんです。ただ、静かに暮らしたい」

できることなら人がほとんどいない田舎に引きこもりたい、と私が言うと、ジローさんは何が面白いのか大口を開けてゲラゲラと笑いだした。

「田舎に引きこもりたいのかよ！　田舎の村なんてジジイババアばっかで出会いなんかないよ？　店もないし可愛い服も買えないし想像以上に不便だぜぇ？　ホントにいいの？」

「治安のいい安全な土地ならどれだけ田舎でも構わないです。どこか知っているところで紹介してもらえませんか？」

「そーゆーことなら、とっておきのド田舎を紹介しようかな。限界集落の名に恥じない、超絶寂《さび》れた村にお連れするけど、後悔するなよ～？」

北のほうにある田舎の村に連れて行く、とジローさんは言った。

旅のあいだ、彼は本当に私の用心棒としての役目をはたしてくれていたし、ならば宿代などの費用は私が持つと言ったのだが、女の子に払わせるわけにいかないと言ってどうしてもそれは受け取ってくれなかった。

軽口をきくのに私に対する振る舞いは紳士そのものだし、旅をするにつれこの人は信用していいんじゃないかと思うようになっていた。

だから彼の紹介なら大丈夫だろうと思い、その村に連れて行ってもらうことに決めた。

❀ ❀ ❀

「ジローさん、まだ目的地までかかるんですか？　だいぶ北のほうまで来たと思うんですが」

家を出てから、移動を続けてすでに半月が経っていた。体感的に、私が住んでいた地域よりも気温が低い場所にまで来ているので随分遠くに来たように思う。

「うん、もうすぐだよ。ホラ、あの家」

ジローさんが指さす先に、古いレンガ造りの家があった。どうやら目的の村にもう入っていたらしい。

村というのは外部との境界線もなく門番によるチェックもないと聞いていたが、本当にいつの間にか村に入っていて、道の先にポツンと家が現れた。

だが、ジローさんが目的地だと言った家は……周囲に雑草が生《お》い茂り、屋根もボロボロになっている。どうみても朽《く》ちかけた空家だが、本当にあそこが目的なのだろうか。

「あー……やっぱり随分傷《いた》んでるなあ。手入れしないと住めないかなあ」

「あそこは誰のおうちなんですか？　空家のように見えますが」

「誰のっていわれたら俺のかな。親が昔住んでいた家だから、今は空家なんだよね～」

「えっ？　ジローさんの？」

着いた家はずいぶん長いこと放置されていたようで、玄関のドアノブも錆《さ》びてボロボロだった。板を打ち付けて封じられていたドアをジローさんがはがしてこじ開けると、中はやっぱりホコリが堆積《たいせき》していて、蜘蛛《くも》の巣が張っていた。

「ううん……ダメだこりゃ。もう住めないかな。ごめんね、ディアさん。ここならタダで住めるしいいかなって思ったんだけど、こんな有様じゃさすがに無理だよなあ。ちょっと村役場に行って、どこか空いているマトモな家が無いか聞いてくるよ」

「タダ？　家賃が要らないってことですか？　えっじゃあここでいいです。手入れして住めるようにします。丈夫なレンガ造りだから、掃除して壊れた窓とかを直せばすぐ住めるようになります。ざっと見たかぎり、雨漏りした様子もないし、中は掃除すればいいだけなんで」

「えっ？　家の中メチャクチャ汚いけどいいの？」

「大丈夫です、掃除得意なんで」

「えーすごーい。ディアさんかっこいい～」

取りあえずジローさんにも手伝ってもらうことにして、打ち付けられている窓を開ける作業を頼んだ。私は、来る途中に小さな川があったので、そこで水を汲んでこようとその辺に転がっていたバケツを持って家を出る。

来るときは気づかなかったが、家の隣には林檎《りんご》の木が多く植えられていた。手入れをされていないので、あちこち朽ちている株もあるが、もしかして昔は林檎農家として生計を立てていたのかもしれない。

水を汲んで戻るとジローさんが家から飛び出してきて、私に抱きついた。

「ディアさぁん！　虫いる！　虫！　なんか足がすっごい多いやつ！　無理無理無理無理やっぱここ住めないいって！　アカンやつ生息してる！」

「虫？　野宿の時もいたじゃないですか……それよりジローさんもここに私と一緒に住む気だったんですか……？　そうかなとはちょっと思っていましたけど」

部屋に入ると確かに大きなヤスデが居たので、ホウキでぶん殴る。動かなくなったところでホウキで家の外に掃きだすと、外にいたジローさんが「きゃー！」と叫び声を上げた。

「す、すごい～ディアさん男前……俺、この足が多いヤツはホントダメなんだよねえ～。毒あるでしょ？　これトラウマなんだわ～」

「これは素手で触らなければ大丈夫です。毒あるのはムカデなんで。ジローさんて傭兵の仕事していたんですよね？　虫がダメとか信じられないです」

「傭兵なんて雇われなんだからみんなこんなモンだよー？　俺、ディアさんが居ればこの家住めるわ。ディア姐《ねえ》さんお願いします、俺もここに置いてください。そして虫が出たら退治してください」

「ええと……ここはそもそもジローさんの持ち物なんでしょうし……うーん、家賃タダで部屋をちゃんと分けてくれるなら、一緒でもいいですけど……でも、一応ジローさん男性だし……今更ですけど、一緒に住むとなると……」

「ダイジョブダイジョブ、おいちゃん、戦争で負った怪我《けが》のせいで、そういう心配はないからって、屋敷で言われてなかった？　用心棒は雇いたいけど、年頃の娘がいる家だから、間違いがあっちゃいけないし、その点俺なら安心だよねって理由で余所者の俺でも雇ってもらえたわけよ。だから、一緒に暮らすのに一番安全な男だよ～」

　そう言われて、以前、給仕のマーサがそういう噂話をしていたなと思い出した。

　ここに来るまでの道のりもジローさんが不埒《ふらち》な行いをしたことはなかったし、とても紳士だった。どうせもう結婚など考えてもいないし、ジローさんと同居でも構わないような気がする。

「そうですね、もともとジローさんの家ですし、家賃タダで住まわせてもらえるのなら助かりますし。あっ、それより仕事を紹介してもらえる話はどうなったんですか？」

「あーハイハイ。んじゃあまずソッチを先に行こうか。掃除は後回しにして、村役場に行こう」

村役場、というからさすがにそれなりの建屋《たてや》を想像していたのだが、ジローさんに連れられて着いた先はごく普通の家だった。

え？　まさかここじゃないよね？　と思っていたが、ジローさんがその家の扉をゴンゴンと遠慮なく叩いたので、ここが村役場らしい。

「おーい、そんちょーまだ生きてっかー？　チガヤんとこのジローですよー十年ぶりに帰ってきましたよー」

すると、立てつけの悪い扉がギギギギギと音を立てて開いて、真っ白な髭の小柄な老人が胡散臭そうな目つきで顔をのぞかせる。そしてジローさんを見ると、思いっきり顔をしかめた。

「うわ、本当にジローじゃねえか。碌《ろく》に便りも寄こさないで、今更なんで帰ってきやがったんだ？」

「ひどいねえ、そんちょー。ここ俺の故郷なんだからそりゃ帰ってくるでしょうよ。それより慢性的な人手不足の村に朗報ですよ。なんとここにいる若い娘さんが村に住んでお仕事してくれるっていうんでそんちょーのために連れて来てやったのよ」

そこまで言われて村長はようやくジローさんの後ろにいる私に気付いて目を丸くしていた。

「このお嬢さん、ディアさんていうんだけど、見た目もいーけど中身もデキる子なんだよねェ。町でもなかなかいない優秀な職業婦人だったんだぜ。あ、こんな優秀な人材を連れてきた俺に紹介料をはずんでくれても構わんよ？」

突然私の紹介が始まったので、まだ挨拶すらしていないことに気が付いて慌ててしまった。ジローさんに前に押し出されたので、村長という老人に頭を下げ挨拶をする。

「あ、あの、ディアと申します。突然すみません、仕事を紹介していただけるとジローさんに言われてこの村に参りました。力仕事は苦手ですが、珠算《しゅざん》は得意ですし、服の仕立てもできます。農耕に関しては、あまり知識が無いのでお役に立てないと思いますが、どんな仕事でも精一杯頑張りますので、お仕事を頂けないでしょうか」

村長さんは口をパクパクして、唖然《あぜん》としながら挨拶をする私を見ていた。

何か失礼なことを言ってしまったのだろうかと、心配で恐る恐る村長さんを見ると、ハッと我に返っていきなりジローさんの頭をグーで殴りつけた。

「おい！　ジロー！　どこでこの娘さんをかどわかしてきたんだ！　む、娘さん、申し訳ない、この馬鹿に騙されてつれてこられたんだろう？　見ての通り、年寄りばかりの寂れた村なんだ。仕事って言ったたって、大した賃金も払えやしないよ。どう見てもどっか良いトコのお嬢さんだろ？　だったらもっと大きな町でいい仕事があるから。参ったなあ、どうしてこんな田舎にたどり着く前に騙されていることに気付かないかなぁ……」

「痛い痛い村長！　こぶしでゴリゴリしないで！　騙してないってぇ！　ちゃんと合意の下《もと》で連れてきましたぁー。ディアさん、商家でお仕事していたから、計算も書類仕事も得意だし、村長の助けになると思うよぉ？　この村じゃあ、字読めない年寄りも多いし、彼女みたいな人がいてくれたらきっとみんなも喜ぶしさ、良いことだらけじゃん。こんな子連れて来られた俺の人徳のおかげ～」

「うるせえ黙れこのロクデナシが！」

村長さんとジローさんがわちゃわちゃと揉めだしたので、間に入って村長に頼み込む。

「あの、どんな仕事でもいいんです。私でお役に立てることがあれば一生懸命働きますので、お仕事させてください。私は、住むところがあって食べていければそれでいいんです」

一生懸命何度も頭を下げる私を見て、村長さんは零れ落ちそうなほど目を見開いて驚いていた。でも、真剣な私の表情を見て、なにか訳アリかと思ってくれたようで、ジローさんを解放して改めて私のほうに向き直る。

「……本当にいいのかい？　なんもない村だよ？　年寄りばかりの寂れた村だ。……この村は昔から貧しくてね、町の学校に行かせてやれる家も少なかったから、村の者は識字率が低いんだ。お嬢さんが、難しい書類が読めて計算も得意ってえなら、頼みたい仕事は山ほどあるんだ。そりゃ是非にもお願いしたい」

そう言って村長さんは私に手を差し伸べた。私も右手を伸ばし、村長さんの手を握り返す。

「ありがとうございます。一生懸命働きます」

「そんなに気張らなくていいってよ。それにしても、こんな綺麗な娘さんが村に来てくれるとはねえ。長生きはするもんだねえ」

「そうでしょうそうでしょう。そしてそれは俺の手柄だから、紹介料とか……」

「ジロー、お前はちょっとお説教あるからな。親の墓を何年も放っておきやがって。この親不孝者が！　村に人手が足りないのも分かってんなら、まずお前が戻って仕事をしやがれ」

「あたたたた、ジジイは歳食ってもこぶしは衰えないねえ」

またジローさんと村長さんはじゃれ合っている。村長さんも怒っている風に話しているが、どこか嬉しそうにも見える。

本当はきっと、ジローさんが帰ってきて喜んでいるのだ。どうしてジローさんが村を出てしまったのかは知らないが、私と違って、村が嫌になって飛び出したわけじゃないんだろう。

そして私は無事にこの村で働き口を得ることができてホッとしていた。

これから、この村が私の生きる場所になるんだなあと思うと、なんだか不思議な気持ちになる。

ひとまず中に入れてもらって簡単にこの村について教えてもらったが、今は村長さんの自宅を村役場として使っているそうだ。昔はちゃんとした役場の建物があったのだが、嵐の時に壊れて以来、直すお金もなく、かといって代わりの場所も無くて、仕方なくということらしい。

ジローさんの故郷だというこのカナン村は、村人全員合わせても現在五十人ほどしかいなかった。村長がコツコツ書き続けてきた村人名簿を見てみると、現在住んでいるのはほとんどがお年寄りで、廃村の危機に瀕《ひん》しているらしい。

村全体を地図で見てみると、以前はもっとたくさん家もあって、畑もかなりの数存在していた。なぜこんなにも人口が減ってしまったのかと疑問に思っていたら、村長さんが少し言いにくそうにして教えてくれた。


私が生まれるよりも前の出来事だ。

領土の境界線を巡って、国境に位置する両国の村人たちが小競《こぜ》り合いを繰り返していたのだが、抗争の場であちら側に死者が出たことをきっかけに、隣国が宣戦布告をして国同士の戦争に発展してしまったらしい。

中央は軍隊を全体の一割ほどしか派遣せず、北に近い国境付近は冬になれば雪が深くなり、雪に慣れていない中央の軍人では不利になるとして、残りの戦力は国境付近の村や町から徴兵することにした。

この小さなカナン村も例外ではなく、軍から募集がかかったが、物資運搬《うんぱん》の仕事が主で危険はないと説明され、ちょうど休耕期だったこともあり、多くの若者が報酬目当てで参加した。

国同士の戦争に発展したとはいえ、長年繰り返してきた国境付近での小競り合いであったため、またかという意識が強く、参加した誰もが危機感など持っていなかった。

実際半年ほどで戦争は終わりを迎え、村に残った者たちも安心していたのだが、終戦後、参加した若者たちの半数以上が帰ってこなかった。

わずかに帰ってきた者に事情を聞いても、皆が同じ部隊に所属していたわけではないので、帰ってこない人々がどうしたのかまでは分からない。

捨て駒部隊に回されたとか、奇襲を受けて一部隊まるごと潰されたとか、はたまた、戦争に協力した功績として身分証を発行してもらえたので村を捨てたのだとか、いろいろな話はあったが、確かなことは分からなかった。

結局村は老人や女子どもばかりとなってしまい、若い女たちは、自分たちだけでは畑を続けていけず、もっと実入りのいい仕事を求めて村を出て行ってしまった。

そうして年寄りばかりが残った小さな村は、今は自分ひとりで全て村の治政をおこなっている状態で、業務が回らなくなっていたところだったと、村長は疲れた笑みを浮かべた。

「いやあ、だからディアちゃんが来てくれて本当に助かったよ」

「いえ、そんな。私こそ突然村に来た余所者ですのに、雇って頂けて有難いです」

「もー謙虚だねえディアちゃんは。こんな安い給料でごめんなあ……でも有難い」

過疎化の裏にはかなり重い事情があったので、なんと言ったものかと困ったほどだったが、村長自身はもう過去のことだからと割り切っていた。

仕事は書類整理や集計作業が主だったが、やりなれた作業だったし、無理な仕事量を回されるわけでもないので、大したことはしていないのだが、それでも村長は仕事が早いし丁寧だとものすごく褒めて感謝してくれる。

村長は算術が得意でないというので、村の収支決算書を作る仕事を私が任されたのだが、村の純利益はほとんどない状態だった。

村の収入のほとんどは農作物だが、働き手が減ったため収穫量が減っていて村の収益になるほどの売上になっていないのだ。

とはいえ、この村では砂糖の原料となるビートという野菜の栽培が昔から行われていたようで、少ない作付《さくづけ》面積に対して案外収穫量は多い。砂糖は高値で取引されるので、原料のビートももっと売上金があってもよさそうなものなのに……と思い今年の売買契約書を見たら、ただの野菜と変わらない値段で取引されていた。

「村長……ビートの単価なんですけど、ちょっと安すぎませんか？　町で売られている砂糖の値段から考えても、原料となるビートをこんな値段で売ったらもったいないと思うんですが……」

「んあ？　あーそれねえ～もうちょっと高く買ってよとお願いしてんだけどね、昔からこの値段でやってるって言われて値上げしてもらえないんだよねえ」

「そ、そうなんですか？　でも砂糖の販売価格に対してこの値段はちょっと買いたたかれ過ぎです。もしよければ、私がその卸先《おろしさき》と交渉しましょうか？　町での砂糖の値段と、他の村での原料の卸《おろし》値《ね》とかを調べて提示すれば、適正価格まで引き上げてもらえると思いますが」

子どもの頃から商家で働いていたから、仕入れ値と販売価格の適正な割合はだいたいわかっている。小さな仕入れならば、交渉から任されることもあり、契約の流れもわかっているのでお役に立てるのではと申し出てみた。

だが、村長は困った様子で首を振るばかりだった。

「そりゃあこの売値はどうにかせにゃと思っていたが……でも、ディアちゃんが交渉に行くのはまずいんだよ。ディアちゃんが住んでいたのは東南の町だろ？　あっちは女の人も店を持ったり、男と同じに働いたりするのが当たり前なんだってワシも知ってはいるけれど、北側の、特に農村地帯では、男性の仕事を女性がするのは恥ずかしいことだっていう意識が強くてな。交渉の場には連れていけないんだよ」

「あ……そう、なんですか。私知らなくって……ごめんなさい、余計なことを」

「田舎はねえ〜考えが古い人が多いからねえ。都会の町から来たディアちゃんには受け入れがたい話かもしれないけど、北の人間はそれが常識で生きているからねえ」

「いえ、その土地によって決まりや常識が違うのは当然ですから。余所者の私を受け入れてくれただけで有難いですので、本当にお気になさらないでください」

村長は申し訳なさそうにしていたが、私のほうがここの常識を知らずに差し出がましいことを言ってしまってすみませんと謝罪した。

その話を夕食のときに何の気なしにジローさんに話すと、彼は珍しく笑顔をひっこめ、普段あまり見ないような怖い顔になった。

「あー……北はまだ男尊女卑が激しいからな。女が男と同じ仕事するなんて恥知らずとか本気で言うジジイがいるんだよ。だから村の若い女の子も出て行っちまったんだよ。じーさんばーさんたちは、自分らの常識が絶対正しいって思ってるからね、時代が変わっても考えを変える気なんてないんだよ。年寄りってえのはどうしようもねぇな。それで村が廃村寸前になって、自分の首を絞めているんだから馬鹿だよなァ」

口調はおどけているが、ジローさんの目は昏《くら》かった。

私が訝るような目で見ていたせいか、ジローさんはパッと笑顔を作ってみせて取り繕《つくろ》うように言葉を重ねる。

「まあどこの土地でも良いところも悪いところもあるさ。終《つい》の棲家《すみか》じゃねえんだから、イヤになったら移住すればいいのよ。いーとこ他にいっぱいあるよー」

「そう……ですね、でも今は、せっかく仕事をいただきましたし、働かせてください」

「働き者だなぁディアさんは。おいちゃんは仕事なんていかにしてサボるかしか考えてなかったわ」

おどけた口調で話すジローさんはいつも通りに見えたが、その目の奥はまだ笑っていなかった。

多分、ジローさんはこの村を好いていない。

それなのに彼は何故、私をこの村に連れてきたのかという疑問が頭をかすめたが、さきほどの昏い目を思い出すと問いただすことはできなかった。

だからジローさんはそのうちフラッとここからいなくなってしまうのではないかと不安に思うようになったが、あれからも特に変わった様子は無いので、私の考えすぎだったようだ。

ジローさんは毎日のんびりと家の補修をして過ごし、ここ最近は馬小屋の増築に精を出している。とはいえ休憩ばかりしているので、馬小屋はなかなか出来上がる様子がない。

ここ最近は、私が仕事から帰るといつも昼寝しているジローさんを発見して起こすのが日課になっていた。

「ジローさん、こんなとこで寝ると風邪ひきますよ」

「んあ？　あーディアさんおかえり～もうそんな時間かあ。あ、ご飯まだ作ってないわ。ごめんな～今から作っから」

「いいですよ、今日は割と早く帰ってきたんで、私が作ります」

「おっ、いいの？　やったやった、ディアさんの料理おいしいんだよねェ。なぁ、前に作ってくれたパイ、あれ食いたいなー。片づけはやるからさぁ～、また作ってくんねえかなあ」

「アップルパイですか？　オヤツに作りましょうか。じゃあ裏の林檎の木から三つくらいもいできてください」

「さすがディアさん！　美人で料理上手とかウチの子最高！」

「そういうのいいですから……」

ジローさんは意外なことに、料理や掃除を嫌がらずにやってくれる。

私が住んでいた町でも、さすがに家のことは女性がやる仕事という認識は強く、それを不満に思う女将さんたちがよく愚痴をこぼしていた。だから、ジローさんが頼まなくても家事をやってくれているのを見た時、ちょっと感動した。

まあ若干さぼりがちだし、掃除は苦手らしいのでハラハラするが、掃き掃除や片づけなどは気が付くといつの間にかやってくれてある。

今では、料理や掃除などは、なんとなく分担してやれるほうがやっている。押し付け合うのではなく、手が空いているときに気が付いたほうがやる、といった感じでお互い負担なくやっているので、とても暮らしやすい。

なし崩し的に始まったジローさんとの同居だったが、彼との生活は思っていた以上に快適だった。ジローさんは男性……というか無精ひげのおじさんだし、たまに下品なことも言うどこからどう見てもだらしない部類の男性だが、高圧的なところがないし、無神経そうでいてさりげなく気遣いをしてくれるし、話し方が穏やかなので、普段男性だと意識することがない。

さすがに女性には見えないが、ジローさんは私にとって、気の合う女友達のような存在に感じていた。ジローさんと居ると穏やかな気持ちでいられる。

以前の生活を思えば、この村での日々は、驚くほど平和で順調だった。

――だが、現実はそんなに簡単ではなかった。

家を出て、地図でも見たことがないような遠い村まで来て、仕事を貰って色々なことをひたすらこなしていたから、毎日が目まぐるしくて家族のこともラウのことも思い出す暇も無かった。

家もまだまだ直したいところがたくさんあって、時間があればとにかく動いて仕事をしていた。

そうするともうベッドに寝転がると気絶するように寝てしまう。

だが……仕事にも慣れてきて、村役場の溜まっていた書類をあらかた片づけると割と時間に余裕が出てきた。すると、順調だった日々に陰《かげ》りがさしてきた。

「……眠れない」

ここ最近私は、ベッドに入って目を瞑《つむ》ると『あの時』のことが頭に蘇ってきて、眠れずグズグズと寝返りを打って夜を明かす日が続いていた。

私の婚礼衣装を羽織ったレーラが、ラウと抱き合っている姿や、独りきりで会場の花や飾りを片づけたときの惨めさと悲しさとか、最後の話し合いで全てに絶望したあの時の光景が目を瞑ると鮮明に蘇ってきて、眠いのに眠れないという日々が続いていた。

そんな状態ではもちろん仕事にも支障が出てくる。

睡眠不足からくる頭痛で、書類を読むのが辛くなり仕事が進まない。すぐに終わるようなことに時間がかかって、あせるばかりでちっともはかどらない。

「ディアちゃん、ちょっと根《こん》を詰め過ぎなんじゃあないかい？　ここ最近、体調悪そうだよ？　今は収穫期でもないんだし、急ぎのものもないから、休みを取ってもいいんだよ」

「ごめんなさい、ミスのないよう気を付けますから……お休みは必要ないです、繁忙期の前にあの書類の山を分類して整理しておきたいので」

「……うーん、そうかあ。でも無理しないでな」

忙しくしていないとまた余計なことを思い出してしまうから、お休みなんかもらって暇な時間ができることが怖かった。

村長さんのところで働き始めてから、三ヶ月ほどが経ってようやく生活が安定してきたところだったのに、ここ最近は仕事からの帰りも遅くなってしまって、ジローさんともほとんど会話をする時間もない。

ジローさんは特になにかを訊ねてきたりはしないが、遅く帰っても必ず待っていてくれた。私の様子がおかしいのには気づいていたのだろうけれど、私もなにも聞かれたくなかったので、聞かないでくれるほうが有難かった。

結局……私はあの時のことを忘れることも乗り越えることもできていなかった。あの時の傷ついた気持ちはどこにもいくことができず、あの日にとどまったままだった。

逃げずに向き合って、なにかしらの決着をつけていれば違ったのだろうか。

たられればを言い出したらキリがないが、あの時の私は逃げ出すことが最良だったと思っている。

……いや、自分の選択は正しかったと思いたいだけなのかもしれない。

強がって、全部忘れて新しく人生をやり直すなどと前向きなことを言ってみせたが、結局私の心は彼らに裏切られたことが許せず、恨みがグズグズと心にくすぶっている。忘れることなどできないでいるのだ。

どうすればいいかわからないまま、眠れない日々だけが続いていた。

# 第五話『至誠通天』

そんな不調が続いていたある日、いつものように朝起きて仕事に行く準備をしていると、珍しく朝早く起きていたジローさんが私を引き留めた。

「ディアさん、今日は仕事お休みだから。昨日、俺が村長に言っといたんだわ。せっかくお休みなんだから、出かけようや。天気もいいしさぁ、食べ物持って遊びに行こう」

「えっ、休み？　言っといたってどういうことですか？　なんでそんなこと勝手に……」

「いいじゃないの、ディアさん働き過ぎだし、たまには遊びに行こう。林檎酒も持って行こうぜ、ディアさんまだこれ飲んだことないだろ？　村で去年仕込んだヤツだけどすげえ美味いのよ。あ、でもディアさん割と絡《から》み酒だから、昼間はやめとくか？　べろべろになってまた腹出して寝落ちすると困るもんな。じゃあ、茶でもポットに詰めて持っていくか」

「待って、私がいつお腹出して寝ていたっていうんですか？　いや、そうじゃなくて……」

勝手なことしないで、と抗議するが、ジローさんは私の文句など右から左に受け流して、ひょいひょいとバスケットに食べ物や飲み物を雑に詰めこみ、無理やり私を馬に乗せた。

「ホラホラしっかり掴まらないと危ないって。あー、いい天気だナァ〜昼寝日和だわ〜」

「ちょっと！　ホントになんなんですか！　どこに行くんですか？」

ジローさんは鼻歌まじりで馬の手綱《たづな》を引いてどんどん進んでいく。私の抗議は全く聞く気がないらしい。空はよく晴れていて、朝から手入れをしてもらったらしい馬はごきげんで、私を乗せた足取りも軽い。

もう若くない牝馬だったが、この村に来て、土地だけはあるのだからと、放牧《ほうぼく》と称して適当に放し飼いをしているうちに、以前よりよっぽど元気になった。

馬はいつも手入れをしてくれるジローさんに懐いていて、私の言うことより彼の指示に従う。

ジローさんに手綱を引かれる馬はポクポクと楽しそうに蹄《ひずめ》を弾ませていた。


丘を越えて森を抜けると、開けた場所に、そこだけ隠されるように木々に囲まれた湖が現れた。

村からさほど離れていない場所だが、ここだけ別世界のように、神秘的な雰囲気をまとう不思議な湖だった。

「わあ……」

湖は太陽の光を反射してキラキラと輝いている。

山からの雪解け水が流れ込んでいるのか、水は底の方まで透明で、小さな魚の群れが泳ぎ回るのがよく見える。

「…………綺麗」

湖底が複雑な色合いをしていて、光が反射するたびにところどころ虹色に輝く。

「だろぉ？　なんもない村だけど、この湖は世界一綺麗だと思うんだ。ディアさん、村に来てすぐ仕事ばっかりしていたから、まだ村のこと全然知らないだろう？　だからさ、まずは俺一番のおすすめの場所にご案内しようと思ってさぁ」

そう言ってジローさんはニカッと笑ってみせる。私はジローさんの言葉にハッとなり、同時にとても恥ずかしくなった。

この村のこと、そういえば私は何も知ろうとしてこなかった。村に来て三ヶ月ほど経つのに、村の地理も地図でしか見たことがない。一度も村を見て回ったことがない。

村の人たちにも、役場に来た方には自己紹介をしたが、誰がどこに住んでいるのか全然把握もしていなかった。

私はずっと自分のことばかりで、この村のことを全く知ろうとしていなかった。正直、知りたいとも思ってなかったのかもしれない。

ジローさんはそんな私を優しく叱る意味で、今日を休みにしてこの場に連れてきたのだろうか。指摘されるまで気付きもしなかった。私はいつも自分のことばかりで、周りが見えていない……。

恥ずかしくてたまらなくなり、綺麗な景色を前に顔を上げられなくなってしまった。

そんな私の様子に気付いているのかいないのか、ジローさんはのんびりした様子で話を続ける。

「俺なあ、貧乏でなぁーんもないド田舎なこの村が、子どもの頃から大嫌いだったんだけどな、この湖だけは好きだったのよ。綺麗だろ？　どこまでも透明で、心が洗われるっていうかさ。やなことあっても、ここにきて水を眺めていると、嫌な気持ちも流れていく気がするんだ」

懐かしそうに目を細めて湖を眺めていたジローさんは、すっと近づき私の顔を覗き込む。そして少したためらったあと、親指で私の目元をそっと撫でた。

「ディアさん、ここ最近眠れてないだろ。ほっとくとすぐ無理をするからなァ、村長に言ったらやっぱりすげえ心配していたぜ？　ちょっと無理やりにでも休ませないといけないかなって思ってさ、だから今日は湖でゆっくり休みを満喫しようぜ」

「あ……ジローさん、気づいて……」

ホラホラ、と言って私を促し、ジローさんはブランケットを地面に敷いて、私を座らせる。頭をよしよしと撫でてくれるその手は温かくて優しかった。固くて節くれだったその手は古い傷がたくさんあって、彼の短からぬ人生の苦労を思わせた。

ジローさんは、ただ本当に私のことを心配してここに連れてきてくれたんだ……。

私の両親は、私の体調を慮ってなどくれなかった。私の人生に、こんな風に私の辛さに寄り添ってくれる人は一人もいなかった。

混じりけのない、純粋な優しさを感じてぎゅっと胸が苦しくなる。

私とジローさんの関係なんて、友人になってまだ数ヶ月といった浅いものだ。親子でも親友でもない赤の他人だ。しいて言えばただの旅の友で同居人だ。

なんで彼は私にこんなに優しくしてくれるのだろう。私は、こんな風に彼に優しくされる資格なんてないのに。

ジローさんを見上げると、彼は優しい目で私を見ていた。なにかに私が苦しんでいることに気付いていても、彼はきっと無理に聞き出そうとはしない。ただずっとそこにいて、私が話したくなれば、その時はただ優しく受け止めてくれるんだろう。

その優しさが、凝り固まっていた私の心をときほぐしていく。みっともなくて言えずにいた、私の本当の気持ちが口から零れ落ちる。

「ジローさん、私ね………眠れないんです。夜、ベッドでひとりになると、あの時の悔しい気持ちとか、みんなを恨む気持ちとかで頭がいっぱいになって、自分が真っ黒になっていくんです。ジローさんが以前言ったように、すごくブスで醜い顔をしていると思います。でも憎む気持ちが捨てられないんです。忘れようとしても忘れられないんです。そういうの全部、あの町に置いて捨ててきたと思ったのに、どうしても忘れられない」

生き直せると思った。

あんな過去なんて、汚い感情と共に全部捨てて新しく人生をやり直せると信じていた。でも目を瞑ると、目の前にあの時の光景が蘇ってくる。未《いま》だにあの場所に立っているような錯覚に陥って、憎む気持ちを何度も思い出してしまう。

「あ、あんなに頑張ったのにっ……私が要らなくなったとたんに、ゴミのように踏みつけて捨てた彼らが、少しも苦しむことなく幸せに暮らしているのかと思うと、に、憎くて憎くて……憎くて仕方がないんです」

喉がぎゅっとなって何度もつっかえてしまったが、ようやく言葉にできた。

それでも自分の口から出た酷い言葉に、とたんに後悔の念が押し寄せてくる。

ああ、言ってしまった。全部忘れて捨てていくんだ、なんて潔いことを言っておきながら、私は今でもこんなに汚らしく彼らを恨んでいる。

潔い自分を演じて、忘れたような顔をしておきながら、彼らの幸せを妬《ねた》んでいる。

なんて醜い。

なんて汚い。

なんて卑しい。

恨みと嫉妬にまみれた私の顔は、きっとまた憎しみに歪んで鬼のように見えるだろう。

こんなことを言ったら嫌われる。こんなに嘘つきで醜い人間だったなんて知られてしまったら、いくら優しいジローさんだって、私に幻滅するに違いない。

苦しくて顔を上げられない。ジローさんがどんな顔で私を見ているのか、知るのが怖い。

膝に顔を埋《うず》めたままでいると、背中にそっと手が触れる感触がした。

ジローさんは何も語らない。けれどその手は、私のそばに寄り添ってちゃんと話を聞いているよという意思表示のように感じた。

「……私、ずっと誰かに必要とされたくて頑張って来たんです。認めてもらいたくて、他の誰かじゃなくて、私じゃないとダメって、お前が大切だって言われたくてずっと必死だったんです。偉いね、すごいね、て言われたくて、人が嫌がることも進んでやりました。そうしたらいつか、私のことを、誰よりも大切だって言ってもらえるようになるんじゃないかって、そう、思ってっ……」

喉が詰まったみたいに苦しくなって言葉につまると、ジローさんが背中を撫でてくれた。嗚咽《おえつ》が漏れないように必死にこらえる。

「でも、私のしてきたことって、相手のためじゃなかったんですよね。……ただ私を見てって、私を認めてって、ホラすごいでしょって。私はこんな役に立つ人間だよって見せつけたいだけで、全部自己満足だった……」

これだけ尽くしているのだから、きっと私のことを必要としている。そうに違いない。こんな大変なことを引き受ける私は偉いでしょう？　私がいて良かったでしょう？　と、無意識のうちに認められたい欲を前面に押し出して、皆にそれを要求していた。

「……んなことねえだろうよ」

それまで黙っていたジローさんが、ぽつりと否定の言葉を呟く。けれど私はゆるく首を振って自嘲気味に笑った。

「……相手からすれば、私のそういうズルくて押しつけがましい部分が透けて見えて嫌だったんでしょうね。そういうことに気付かないから、周りが見えていなくて……こんなに頑張っているのに、どうして愛してくれないのっていっつも不満顔をしていたから……誰にも好かれなかったんですね。私だって……こんな自分のこと大嫌いなのに、誰かに愛してもらえるはずないもの……」

天真爛漫で、あるがままに生きて、生まれながらに愛されるレーラと私は絶対的に違う。

私はあんな風に生きられない。

卑屈な自分がずっと嫌いだった。誰にも必要とされないのなら、生きている価値が無い。

汚くて卑しくて、妬みがましい自分の側面をジローさんには知られたくなかった。でももう誤魔化し続けるのは無理なのだと悟った。優しいこの人をいつまでも私の我儘に付き合わせるわけにはいかない。

泣かないように必死にこらえていたら、背中に触れるジローさんの手がぶるぶると震えているような気がして、それが気になって少しだけ顔をあげた。

隣を見ると、なんとジローさんが顔をくしゃくしゃにして泣いている光景が目に飛び込んできて、驚きすぎて自分の涙なんてどこかへ吹っ飛んでいってしまう。

「えっ⁉　ジ、ジローさん泣いてる⁉　い、今泣く要素ありました？」

「うっ……うっ、だってよう、どうしてあんな目に遭った人間がそんな風に思わなきゃいけないんだよォ。ディアさんは、大切にしただけじゃねえか。自分の大切な人になって欲しいから、頑張ったんだろ?」

「あ……私のために、泣いて……?」

ジローさんは私が辛かった気持ちに共感して泣いてくれていると気付いて、どうしたらいいかわからなくなってしまった。

「誰だって、頑張ったら褒められたいし、誰かに必要とされたいって思うのは当たり前だろ。それなのにどうして自分を責めて苦しまなきゃいけないんだよ。不公平だろそんなのォ」

ジローさんは泣きながら怒っていた。

「な、なんでジローさんが泣くの? 私のことで、ジローさんには関係ないのに……」

「だってディアさんが泣きたいのに泣いちゃいけねえみたいな顔で語るからさァ! それ見ているだけでもうつれーよ。なんでそんな自分を責めるんだよ」

その問いに答えようがない。だってこれまでそんなことを私に問いかけてくる人はいなかった。お前のせいだと責められることはあっても、なんで自分を責めるんだなどと言われたのは初めてだったから、答えが分からない。

ジローさんは、年取ると涙腺《るいせん》が緩くなってダメだなと呟きながら涙をぬぐって私に向き合った。

「ディアさんさ、自分を責めることで相手を憎む気持ちは薄くなるかもしれないが、それじゃあアンタの傷ついた気持ちは救われない。そんな方法で決着をつけようとしちゃダメだ。涙をこらえちゃダメだ。人は、悲しい時は泣くんだよ。ツライ時はツライって気持ちを吐きださないと苦しくて死んじまうんだって」

悲しい時は泣く。当たり前のことなのかもしれないが、私にはそれが難しい。

辛い時はぐっと喉を引き締めて、感情が動かないように耐える癖がついていた。幼い頃からそうやってきたから、いつしか私は泣くのを我慢するのが当たり前になっていた。

何も答えられず首を振るばかりの私を見て、ジローさんはちょっと困った顔をした後、パッと両腕を広げて見せる。

「ホラ、だからさ、おいちゃんの胸で泣きなぁ？」

広げられた両腕に抱き込まれ、私の顔はジローさんの胸にぽすんとおさまった。

「……っ」

抱き込まれた瞬間、固く強張《こわば》っていた体から力が抜けていくのを自分でも感じた。おずおずと私も腕をジローさんの背中に回すと、ぎゅっと強く抱きしめ返してくれる。

ジローさんの胸は固くて厚くて……そしてちょっと臭かった。

でも力強くて温かい。ここは安心していい場所なんだと感じて、どんどん心がほぐれていく。

力を抜いて身を預けると、ジローさんは『それでいい』というように頭を撫でてくれる。

……今まで、泣いていても、こんな風に抱きしめて慰めてもらえたことなんてなかった。

優しくされたら、ぎゅっと押し込めていた気持ちが緩んで溢れてきてしまう。ずっと我慢していた涙が、ついにこぼれてしまった。

「…………ツラかったの。嫌だったの。悲しかったの。誰も、私を顧みてくれなかったの……。大切にされたかった。少しでも愛してもらいたかった」

「うん、そうなあ、そうだよなあ」

ぽんぽんと子どもをあやすように背中を叩いてくれるジローさんは、うん、うん、と頷いて私の言葉を受け止めてくれる。

「みっ、みんな嫌い……っ！　うえぇぇん」

「そりゃそうだ、俺も嫌いだわ、エロ君とか近年聞いた最低男の中でもぶっちぎりでゲスいヤツだわ」

「わあぁぁぁん！　ラウの馬鹿ぁ〜最低〜っ」

一度声に出して泣いてしまうと、もう涙があとからあとから溢れてきて、涙腺が壊れたみたいに止まらなくなってしまった。

辛かったことや悲しかったこと。ずっと我慢して飲み込んできた感情は、私のなかで消えずに澱《おり》のように溜まっていっぱいになっていたのだ。

その全てが今、涙と一緒になって流れ出ているような気がする。

〝悲しい時は泣くんだよ〟

その言葉が何度も頭の中で繰り返される。そうだ、私は泣けばよかったんだ。辛いと言えばよかったんだ。そんなことにも気づかず全部内側にため込むから、ジローさんが見かねてこうして連れ出してくれたのだと思い、その優しさがまた胸に沁みた。

ジローさんはグズグズと泣きながら文句を言う私をずっと抱きしめていてくれた。

服が涙でびしょびしょになっていたが、全然気にする様子もなく、ぎゅうぎゅうと胸に抱きこむ。

「よしよし。あー、女の子っていい匂いだなァ。おんなじもの食ってるのに、なんでいい匂いになるんだろなー。不思議だなァ」

などと冗談を言いながらクンクンしていた。

こんな時でも、私が落ち込まないように茶化してくれるんだな、とまた彼の優しさに心が救われる気がした。

それからもしばらく私はグズグズと泣いていたのだが、言葉が途切れたところでふとジローさんの腕が離れた。

「ちっと待っててな」

どうしたのかと思って顔をあげると、ジローさんは立ち上がって湖のほうへ歩いて行ってしまう。

急に一人にされて、すぐそばにあった熱がなくなったことですうっと体が冷えていく感覚に不安を覚えてまた卑屈な私が顔を出す。

……私がいつまでも泣き止まないから、ついに呆れてしまったの？

ショックで落ち込んでいたら、水際で何かをしていたジローさんがすぐ戻ってきて、何かを差し出してきた。その手にはなんだか汚れた丸い石を持っていて、どうやらその石を取りに行っていたらしい。

「……？」

ジローさんが何をしたいのか理解できず、首をかしげながらも差し出されたそれをよく見ると、石には泥で何かが書いてあった。

顔……のように見えるが、裏返すと不思議な記号のようなものが描かれている。これは一体……。

「これは、えーっと、アイツだ。エロ君だ」

「…………ラウのこと、かしら……？」

「そうそう！　それだ！　わりかし上手く描けたと思うんだけど、この石がそのエロ君だとする！」

「だから、ラウだって……この石が、なに、え？　似顔絵？　かろうじて顔と分かるけど……石の裏にあるこの絵はなんですか？」

表は丸ふたつと線が描いてあって、確かに顔に見えなくもない。だが後ろは丸でもない曲線が描かれていて、なんだかよく分からない。

「ああ、それ？　エロ君の尻。すげえ上手く描けたと思わん？　エロ君については、尻丸出しネタしか知らないからさ！」

思わずブフッと噴き出してしまう。お尻だと言われるともうそれにしか見えない。というより、ジローさんはもちろんラウのことなんてほとんど知らないだろうけれど、私が話した内容からお尻を出していたってとこしか印象に残らなかったらしい。

「んんっ……もう、笑わせないでください。その石をどうするんですか？」

ジローさんはちょっと真面目な顔になって、私に石を持たせてその手をぎゅっと握りこむ。

「おいちゃんもう若くないからさ……人生色々あったし、いろんな場所でいろんな奴を見てきたんだよ。恨んだり憎んだりって感情に振り回されて身を滅ぼした人もたくさん見てきたよ。復讐して、本懐《ほんかい》を遂げたヤツってのもいたけれど、その後に残るのはやっぱ空《むな》しさだけなんだよ」

遠い目をするジローさんの瞳には、たくさんの過去と悲しさが映っているように見える。

「俺な、あんな目にあったディアさんが復讐とかしないで家を出るって言いだした時、ホントすげえって思ったんだ。悪い感情を切り捨てようって思っても普通はできねえよ。俺なら復讐しないと気が済まねえ。でもディアさんは捻《ひね》くれることなく真っ直ぐ立とうと頑張っている。その姿勢が俺は好きだ」

好きだと言われ、思わずドキリと心臓が跳ねた。ジローさんの言うそれは、男女のそれなどではないのは分かっているが、それでもいつになく真面目なジローさんの顔を見て、なんだかとても特別な言葉のように感じてしまう。

「だからこそ、あんなろくでもない男のことで何度も悲しんで欲しくない。尻出し男のことなんて投げ捨てちまえばいいんだって。イヤな記憶は全部、この湖が綺麗に洗い流してくれるからさ」

投げ捨ててしまえ、と渡されたラウの似顔絵の石。

まぬけな絵が描かれたその石を、ジローさんは私にぎゅっと握らせ、投げ捨てろ！　と振りかぶる真似をしてくる。

「捨てる……？」

石を見つめながらつぶやくと、ジローさんは嬉しそうにうんうんと頷いて、何度も投げる仕草をして早く投げろと促《うなが》してくる。

ふ、と少しだけ笑うと、思いっきり振りかぶって、私は石を湖に向かって投げ飛ばした。

石は、綺麗な放物線を描いて飛び、ボッチャーンと大きな水しぶきを上げて湖に落ちた。跳ねた水がキラキラと光って、なんだか夢のように綺麗だった。

「……すごい、飛んだ」

「ディアさん超肩強《つえ》ぇ！　けっこー重みあったけどあの石！　すんげえ飛んだし！　ちょ、水切りもやってみようぜ！　ディアさんめちゃくちゃ飛ぶんじゃねえ？」

「水切り？　どうやるんですか？」

「知らんのか？　こーやって横投げで、水面を切るように石を投げるとさ……ホラ！　見た？　俺すごくねえ？　今、五回は跳ねただろ！」

軽い動作でジローさんが石を投げると、それは水面をぴょんぴょんと跳ねて飛んで行った。

「わ！　すごい、面白い！　なんで跳ねるんですか？　私にもできますか？」

「んーじゃあジローさんが手取り足取り教えてしんぜよう」

ジローさんは得意げに水切りのやり方を教えてくれた。

私は何度やってみても一回跳ねるのが限界で、どうしてジローさんがやるとあんなに跳ねるのか不思議でならない。むきになる私を見て、ジローさんは得意げに技を披露する。

『どうだ！』と自慢げに振り向く姿が可愛くて、私はさっきまで泣いていたことなど忘れ、笑ってはしゃいでしまった。

湖はキラキラと太陽の光を反射して、石を投げ込むたび光が跳ねる。まるで発光しているみたいな水しぶきに、私は夢中になった。

それから腕が痛くなるほど石を投げて遊んだ。

「おいちゃんもう肩があがらねえよ……ディアさんの若さについていけねえ」

ジローさんがもう疲れたしそろそろお昼にしようと言い出して、ブランケットを敷いて持ってきたバスケットを広げた。

私は中から林檎を一個取り出して、そのままかじった。

ジローさんは薄焼きパンに肉と野菜を適当に切って挟んで食べている。しばらく無言で食べながら湖を眺めていた。

太陽の光が差し込んで光が舞い踊り、美しい光景に引き込まれそうになる。

「不思議な湖ですね。石が跳ねるたびに、光も弾んで輝いているように見えませんでした？　まるで精霊様が踊っているみたい」

「ああ、ホントに精霊が踊ってんのかもよ。この湖には精霊が住んでいるから、悪いことすると罰《ばち》が当たるよって昔じいさまばあさまに言われたことがあるわ～」

「えっ！　じゃあここ聖地じゃないですか。やだ、石を何度も投げ入れちゃいましたよ。どうしよう。精霊様が怒っているかも」

「んーでもキラキラ光が跳ねて喜んでいるみたいに見えるから、きっと精霊さんとやらも楽しんでるんじゃねえの？　罰が当たるなら、もう鳥の糞《ふん》とか落ちてきてるって」

「またそんな適当なこと言って……帰る前にお祈りしてゴメンナサイしていきましょう」

「真面目だねえディアさんは」

そう言って私を茶化しつつも、ジローさんは優しい目をしていた。

湖は、さきほどよりも輝きを増していて、なにもしていなくても時々水が跳ねて光が踊っている。魚かもしれないが、精霊がご機嫌で跳ねていると言われてもそうかなと思ってしまうくらい、綺麗な光景だった。

それから私とジローさんはぼんやりと湖を眺めてしばらく過ごした。

じっとしていたら、少し冷えてきたので私はバスケットからお茶の入ったポットを出す。

「あ、お茶も出しますね。と言ってもポットに詰めてくれたのはジローさんですけど」

「ありがとなぁ。あ、そうだ。じゃあコレ、俺からの引っ越し祝い。この間、行商が来た時にいいの見つけたから買っておいたんだわ～」

そう言ってジローさんは荷物の中の紙袋からカップを取り出した。

「今使ってるカップ、家に残ってたふっるーい汚ーいやつだろ？　ちょっと欠けてるし、気になってたんだ」

この地方独特の文様《もんよう》で白地に赤い花が線のように描かれているかわいらしいカップだった。

「あ、ありがとうございます……」

少し大きめのそれは、手に持つとしっくりと馴染《なじ》んだ。

ジローさんが、私のために選んで買ってくれたのだと思うと、嬉しさで胸がぎゅうっとなった。

どうしよう……すごく嬉しい。

私のことを思って、選んでくれたプレゼントだ。喜びをかみしめるように、カップを胸に抱きしめると、大げさだと言ってジローさんが笑った。

「行商が帰りの荷物減らしたいって、すげえ値引きしてたから安物だよ？」

「可愛くて、すごく気に入りました……嬉しい、大事にします」

「あらー、ディアさんはおっさんを喜ばすのが上手いねー」

ジローさんにとっては大したことではないんだろう。でも私には人生で一番というくらい嬉しい出来事だった。

私が嬉し泣きしそうになっていることになんて全然気づかないで、ジローさんは『この燻製肉うめえ』と肉ばかり食べていた。

見上げると、太陽が湖の真上に来ていて、日の光がまっすぐに差し込んで、湖の底まで照らしている。魚が泳ぐ姿もはっきりと見えて、奇跡のように美しい。

それを二人で眺めていたら、ジローさんが呆《ほう》けたようにポツリと呟く。

「あー最高。綺麗な景色を眺めながら、可愛い女の子と飯を食うって最高の休日の過ごし方じゃない？　これでディアさんがひざまくらでもしてくれれば思い残すことはないんだがなあ～」

「か、可愛くなんて、ないですし、私にひざまくらなんてされて嬉しいですか？」

「なに言ってんの、ディアさん美人ですげえ可愛いよ。その太ももに顔をのせて、おっぱいに挟まれたいって男ならみんな思うよー」

「……ブスって言ったくせに」

「あらら、根に持ってる？　イヤ、ホラそれは違うんだって！　屋敷で見かけるたびいつも、美人だなあって思って目の保養にしていたからさぁ。夜中に会った時とのあまりの違いに驚いて思わず口走っちゃっただけだってぇ。いやあ、あんときはホントビビったよ。すげえ美人がブスに変貌していたから。まあ、あんな目にあっちゃあ誰だって怒りで我を忘れるよ。ブスになるのもしょうがないって」

「ちょっとホント、ブスブス言い過ぎですってば……」

「ええ～？　褒めてんだってェ」

褒められているのか貶《けな》されているのか分からない。それに気軽にブスブス言い過ぎではないかと、それはちょっと不満に思う。

でもジローさんの言葉にはやっぱり気遣いと優しさがあるように感じる。

あの時、下手に慰められても叱咤《しった》されても、悪感情に支配されていた私には響かなかったと思う。わざとか、何も考えてないのか分からないけど、このいい加減な風を装ったジローさんの言葉で私は救われた。

今もこうして、ジローさんの何気ない気遣いや明るさに救われている。

どうしてこの人は、私の気持ちが分かるのだろう。

どうして赤の他人だった私を助けてくれたのだろう。

ジローさんはそんな私の疑問に気付くことなく、キラキラと輝く湖をまっすぐ見つめている。

しばらく沈黙が続いた頃、ジローさんが静かな声で話し始めた。

「あのさ、ディアさんが今まで頑張ってきたこととか、なにもかも無駄だったとかって今思っているかもしれないけどさ……俺はそんなことないと思うよ。ディアさんは誰も見ていないからって誤魔化したりズルしてさぼったりできない性格だろ？　そういうのってナァ……見ている人はちゃんと見てんだよ」

なにもかも無駄だったと言った私の言葉を否定しようとしてくれているのか、ジローさんはそんなことを言い出した。

誰か……見ていたのだろうか。思い返してみるが、あの頃は視野が狭かったから、私を見ていてくれた人といっても思いつかなかった。

「それにさ……もし誰も見ていなくても……精霊や神様みたいなのはさ、ちゃんと見ていると思うぜ。こうして湖が光るのもさぁ、精霊がディアさんを歓迎してくれていたりするんじゃねえの？　ディアさんいい子だからさ、精霊とかがご褒美に綺麗なモン見せてくれたんだよ」

「精霊様とか……でも私、妬んだり憎んだりして……」

「人間なんだから当たり前でしょうよ。ディアさんはいい子だよ。汚れ切ったおいちゃんからすると、眩しくて直視できないわ～」

ご褒美を頂けるような人間ではないと自分では思うが、せっかくジローさんが私を励まそうとしてくれているのに否定するのは悪い気がして、ありがとうございますと言って素直に受け入れた。

……精霊様や、神様がどこかで見てくれている。

もしそうだったらいいなとぼんやり考える。

頑張ったことを見ていてくださったと思えば、いろんなことが報われる気がする。

精霊に感謝を捧げる収穫祭なども、若い世代はただの行事としか思っていないが、相談役のお年寄りなどは『精霊様に感謝を』と言ってきちんと祈りを捧げていた。

私はただそれに倣《なら》い儀礼的におこなっているだけで、精霊様が本当にいるかどうかなんてあまり考えたことなどなかった。でもこの不思議にきらめく湖を見ていると、本当に精霊様が『ここにいるよ』と言っているように思えた。

キラキラと、光が水の上を跳ねる。

こんな光景を見せてもらえるのなら、私の生きてきた時間は全然無駄じゃなかったのかもしれない。私のしてきたことも全部、意味のあることだったと思えば救われる気がした。

温かい気持ちのまま、隣に座るジローさんにもたれかかると、彼は何も言わずじっと湖のほうを見つめていた。

どれくらいそうしていただろうか。気づけば陽が傾き、夕日が私たちを照らしていた。

「ちょっと寒くなってきたな。暗くなる前に帰ろう、ディアさん」

「そうですね。さっき散々泣いてシャツ濡らしちゃってごめんなさい。でも胸を貸してくれてありがとうございました」

「ンンッ……全然いいってェ！　女の子抱っこできるなんておいちゃん得しちゃった。ディアさんの涙で濡れたシャツとか最高だわ。これしばらく洗わないことにする」

「ヤダ、洗ってください。それよりジローさん、前にお風呂入ったのいつですか？　割と臭《にお》いますよ、そういえばその服もずっと洗ってないですよね？」

「えー風呂めんどくさいんだよね〜ごめんね、オッサン臭かった？」

「……服は私が明日洗うんで、絶対着替えてください」

ハイハイ、とジローさんは適当に返事をして、私を馬に乗せた。

空はオレンジ色と紫色の濃淡に染まっていて、太陽がもうすぐ山の向こうに落ちて消えていくところだった。

湖を振り返ると、蛍の光のような淡い光がふわっと舞っていた。なんだか、励まされているような気がして、私は湖に向かってお礼を言う。

「……素敵なものを見せてくれて、ありがとうございました」

そうすると、また不思議なことに光がくるくると飛び交ったので、精霊様が応《こた》えてくれたように感じた。だからせめてもの御礼に、奉納舞《ほうのうまい》のひとつにある感謝の姿勢をとり、目を瞑る。

私は額に手を当て、心の中で感謝の言葉を呟いた。

私の何が変わったわけでもない。今でもまだラウや家族を恨む気持ちは消えていない。
でも辛い気持ちに呑まれそうになったら、今日のこの時を思い出そう。
光が踊る湖の美しさを忘れないようにしよう。
ジローさんからのプレゼントを受け取った時のあの気持ちを思い出せば、きっと大丈夫だ。

今日はよく眠れそうな気がした。

# 第六話『過去と贖罪』

ジローさんのおかげで、宙ぶらりんだった私の気持ちがようやく据《す》わった。口先だけでなく、ちゃんとこの村で生きていこうと決意を新たにする。

村長さんにお願いして、村の住民票を更新する仕事をまかせてもらって、全ての住人の家を回って、一人一人に挨拶をすることにした。

村に新しく住まわせてもらうことになったと丁寧に自己紹介をすると、最初村に来た時に、私を値踏みするように遠巻きに見ていた人も、笑顔を見せてくれた。

私がこれまで会ったのはほんのわずかな人たちだけで、役場を訪れた人にはもちろん自己紹介と挨拶をしていたが、積極的に関わろうとはしていなかった。

村長さんもあえて私を紹介して回ろうとはしなかった。きっと村長さんは、私がここにずっと住むとは思っていなかったのだろう。きっとすぐに村を出て行くと思われていたんだと今更ながら気が付いた。

だから、ちゃんと村人全員に挨拶をしたいと私が村長にお願いすると意外そうにしていたが、どこか嬉しそうでもあった。

村のみんなの家を回ったあとから、チラホラと村の人たちが村役場に私を訪ねてきてくれるようになった。村の細々《こまごま》した相談などもしてくれるようになり、ようやく私はこの村に迎え入れられたような気がして嬉しくなった。

でも、ジローさんと一緒に住んでいると言ったら、ものすごく驚かれて、話を聞いていた全員から大反対されることになったのはちょっとだけ困っている。

「あのちゃらんぽらんと結婚したの？　弱みでもにぎられているの？」

「やめときなさいよ。ディアちゃん騙されているのよ。男ならもっと他にいいのがいるわよ」

「いえ、あのジローさんとはただの同居人なだけで……」

下世話な質問が飛び交い始めたので、やむを得ずジローさんが傭兵時代に負った怪我のせいで、そういう心配は要らないのだと説明すると、皆、納得してそのあと大爆笑した。

「やだあ、そうだったのね！　女の子にちょっかいばっかりかけていたあの子がねえ〜。さすがにちょっとかわいそうねえ」

「でも節操なく女の子を口説《くど》いてたんだから、悪いことできなくなったほうがよかったのよ」

だらしない下半身だったからバチが当たったんだ！　と言われ放題だったので、ジローさんは一体村でどんな悪行を働いたのかとちょっと心配になった。

私自身の事情については、簡単に『婚約者が私の妹を孕《はら》ませてしまって、結婚がダメになったので、家にも居辛《いづら》くなって逃げてきた』……と簡単に説明したのだが、こっちが申し訳なくなるくらい泣かれて同情された。

私の境遇を心配してくれるのは有難かったが、その優しさが変な方向に行き始めた。

自分たちが、私の結婚相手を見つけてやると言い出したのだ。

可哀想可哀想と連呼されるのもきつかったが、それよりも『新しい恋を！』と言われるほうがきつかった。

ご老人方はやる気満々だったが、私はもう結婚とか考えたくもないので、断る以外の選択肢はない。だが、やる気を出したご老人方はなんと言っても引いてくれないので少々うんざりしていた。

「ごめんなさい。結婚も恋愛も私には無理なんです。もうあんな経験したくないんで、みなさんの期待には応えられないです」

「うーん、そんな悲しいこと言わないでディアちゃん。ツライ経験は、新しい恋をして忘れるべきよ！　ね、きっといい人がいるわよ～」

結婚は女の幸せよ！　というのがこの村のご老人の持論らしい。

それでも何度も断っているうちに、ほとんどの人がもう結婚については無理に薦めなくなってくれたのだが、絶対に諦めないご老人が、一人だけいた。

それが女性の結婚観を説いてくるマーゴさんだ。

マーゴさんには娘と息子がいたのだが、娘さんは家を出たきり音信不通で、息子さんは先の戦争で亡くなってしまったそうだ。子どもも残せず、親よりも早く亡くなってしまったことが悔やまれて、私のように、まだ若い人間が未来を諦めているのが残念でならないと言っていた。

そういう事情が分かっているので、あんまり無下にはできないのが難しいところだ。

その日も毎日来るご老人方への対応に苦慮していると、一人の男性が役場の扉を開けて入ってきたので、これ幸いと応対しなきゃと言って、そそくさとその場から逃げ出す。

「すみません、お話し中のところ。あ、村長に届け物で……荷物こちらでいいですか？」

「ああ、クラト。そこでいいよーありがとなあ。あ、せっかくだから茶飲んでいきな。ディアさん特製のお茶美味いんだよ～」

入ってきたのは、若い男性だった。村長とお知り合いなのかと思っていると、彼はこの村では貴重な若者の住民なのだと村長が紹介してくれた。

若いと言っても、三十代半ばくらいの年齢だろうか。紹介ついでに教えてもらったが、彼は先の戦争で左目と左足を負傷して、今も左足は少し動かしづらいけれど日常生活にそれほど支障はないらしく、大きな体格を生かして村では力仕事を含めた便利屋のような仕事をしているそうだ。

行商が扱わない品物を町に買い出しに行ったりもするので、村と町を行ったり来たりしていて、私が来た当初は村には居なかった。

今は作物の収穫期になったので村に戻ってきて、収穫を手伝って町へ売りに行く代行をしてくれている。

目元から頬にかけて大きな傷があるが、元が整った顔をしていて、傷があることも人によっては魅力的に映るだろう。今も昔もさぞかし女性にもてそうな人だが、家族はおらず独り身らしい。

クラトさんが顔を出すと、ご老人たちがにわかに色めきたって、マーゴさんが私をクラトさんの前に押し出してきた。

「クラトくん！　まあまあ、このあとの予定は？　なにもないなら、もう夕方だしディアちゃんもお仕事終わりだから送っていってあげてよ～。ねえクラトくん、ディアちゃんとちゃんとお話ししたことないでしょ？　村のこととか色々教えてあげて～」

「いや、あのクラトさん、まだ明るいし……いつもの道なんで送って頂かなくて大丈夫です」

「いいですよ、これを運んで終わりでしたから。ディアさんが村に来てから、一度ご挨拶しただけでしたからね。俺も一度ちゃんとお話ししてみたいと思っていたんですよ」

「あらあらまあまあ！　ディアちゃん美人だものねえ～そうよねえ～。さあさあ、ディアちゃん早く準備して帰りなさいよ」

断ろうとしたけれど、マーゴさんにグイグイ押されて外に出されてしまう。クラトさんはごく自然に私の手を取って、行きましょうと声をかけてくる。

不自然にならないようにさっと手を引いてクラトさんから距離をとると、彼はちょっと片眉をあげて微笑んだ。

そして意識的に私と距離を保ったまま、我が家へと続く道を先に歩き始める。

仕方なくクラトさんの半歩後ろについて行くと、少し振り返ったクラトさんが話しかけてきた。

「ディアさんは……あのジローと一緒に住んでいるんですよね。アイツに連れてこられたのは知っていますが、どうして一緒に住み続けるんです？　空家ならほかにもたくさんありますよ。まさかアレと恋人同士だとか言わないですよね？」

断ったのに送って行くと主張した理由は、どうやらこの話をしたかったらしい。

「えっ……と。恋人とかではないですけど、ジローさん親切ですし、いいひとですし……女友達と同居している感覚ですかね？　というか、クラトさんはジローさんとお知り合いなんですか？」

「狭い村だからね、みんな知り合いっちゃ知り合いですが、ジローとは昔馴染みです。アイツは昔っからいい加減で、女性にだらしないヤツだったんです。今は戦争で傷を負ったせいで丸くなったって聞いているけれど、人間てのはそんなに変わらないんですよ。ゲスなヤツが聖人になったりなんてしない。泣かされる前に離れたほうがいい」

ジローさんの評判は村のご老人方にも良いとは言えないが、それでもせいぜい、だらしないだのいい加減だのとその程度の悪ガキ程度の扱いだったけれど、クラトさんははっきりと敵意を込めて言っている。

昔、二人にはなにかもめ事があったのだろうか。嫌っている……というよりも、憎んでいるようにも聞こえる。だから私にも、わざと怒りを煽るような言い方をしているように感じた。

「……昔になにがあったか私はなにも知りませんが、今、私の知るジローさんはいいひとです。もし泣かされるようなことになるのなら、それは私が判断を間違えたことなので、自業自得なので仕方がないです。なので私のことはお気になさらないでください。心配してくださってありがとうございます」

実際、ジローさんはいい加減で適当なところがあるが、それでも私は彼に救われてきた。クラトさんとの間になにかあったのだろうが、それには関わっていないし知らないことだ。

知らないことを他人の口から聞いて、ジローさんとの付き合いを変えるのは間違っていると私は思う。だからきっぱりと断ったのだが、クラトさんはちょっと意外そうにしていた。

「ディアさんは見かけによらず結構頑固な性格なんだね。まあそこまで言うのなら、もうなにも言わないが……君はしっかりした女性のようなのに、なんでジローなんかに騙されてしまったのかなあ。あれのどこをどう見たらいい人に見えるのか、教えて欲しいよ」

クラトさんは急にくだけた口調になって、やや馬鹿にしたような物言いをしてくるので思わずムッとしてしまう。

「そういえば……ディアさんは故郷で婚約破棄されたんだっけ？　そのせいで自暴自棄になって判断力が失われていたのかな？　それにしても、君の元恋人も、ずいぶんと勿体ないことをしたものだね。こんな綺麗な子を逃すはめになって、きっと今頃後悔しているよ」

「……ジローさんのことはともかく……。私の元婚約者のことでしたら、親が決めた結婚でしたし、面白みも可愛げもない私と結婚しないで済んで喜んでいますよ。私と婚約しているときからずっと不満だったみたいですし。まあ今思うと、どうしても私と結婚したくなかったから、あんな強硬手段に出たのかもしれないですね」

わざとらしいお世辞など全く嬉しくない。そっぽを向いたまま言われたことを否定してやると、クラトさんの噴き出す声が聞こえた。

「ふっ、はは。ずいぶんと後ろ向きな考えだね。ジローは君の自己評価の低さに付け込んで取り入ったのかな。だったら俺みたいなのでもつけ入る隙がありそうだ」

「からかうのはやめてください。クラトさんて結構意地悪なんですね」

「悪い、ちょっと言い過ぎた」

私が怒るとクラトさんはすぐに謝ってくれた。それからは、村での生活に不便はないかとか、仕事の話など普通の話題を振ってきて、そういった話ではとても気遣いがあって優しい人に思える。ジローさんの話題以外ではむしろいい人なので、なにかジローさんに対して相当な蟠《わだかま》りがあるのだろうということだけは分かった。

家の前まで来ると、ジローさんがいつものように玄関先の長椅子で昼寝をしている姿が目に入って、クラトさんの額に、ぴきりと青筋が浮かぶ。

「おい！　女性を働かせてお前は昼寝か！　相変わらずのクズだな！」

「んおぉ⁉　えっ、なに？……ダレ？　気持ちよく寝てたのにさぁ～」

「まさか俺の顔も忘れたのか？　久しぶりとはいえ、子どもの頃から知っていて戦争も一緒に行ったが、覚えてもいないか。戦争で脳みそもやられたか」

「わーその面倒くさい言い方、クラトか～久しぶりだなァ。お前まだ村に住んでたのかー。いつぶりだっけか？　まあお互い死ななくて良かったたじゃないの」

カラカラと笑うジローさんに対し、クラトさんは今にも頭の血管が切れそうなほど怒っている。

「生き恥を晒してなにが良かっただ。お前は腹が立つほど変わらないな。少しは自分のしたことを顧みて反省をするとかないのか」

「お前のそのクッソお堅い性格も全然かわんねーのな。なんにせよ、この歳まで生き残ったんだから、儲けもんだと思ってるけど？　だからもうあとは好きなように生きることに決めたんだよォ～。俺はね、可愛い女の子を愛《め》でながら楽しく余生を過ごすんだよ。クラトもさー俺より若いんだから、可愛い嫁でも貰って楽しく生きろよ。なにをそんなにキリキリしてんだよ」

あくび交じりで言うジローさんに、クラトさんはギリッと歯を食いしばってついに怒りを爆発させた。

「そうやってお前の欲望にディアさんを巻き込むな！　傷ついた女性に付け込んで弄《もてあそ》ぶなど男の風上にも置けん！　ディアさん！　家を出るなら手伝うから、こんな男とは離れたほうがいい」

そう言い捨ててクラトさんは踵《きびす》を返して来た道を戻っていった。

「……ジローさん、昔なにをやらかしたんですか？」

「んー？　なんだろなあ。子どもの時からアイツあんな感じだから、どれで怒ってるか分からないなー。真面目ちゃんだから俺みたいなのがただ気に入らねえんだろー」

あの怒り方は尋常じゃない。けれどジローさんはわざとらしくあくびをするだけで、思い当たることはないと言い張る。

なにか誤魔化しているようにも見えたが、あえて聞くことはしなかった。気のせいかもしれないし、第一言いたくないことのひとつやふたつ、生きていれば色々あるだろう。だからそれ以上、クラトさんとのことを話しはしなかった。

それからしばらくジローさんはいつも通りに振る舞っていたが、軽口をきくことが減ってあんまり元気がないように見える日が多くなっていった。


それからしばらく経ったある日のこと。

真夜中にゴトゴトと居間のほうから物音がしたのが気になって、上着を羽織って部屋から出た。

居間に入ると、お酒の香りがプンと鼻につく。

見ると、足元に酒瓶が転がっていて、こぼれたお酒が床を濡らしている。しかもそれだけでなく何本も酒瓶が机に転がっていた。

居間の真ん中に酔いつぶれたジローさんが寝っ転がっていた。床に転がっているお酒を全部空けたのかとやや呆れつつ、眠っているジローさんを揺り起こす。

「ジローさん、こんなところで寝ると風邪をひきますよ」

「んあ、あー……いやーなんか飲みたい気分でさ」

瓶を拾いながら、こんなにたくさん家にお酒があったかしらと思っていると、それに気づいたジローさんが教えてくれた。

「町に卸す商品を村長に売ってもらったんだわ。あ、でもお金たりなかったから、ディアさんのお給料から天引きにしてもらっちゃったんだわ〜ごめんナァ」

「もう、しょうがないなあ。飲みすぎないようにしてくださいね」

あっさり許すとジローさんは一瞬目をぱちくりしていたが、急に慌て始めて、瓶を片付ける私を引き留めてくる。

「……えっ？　いやいやいやいや、ちょっとさ、そうじゃなくてさ……そこは怒るとこでしょうよ。ディアさんのお給料勝手に使ったっつってんだよ？　なにふつーに流してんだよ」

「いいですよ。この村まで来る時、ジローさんが旅費を出してくれたじゃないですか。精算するって言っても結局受け取ってくれなかったくせに、私が怒るわけがないでしょう。そんな言い方すると、わざと嫌われようとしているみたいですよ。そういうのジローさんに似合いません」

さすがに不自然なので、ただお酒が飲みたかったというわけではないだろう。だから怒る気にもならないと言う私に、ジローさんは呆れたように鼻で笑った。

「ディアさんは俺を買いかぶりすぎだろ。旅費なんて安宿ばっかだったから全然使ってないって思わなかった？　そんな言い方似合わないとかさぁ、初めて言われたよ。俺は昔っからこんなんだよ。村の年寄りどもも、アイツはロクデナシだって言ってただろォ。ディアさんをこの村に連れてきたのも、最初っからさ、働き者のディアさんのスネ齧《かじ》れるかなーという下心だよ。旅費も、旅の途中で逃げられたくないからお金出してただけだって」

へらへらとワザとらしく酒瓶を振ってみせるが、どうにも無理がある。真意がどこにあるのか探るようにじっとジローさんを見つめると、あからさまに目を逸らした。

……急におかしなことを言いだしたのは、やっぱりこの間クラトさんと会って詰《なじ》られたことが原因なのだろうか。

「私は、ジローさんと住むことに価値を感じていますから、家賃としてお金を払ってもいいですよ。それともジローさんは私に出て行ってほしいですか？　でも私はジローさんにたくさん助けてもらいましたし、信頼しているので、できれば一緒にいたいですけれど」

私は自分の気持ちを正直に伝えてみた。すると、私の返答が思っていたものと違ったのか、ジローさんは困ったように頭をぐしゃぐしゃとかいて、大きなため息をつく。

「……なんなんだよ、その口説き文句……。ディアさんってホント馬鹿だよなァ。俺みたいないい加減な人間を信頼しちゃうから、エロ君みたいなクズにいいようにされちまうんだって。その騙されやすい性格、なんとかしたほうがいいよ……。じゃないとまた痛い目見るからさ。クラトにも、アンタは騙されているとか言われたんだろ？」

「……まあ、言われましたけど、それを判断するのは私ですから」

「クラトの言うことは正しいよ。俺ァろくでもない人生を送ってきたからな。クラトはクソ真面目で、面倒だがいい奴だ。ディアさんは俺なんかよりこれからはアイツを頼ったほうがいい。家も用意してくれるって言うしさ、引っ越しくらいは手伝ってやるよ」

私はなんと答えるべきかしばらく考えて、ただ思ったことを素直に言葉にしてみる。

「うーん……でも私、今は自分の気持ちに素直に従いたいんです。以前は人の言いなりになるだけだったから、そんな自分はもう嫌なんです。だから私の気持ちをちゃんと言いますね。私はジローさんと一緒に住みたいと思っています」

私の言葉にジローさんはしばらく絶句して、そして少しいら立ったように眉間にしわを寄せた。

「……あのな、俺、自分に都合が悪いことはディアさんに言ってないのよ。やっぱさあ、こんなんでも軽蔑されたくないとかあるわけよ。ディアさんは俺を善人みたいに思ってそうだからさ、俺としてもいい人ぶりたいのよ。クラトの言う、騙されているってのもあながち嘘じゃないかもしれないんだぜ？　俺が過去になにをしたか知らないで、いつか後悔しても遅いんだ」

皮肉っぽく笑うジローさんは、なんだかとても傷ついているように私の目には映った。

過去になにがあったのか、どうしてそんなに悲しそうなのかと色々疑問が頭をよぎるが、それを無理に問い質《ただ》すことはやっぱり違うような気がする。

その『都合の悪いこと』を、クラトさんの口から私に告げられることを恐れているのかもしれない。だからその前に自分から私が離れるように仕向けている……というのが正解だろうか？

それを聞いた私の反応を見たくないから？

それとも過去を思い出したくないから？

私からの質問を拒むようにそっぽを向いているジローさんの横顔をじっと見て、私は今どうするべきかを考えた。しばらくお互いなにも喋らず、沈黙だけが続く。

そして、ひとつの結論に達した私は、椅子から立ち上がり、自分の部屋に行って家出をするときにひとつだけ持ってきた本を手に持って戻ってきた。

本を開いてジローさんの前に置く。

『？』と不思議そうな顔をしているジローさんに向けて、そこに挟まっていた栞を差し出した。

それはシロツメクサの押し花を色紙に張り付けて、栞にしたものだ。古くて、端が茶色く変色している、出来の悪い手作りの栞だ。

「この栞押し花にしてあるシロツメクサ、小さい頃ラウが私に初めてプレゼントしてくれたものだったんです」

突然脈絡のない話を始められて、ジローさんは訳が分からないと首をかしげている。そんな彼を無視したまま、私は勝手に自分とラウの話を語り始めた。

それは私とラウがまだ婚約をしたばかりの子どもだった頃の出来事。

当時、ラウと一緒に店番をしていた私は、結婚式を終えた花嫁御寮《ごりょう》が歩いてくる光景を見たことがある。店の外がわあわあと騒がしいのでなにかと思ったら、花嫁御寮が新居へと向かうため、ちょうど店の前を歩いているところだった。

赤と白の色鮮やかな衣装をまとって、花束を抱えながら歩く花嫁は夢のように綺麗で、生まれて初めて花嫁御寮を見た私は、余りの美しさに目が釘付けになった。

花嫁さんの手を取って先導するのは、花婿の男性だ。花婿は、高い靴を履いて歩く花嫁を気遣いながら、時々見つめ合って微笑んでいる。

それを見て私は、ああ、幸せの光景だ、と思って見惚《みと》れていた。

私はその頃、親同士が話し合って私とラウが将来結婚するという口約束が交わされたばかりだった。それまで、顔を合わせれば少し言葉を交わす程度の仲だった私とラウは、まだ子どもだったし、将来結婚すると言われてもピンときていなかった。

私も、あんな幸せそうな花嫁さんになれるのかな……

自分の家族には常に邪魔者扱いをされ、家の中に居場所が無いと感じ続けてきた私は、ラウのお母さんに『ディアちゃんにお嫁に来てほしい』と言ってもらえてとても嬉しかった。

だから期待に応えたいとは思っていたけれど、お互い恋愛感情など持ち合わせていなかったから、ラウとどんな風に接すればいいのか分からなかった。それはラウも同じだったのだと思う。

花嫁御寮をぼんやりと眺める私の横には、いつの間にかラウが立っていて、しばらく並んで賑やかな外の様子を眺めていた。

「ディアも……やっぱりああいうのに憧れる？」

私と目が合ったラウが、そう問いかけてきた。ああいうのがどれを指しているのか分からなかったが、花嫁の衣装とかそういうのだろうと思い、コクリと頷く。

その時、新居に着いた花嫁さんが抱えていた花束を周りの人々に分け始めた。幸福のおすそ分け、というもので、それを貰うと幸せが訪れると言われている。集まった人々はこぞって花を貰っていた。私も、一輪でもいいから貰えないかと集まる人々の後ろに来てみたが、花はあっという間に無くなってしまっていた。

すごすごと店先に戻ると、こちらを見ていたラウと目が合った。手ぶらで戻って来たことが少し恥ずかしくなり、苦笑して肩をすくめてみせる。

「花、欲しかったのか？」

「うん、でも出遅れちゃった。残念」

そう言った私に対してラウは何も言わなかったが、その後「ちょっと店番よろしく」と言って出て行ってしまった。

夕方になって、ようやく戻ってきたラウの手には、小さなシロツメクサが握られていた。

「ごめん、その辺さがしたんだけど、あんまり綺麗な花がみつからなくて、こんなのだけど。……でも一応花だし」

やるよ、と言ってラウは私にそのシロツメクサをくれた。さっき、花を貰えなかった私のために摘んできてくれたのだと気が付いて、胸の真ん中からぶわっと喜びが湧き上がった。

「ありがとう！　嬉しい！　ありがとうラウ！」

興奮気味にお礼を言うと、ラウは驚きながらも恥ずかしそうに笑った。

この瞬間から、私はラウに恋していたのだ。

私のために花を摘んできてくれたことが、どうしようもなく嬉しくて、ラウの笑顔が愛しくてたまらなかった。ラウも私が笑うと嬉しそうに笑ってくれる。お互いがお互いを思いやっていると感じられて、とても嬉しかった。

この頃のラウは、本当に私に優しかった。店で一緒に仕事をして、二人で協力して作業したり、一緒にお昼ご飯を食べたりして、色々な話をして笑い合ったりもした。私は昔からラウに嫌われていたわけではない。とても仲が良いと言える時期もあったのだ。


「この花をきっかけに、私はラウを好きになったんです」

着地点の見えないであろう私の話を、ジローさんは相槌《あいづち》も打たずに黙って聞いていた。

「この頃のラウは、本当に私に優しかった。初めから嫌われていたわけじゃなくて、仲が良い時期もあったんですよ」

それが変わり始めたのは、お互い成長し始めて、思春期と呼ばれる年頃になってきた辺りだった。すでに婚約者がいるラウは、友人のあいだで時々からかいの対象になるらしく、この頃になると私と一緒にいるところを見られるのを極端に嫌がるようになった。

店の仕事もさぼりがちになり、私にばかり押し付けるので、ラウのお母さんが注意をすれば余計に反発して、その不満が私に向くようになる。悪循環だった。

人に言われれば言われるほど、私という存在を疎《うと》ましく思うようになってきたんだろう。

ラウは、親に結婚相手を無理やり決められて可哀想だ、と同年代の子たちには言われていた。

それに対して私は、ラウの両親に取り入って、上手いこと婚約者の座に収まった狡《ずる》い女、と言われるようになった。

ラウの店は町で一番大きな商店で、実際ラウと婚約できた私は玉の輿に乗ったようなものなのだったから、仕方がないと諦めていた。

それに、それまで私は家で体罰を受けることもあったのだが、ラウの婚約者になったことで、両親は世間体を気にしたのか、あからさまな暴力は振るわなくなった。学費もきちんと出してもらえたし、ラウとの婚約は確かに私にとっては利益しかなかったのだ。それにしがみついている狡い女だと誇《そし》られても、否定することができなかった。

陰で言われているだけでなく、面と向かってそのようなことを同年代の女の子に言われたこともあった。何と言われても、否定するわけでもなく、かといって怒ることも泣くこともしなかった。

感情を動かせば、ラウのことが好きだとばれてしまいそうで怖かった。

そうやってどんな非難も淡々とやり過ごしていたら、誰も何も言ってこなくなったけれど、その代わり、『冷めている』とか『打算的』などと陰で言われるようになった。

だから、さらに一部の女の子たちからは、『玉の輿のためにラウを縛り付けている卑怯でがめつい女』という評価を受けていた。

そんな評価を受ける女が婚約者で、ラウには申し訳なく思ったが、私はこの評価をあえて否定せず受け入れていた。そのせいで、ラウはますます私を遠ざけるようになり、いつしか私に対する罵《のの》り《し》も否定しなくなっていった。


「ラウの本音を盗み聞きする前から、疎まれていることに本当は気付いていたんです」

シロツメクサの茉を指で撫でながら、ポツリポツリとしゃべり続ける。

「好きな人に見向きもされない可哀想な女、て思われるくらいなら、卑怯とかがめついとか言われるほうがまだマシだったもの。それならなんとか自尊心を保てるから。私から結婚を止《や》めることだってできたはずなんです。でもそれをしなかったのは……嫌われていても、疎まれていても、結婚しちゃえばなんとかなるってそう信じて、気づかないふりをしたんです」

　そこで、ずっと黙っていたジローさんが口を開く。

「……ディアさんは、まだラウ君のことが好きなのか？　あんな目に遭わされたのに？」

　ジローさんの痛ましそうな目が胸に刺さる。

「そういうこと聞かれたくなくて……私もジローさんと同じように、都合の悪いことは言いたくなくてずっと黙っていました。ただ結婚がダメになっただけじゃなくて、好きだった人に嫌われていて、挙げ句捨てられたなんて知られたら、救いようもなく惨めじゃないですか。だからずっと黙っていたんです。ラウのことは、もう大嫌いなはずなのにね、でも家を出る時に、これを持ってきてしまった……ずっと宝物だったこの栞を、どうしても捨ててこられなかった」

　その栞を、もう一度じっと見つめてから、テーブルにある燭台にそれをかざす。

　乾いた紙の栞は、蝋燭《ろうそく》の火でパッと燃えあがった。栞はあっという間に燃え尽きて、私の指を焦がして消えた。

「ばっ……馬鹿！　指！　ヤケドしただろう！　早く冷やせ！」

　ジローさんが私の手を取って、台所に引っ張っていき、水をかけた。ジローさんは自分が痛いような顔をして、私の赤くなった指先を見ていた。

「……大事なモノじゃなかったのかよ」

「大事だったのは、栞の向こうにあった思い出です。でもようやくそれも捨てる決心がつきました。

ラウを好きだった気持ちも、憎む気持ちも、執着も、ジローさんに話してようやく捨てられるようになりました。聞いてくれてありがとう」

そう言ってジローさんに微笑みながらお礼を言うと、ジローさんは嫌そうに顔を歪めた。

「だから？　自分の言えなかった過去をさらけ出したから、俺にもそうしろとでも言うのか？　あのなあ、俺が言いたくない自分の過去ってのは、ディアさんのそれとは違うんだよ。俺は……言って楽になるとかそういう類《たぐい》の気楽な話じゃないんだ。同情か、正義感か知らないが、そうやって聞きだそうとするのはやめてくれ」

ジローさんは今まで見たこともないような怖い顔をしていた。でもその顔は一生懸命泣くのをこらえているように私の目には映った。

「違いますよ。ただ私が気持ちを吐きだして捨てたかっただけです。私ね、あの時、ジローさんに会わなかったら、多分誰かを殺すか自分が死ぬかしていましたよ。そんなどん底から救い上げてくれた恩人がジローさんなんです。だから私も、あなたにしてもらったみたいにしてあげたいんです。……えーと、ホラ、お姉さんの胸で、泣きなさい……って、言えばいいのかな？」

そう言いながらジローさんの頭をぎゅっと抱き寄せると、ビクッと震えて身を固くする感触が伝わってきた。

過去に何があったか、私は知らない。けれどジローさんがそのことでひどく傷ついて悲しんでいることだけは伝わってきた。下手な演技で私を遠ざけようとしたのも、過去を知られたくないというより、私を傷つけないためのように感じた。

ジローさんはしばらく身を強張らせていたが、やがて諦めたようにふっと力を抜いた。

「……ディアさんは、ホント、お人よしで騙されやすい子だよナァ。なんも知らないで、簡単に俺みたいなのに肩入れしちゃってさ…………願わくば、騙されたままで、ずっとここに居て欲しいよ」

「居ますよ。せっかく居場所と仕事をもらったんだから、ずっと居ます」

その気持ちを込めて抱きしめる腕に力をこめると、ジローさんもぎゅっと私の腕を掴んできた。おどけた口調とは裏腹に、小さな子どもみたいに縋《すが》り付いてくる。

人のことではボロボロ泣いていたくせに、ジローさんは自分のことでは泣けないみたいだ。だけど、子どものように私にしがみついて、涙を流さずにただ肩を震わせていた。

# 第七話『急追』

それから私とジローさんの関係は少し変わったように思う。

ジローさんは以前のようなおどけた話し方をあまりしなくなった。なんとなく思っていたことだが、おどけてみせるのは他人から距離を取るための処世術みたいなものだったのではないだろうか。あんまりふざけなくなったのは、私との距離が以前より近くなったからだと思っている。

それに、これまでジローさんは自分のことに関しては全くと言っていいほど話題にださなかったのに、ここ最近は昔のことをポツリとつぶやいたりするようになった。

先日も、マーゴさんに教わった煮込み料理を夕食に出した時に、『ああ、これガキの頃よく食ったなあ』と独り言のように言っていた。

村で暮らしていた頃のことなんて口にしたことがなかったから、その呟きを聞いた時は意外に思ったが、その後も時々、子どもの頃のことなどを気まぐれに話してくれることが増えた。

ゆっくりだが、私たちの仲はより近しいものに変化していっている。それがとても嬉しかった。

だからクラトさんにも、改めて家を出る気はないと告げた。すると彼は意外なことに『そうか』と言っただけで、何も否定せず素直に受け入れてくれた。そのうえ、マーゴさんたちにも何か注意をしてくれたらしく、以前のように結婚だのなんだのと言われなくなったので、職場でも随分と過ごしやすくなった。


こうして、私の村での生活は穏やかさを取り戻し、変化はないけれど平和な時間が過ぎていった。

ジローさんとも少しぎこちないけれど、時々湖に出かけたり、一緒に食事を作ったりして楽しく過ごす日々が続いている。

そして、季節が移ろい始めたなと感じ始めた頃、ジローさんがそろそろ冬の準備をしないとなあと言い出した。

「冬の準備？　何か必要なんですか？」

「冬ごもりの準備だよ。この辺は雪が多いから、冬の間行商も来なくなるし、吹雪が続けば家から何日も出れなくなるからさ。越冬《えっとう》用に保存食とかたくさん作っとくのよ」

農業が主な産業のこの村は、雪が深くなる真冬は家にこもり手仕事をして、保存品を少しずつ食べて過ごすのだと教えてくれた。

その話を聞いてから、私は時間のある時にコツコツと保存食を作り、ジローさんは薪集《まき》めに精を出していた。

だからこのところ私たちの話題は、『冬ごもりのあいだ、何をする？』というのがほとんどで、二人で毎日盛り上がっていた。

ジローさんは作った燻製をつまみながら雪見酒とか、一日寝て過ごすとか色々やりたいことがあったが、私は何をしたらいいかまだ想像がつかない。

「うーん……時間がたくさんあるから、手間のかかる服を仕立てましょうか」

「待て待て待て、ディアさん。冬ごもりの時くらいゆっくりしようぜ～。んーじゃあディアさんは一日何もしない日ってのを経験したらいいよ。その日は飯も俺が作るしさぁ、あーんして食べさしてあげるから、一日ゴロゴロして過ごしてみなー」

「ええ？　それじゃ病人ですよ」

「いいじゃないのたまには。ディアさんはもうちょっと堕落したほうがいいよ。おいちゃんが自堕落生活の楽しさを教えてしんぜよう。酒飲んで昼間っから寝るとか最高よ～」

「お酒はもう懲りたのでいいです……」

そういえば、私は子どもの頃から家のことをやりつつラウの店でも働いていたので、よっぽどの体調不良以外では休んだことがない。

だから一日何もしないと言われてもどうしたらいいか分からなかった。けれど、食べ物をつまみながらジローさんとお喋りだけしてのんびり過ごすなんて、なんて堕落した時間なんだろうと想像すると、なんだかちょっと背徳的で、でも楽しみでワクワクする。

「冬ごもりのあいだ、たくさんお喋りしよう……」

これからのことを考えて、私は楽しい気持ちでいっぱいだった。きっとこのまま穏やかな時間が続くとしか思っていなかった。

❀　❀　❀

その日、私は村のご老人に頼まれてクラトさんの家に向かっていた。

急ぎで屋根の修理を頼みたいのだが、ちょうど帰ってしまったところだったので、私が呼びに行く役を買って出たのだ。

クラトさんの家は村の一番端にあり、その先は隣町に続く大きな道がある。

お年寄りの足ではきつい距離だから、私が来てよかったと思っていると、村の外に繋がる道から、荷馬車が来るのが見えた。

「なにかしら？　荷馬車だから行商かな」

今日は行商が来る日ではなかったけれど、遠目に見た限り、荷馬車の幌《ほろ》だった。行商なら受付で村役場へ向かうはずだから、私のほうから荷馬車に声をかけた。

「あのー、行商のかたですか？　役場の場所はお分かりでしょうか？」

私が声を上げると、御者台の上から男が飛び降りてきた。

フードを被った大柄な男は無言でこちらに歩いてくるので、なにか不審なものを感じた私は急いでクラトさんの家に向かって駆け出した。

もしかして、人を攫《さら》って闇市で売る人売りというヤツかもしれない。私が走り出したら、男も駆け足になって後を追ってくる。だが女の足ではすぐに追いつかれ、腕を掴まれてしまった。

「イヤ――――ッ！　触らないで！　誰かっ！　人さらいがいます！」

力いっぱい叫ぶと、男は驚いて私から手を引いた。

その隙にまた駆け出すと、声を聞きつけてくれたクラトさんが家から飛び出してきて、悪いほうの足をかばいながらも全力で駆けてきてくれた。そして目にも留まらぬ速さで男の腕を捻りあげ、地面に引き倒した。

倒れた上から体重をかけた膝蹴りを食らわせると、男は「ぐえっ！」と悲鳴を上げておとなしくなった。クラトさんは腰にさげていたロープで素早く男を後ろ手に縛り上げる。

「クラトさん！」

クラトさんは縛り上げた男を地面に転がすと、急いで私に駆け寄ってきてくれた。

「ディアさん大丈夫か⁉　コイツになにかされたのか！」

「いえっ……まだ。で、でも突然追いかけてきて、私を捕まえようと」

震えて上手く喋れないでいると、クラトさんが背に手を当てトントンと軽く叩いて落ち着かせてくれた。

「俺が来たからもう大丈夫だ。ディアさんに手出しはさせない、安心していい。足は悪いけど、それでもこんな奴には負けないよ」

ホッとして気が緩むとようやく震えは止まった。クラトさんは男の視界を遮《さえぎ》るように私を背中に庇《かば》ってくれ、地面に転がされた男をきつくにらむ。

「助けてくれてありがとうございます。……その人どうしましょう？」

クラトさんにそう話しかけていると、いきなり地面に転がされている男が怒声をあげた。

「ディア！　お前やっぱり男と逃げていたのか！　俺のこと言えねーじゃねえかこの浮気者！」

「えっ」

名前を呼ばれ、驚きの声をあげて男に視線を向けると、その顔を見て驚愕《きょうがく》した。

「………ラウ？　嘘でしょ、なんであなたがここに……」

怒りの表情を向けるその男は、私の元婚約者、ラウだった。

❀　❀　❀

そして現在、ラウは蓑虫《みのむし》のように縛り上げられて、村役場兼村長宅の居間に転がされていた。

村には、もうなり手がいなくて自警団が存在しない。犯罪やもめ事が起きた時は、大きい町に依頼して、自警団や国の憲兵を派遣してもらうことになっている。

なので、とりあえず村で起きたもめ事はまず村長のところに持っていくのだが、突然持ち込まれた男に村長は訳が分からないようで目を白黒させている。

「ディアちゃんや……コレ、アンタの元婚約者っていう、エロ君っていう子でしょ？　何が起きたんだい？　彼、ディアちゃんを追いかけてきちゃったの？」

「うーん……なぜかものすごく怒っていたんで、故郷でなにかあったのかもしれません」

まずは彼に話を聞いてみなくちゃわからんね、と村長が言って、クラトさんがラウに噛ませていた布を取る。

「さて、お前……エロ君っていうのか？　ひどい名前だな。聞いた話によると、お前はディアさんの妹に乗り換えて、そっちと結婚するからってディアさんを捨てたんじゃなかったか？　それなのにこんなところまで追いかけてきて、一体何の用だ。事と次第によっては容赦しないぞ。ここはお前の住む町じゃあないいんだからな。誰も助けちゃくれないぜ」

　クラトさんは傷のある顔でラウに凄《すご》んでみせる。どうでもいいことだが、ジローさんが村長に私のことを話した時、ラウのことをエロ君と言っていたのでそのまま定着してしまったと今更ながら気が付いた。

「クラトさん、村長さん、言いそびれていたけれど、この人エロ君じゃなくてラウっていうんです。ラウ、ホントに私を探しに来たの？　でも私だれにもここにいることを知らせていないから、探せるわけないわよね……」

　まだ縛られたままのラウは不満そうな顔をしていたが、私が問いかけると気まずそうに目線を落とした。

「……お前、隣町に入る時、身分札提示しただろ。あれウチの親が申請したヤツだから、同じの持ってる俺は記録見せてもらえんだよ。そこから聞き込みして行き先を辿《たど》ったんだ。それにしても……お前、いったい誰と一緒にいたんだ？　隣町でお前のこと聞いたら、『人売りみたいなオヤジと一緒だった』って噂になってたぞ。そんだけ目立ってりゃ、後を追うのは簡単だろ」

　ラウはなんと、わざわざアチコチに聞き込みして私の後を追ってきたらしい。それにしても私とジローさんは移動中そんな目で見られていたのか。全然気づかなかった。

「だとしても、なんでわざわざ……。それで何の用？　私がどこで誰と何をしていようとあなたには関係ないでしょ。お義母さんには店で正式に雇うと言われたけど、私にその気はないから、もう町には戻らないわ。だから早く帰って。家族にも私の居場所を教えないで」

私が突き放すとラウは怒りでみるみる顔を赤く染める。

「お前がいきなりいなくなるから悪いんだろうが！　こっちはそれで大騒ぎになったんだからな。……ひょっとして、どっかで死んでいるんじゃ、って皆が言うから……すげえ心配していたのに、結局は男と駆け落ちしただけだったのかよ。ウチもお前の家も町中から非難されて、お前んちは商売がダメになりそうだし、レーラも寝込んじまったんだぞ。お前がなにも言わずに勝手にいなくなったことで、どれだけみんなに迷惑をかけたか分かっているのか！」

ラウの言葉を聞いて驚く。そんなことになっているとは思わなかったけれど、それは私のせいではない。

どちらかというとラウたちが招いた事態だろう。結婚式で起きたことは、見てしまった人もいるわけだし、招待客のあいだにも知れ渡っているはずだ。

そもそも結婚式当日に花嫁の妹と浮気して乗り換えた自分が悪いのに、何故私が責められなければならないのか。皆に非難されるのも、商売に影響があるのも全て自分が招いた事態だ。

あまりにも身勝手な言い分に呆れていると、クラトさんがラウを殴り飛ばした。

「貴様っ！　噂に違《たが》わぬクズだな！　勝手なのはどっちだ！　ディアさんを町にいられなくしたのは貴様だろうが！　自分のしたことを少しも反省せず、彼女のせいにするとは最低だな！」

「うるせえ！　俺とディアのことに首をつっこむんじゃねーよ！　つーかお前誰だよ！　そりゃ

……ディアには悪いことしたと思うけど、だからってあんな風にいなくなることないだろ？　どれだけ心配したと思うんだ。残された俺たちがどんなふうに思うか考えもしなかったのかよ⁉」

心配した、などと言われ、私の中で何かがぷつっと切れてしまった。

私の様子が変わったのが分かったのか、先ほどまでうるさかったラウの口がピタリと止まる。

「……心配した？　ラウたちがどんなふうに思うか？　うん、考えもしなかったわ。じゃあ逆にきくけど、結婚式当日に夫となる人が自分の妹と浮気していた現場を発見してしまった私が、どんなふうに思うか考えたことある？　私の婚礼衣装は、着ることもできず、みんなに踏みつけられてぐちゃぐちゃになっていたけど気付いてた？　それを見た私が、どんな気持ちだったか一瞬でも考えたことある？　あるわけないわよね。少しでも考えてくれたのなら、そんな風に罵ったりできるわけがないもの」

ニッコリと微笑んでやると、ラウの顔は面白いくらい青ざめていく。

「まさか私が責められるとは思わなかったから、びっくりしたわ。怒りすぎると人って笑えてくるのね。ねえ、私に殺される前に早く帰ったほうがいいわよ。今、自分で自分がなにをするか分からないくらいキレているから」

ラウは私の剣幕に呑まれて言葉も出ない様子だ。

今まで私がこんな風にラウに対して言い返してくることなどなかったから、戸惑っているのだ。きっと、いつものように自分が強く言えば私が素直に従うと思っていたんだろう。

少々強引でも理論が破綻していようとも、強い語気で反論する暇を与えず押し続ければ、大抵の人は言い返せず丸め込まれてしまう。そのやり方にものすごく腹が立った。

私の言葉にラウが何も反論してこないので、もういいやという気分になる。

「村長さん、お騒がせしてすみませんでした。ラウ、急げば日が暮れる前に森を抜けられるから、今すぐ出発して。そして二度と来ないで。私は死んだことにしてくれればいいわ」

反論する隙を与えず矢継ぎ早に言い捨てると、村長は完全にドン引きした表情で私を見ていた。

「ディアちゃんて怒るとこんなんなのね……。うん、ワシ絶対に怒らせないようにしよう……。クラト、悪いけど、そのエロ君とやらの縄をほどいて村の出口まで送っていってやって」

「あ、ああ……はい」

クラトさんもポカンとしていたが、村長さんの言葉に頷いて、ラウの縄をほどいてやる。ラウは立つように促され、ノロノロと玄関のほうへと向かうが、途中で足を止め、小さな声で私に問いかけてきた。

「ディア……お前、ずいぶん変わった、な。その男がお前を変えたのか？　なあ……ディア、ソイツとはどういう関係なんだ？　ソイツは……お前の恋人なのか？　コイツと一緒に町を出たのか？　いつから付き合ってんだよ……」

「はっ？　ち、違うわよ！　クラトさんはこの村の住民よ！」

「いや、俺じゃない。ディアさんを村に連れてきたのは……」

クラトさんが話そうとした途中で、玄関の扉が開き、ジローさんがこの場にそぐわない気の抜けた様子で現れた。

「こんちわー。ディアさんまだいるぅ？　帰りが遅いから迎えに来たんだけどさぁ。もー今日は早く上がれるって言ってたじゃんよ。そんちょーってばウチのディアさんに仕事させすぎだろー」

よれよれのシャツを着て、寝ぐせのついた頭のジローさんがヘラヘラ笑いながら入ってきた。あのシャツ、もうボロボロだから捨てましょうって言ったのに……朝にはなかった寝ぐせがついているから、また昼寝していたのね………。

「……アレが、ディアさんを村に連れてきて、今、一緒に住んでいる男だ」

クラトさんが顔をしかめながら、ジローさんを指し示す。

「ん？　なになに？　誰コレ？　ディアさぁん、もう腹減った～。早く帰って飯にしようぜぇ～」

だらしない喋り方で、寝ぐせのついた頭をぼりぼりとかいている。その姿を見たラウは、あんぐりと口を開けて、言葉もでない。そして私とジローさんを指差しながら、三度見くらいして悲鳴のような声を上げた。

「……お、おっさんじゃねえか！　嘘だろディア……よりによってなんでこんな小汚いおっさんなんだよ……。ダメだ、目を覚ませ。これはお前騙されてんだよ。やっぱり一緒に町へ帰るぞ！　いくらなんでもこれはない……！」

クラトさんの制止を振り解いてラウが掴みかかってくる。伸ばされた手が、私の腕をつかんだ時、猛烈に嫌悪感が湧き上がって、それまでのイライラと併せて感情が爆発した。

「触らないで！」

とっさに私は、仕事机にあった分厚い本でラウを力いっぱい殴り飛ばしていた。

「ぎゃ！」

本が側頭部に直撃したラウは、冗談みたいに吹っ飛んで行った。

部屋の壁にぶつかり、棚の上にあった荷物がガシャガシャガッシャーンとものすごい音を立ててラウの上に降り注いだ。

「あっ……ごめんなさい……つい」

荷物に埋まるラウはピクリとも動かない。完全にのびている。

「あららーこりゃ大変だ。おいアンタ、生きてるかー？　あーダメだこりゃ。ディアさぁん、この兄ちゃん、気絶しちゃってるよ」

「ええっ！　どうしよう！　ごめんなさい！　こんなつもりじゃ……ごめんね、ラウ！」

「しょうがない。クラト、悪いけど、彼そこのソファに寝かせてやって。ディアちゃん、今日はもう日も暮れるし、彼ウチに泊めるから、ディアちゃんはもう帰りなー」

村長がそう言ってくれたので、申し訳ないがお言葉に甘えることにした。

「す、すみません。明日朝早くに来ますから……ジローさん、後で説明するからとりあえず帰りましょう」

ポカン顔のジローさんを押し出して、村長の家から出る。ラウの様子もおかしかったけれど、私もだいぶ混乱していた。

帰りの道すがら、ジローさんには、何が起きたのかを説明する。

もっと驚くかと思ったけれど、ジローさんは『あーやっぱ探しにきたのかァ』と半ば予想していたかのような反応をした。

「やっぱりって……。ジローさんは、私が家出したら騒動が起きると予想していたんですか？」

「まあ、ディアさんが居なくなったら大問題になるだろうとは思っていたよ。遅かれ早かれディアさんを探しに誰か来るんじゃないかと予想していたけど、思ったより早かったなぁ」

「……そうだったんですか。私、正直家出したあとあちらがどうなっているかなんて全然考えていませんでした。てっきり私のことなんて誰も気に留めないかと……。勝手だって言われるかもしれないですけど、あっちを気に掛けるほどの余裕がなかったんです。さすがにいきなり居なくなるのはまずかったですかね……」

「いやー？　向こうで起きたことは彼らの自業自得だろォ。ディアさん何も悪くないんだから、ほっときゃあいいのよ。まさかディアさんアレと一緒に帰るとか言わないよな」

「まさか。絶対帰りませんよ。ラウには明日にも村から出て行ってもらいます」

「うーん……素直に帰ってくれるといいけどねェ」

ジローさんが不吉な一言をつぶやいたが、聞かなかったことにする。

明日、ラウは村を出て、二度とここには来ない。私がここにいることも、誰にも言わないと誓ってもらう。あれだけのことをしたのだから、それくらい約束させたっていいだろう。

明日が終わればまた、村での穏やかな日常が戻ってくる。この時の私はそう思って疑わなかった。


「……捻挫《ねんざ》？」

「うん、おもいっきり捻ったみたいでね。ずいぶん腫れているから、しばらく歩くのは難しいんじゃないかね。だから、今日村を出るってえのは無理かねえ。そんなわけで、エロ君には、よくなるまで村に滞在してもらうことになったから」

「あっ、昨日私が殴ったせいで……？」

「いやーあはは。こけた拍子にグッキリいっちゃったみたいでねえ。でも滞在費の代わりに仕事してくれるっていうから、まあいいでしょう」

「村長、全然よくないです。ラウがここに滞在するってことは、私も毎日ここで会っちゃうじゃないですか。絶対に嫌です」

「えーそうなの？　困ったなあ。でも、けが人を放り出すわけにいかないし……じゃあディアちゃんしばらくお休みにしてもいいよ。そのあいだはエロ君に手伝ってもらうから」

村長の提案に、慌てて首を振る。

「わー！　ごめんなさい！　仕事とられるのは嫌です。働かせてください！　ラウの存在は無視します。お仕事したいです」

ラウは不貞腐《ふてくさ》れたような顔で椅子に座っていた。顔にも小さな傷がいくつかできていて、さすがにやり過ぎたかなと少し反省する。

「……おはようディア」

ラウがぼそりとつぶやくように挨拶をしてきた。反射で挨拶を返しそうになるが、目も合わせず無視した。黙ったままの私にラウは何か言いたそうにしていたが、徹底的に無視を決め込んだまま、机について今日の仕事に取り掛かる。

ふと、ラウのほうから挨拶されたのはいつ以来だったかな、と考えたが、思い出せなかった。

「……おい、返事くらいしたっていいだろ。ちょっと冷静になってくれよ。もう無理に連れ帰ろうなんてしないから、話だけでも聞いてくれ」

ラウは、声の調子こそ落ち着いているが、長い付き合いだからこれはそうとう苛立《いらだ》っているとわかってしまう。苛立たれていることに腹が立って、無視するつもりだったのに立ち上がって言い返してしまう。

「あなたと話すことなんて何もないっ！　どんな事情があったってあなたのしたことを許せないし、なにひとつ理解できない！　あなたの声を聞くのも嫌だから、話しかけないで！」

私が声を荒らげると、ラウは、それ以上何も言わなくなった。

とはいえ、足の捻挫が治るまではしばらくこの状態なのかと思うとげんなりしてしまう。

ラウの滞在は、役場に来るご老人のあいだであっという間に知れ渡り、物見高いご老人方が毎日集まってきて、ラウは小突《こづ》かれたり叱られたり怒鳴られたりするはめになった。

「エロ君なあ！　男として最低だよ！　本当に反省してるのかね？」

「はい、ディアには申し訳ないことをしたと思っています。少しでも贖罪をさせてもらいたくて、あれからずっと彼女を探していたんです。許されることじゃないでしょうが、だからと言ってあのまま二度とディアに会えなければ一生後悔しますから」

「そうか！　じゃあ村にいるあいだは誠心誠意ディアちゃんに謝り続けろ！」

「はい、そうするつもりです。助言してくださってありがとうございます。あ、あと俺の名前はエロ君じゃなくてラウです。ていうかなんで俺この村でエロ君って呼ばれてるのかな……」

「……お前！　思ったより話の分かる奴じゃねえか！　そうだそうだ！　年寄りの話をちゃんと聞ける奴は出世するぞ！　ははは、今日はワシのうちに泊まるか？　男同士飲み明かすか！」

隣の応接室でワイワイガヤガヤと話している声が事務室にも丸聞こえだ。聞きたくもない話が終始聞こえてきて非常にイライラする。

最初罵倒《ばとう》しか聞こえてこなかった会話なのに、気付けば笑い声が混じってきている。

……あれ？　なんかちょっとご老人の男性陣と仲良くなってない？

すっかり忘れていたけれど、ラウは商人の息子で、ものすごく口が上手かったんだったと思い出して、私は頭を抱えた。

ラウは最初こそご老人方にけなされまくっていたというのに、気付けば、みんなに囲まれて楽しそうに話すくらいに打ち解けている。

嫌な予感がする……と思っていたら、案の定ラウと打ち解けたご老人の一人が、おせっかいを焼いてくるようになった。

「反省しているって言っているんだから、無視しないで話だけでも聞いてあげれば？」

絶対に聞きたくなかったセリフを、わずか数日で言われるはめになるとはさすがに想定外だった。

「だから……もう二度とかかわるつもりもないので、話を聞く必要もないんです。許すつもりもないので謝罪も必要ないですし、私に対して申し訳ないって思うのならば、早く村を出て行って、そっとしておいて欲しいんです」

「でもねえ、やっぱりちゃんと話しておけばよかったって後から思うかもしれないでしょ。ディアちゃんから話を聞いた時はとんでもない男だと思っていたけれど、話してみれば好青年だしイイ男じゃない？　なにか事情があったのかもしれないわよ～」

「でも……」

「ね、だから意固地にならないで。あなたのために言っているのよ～」

「……」

だから早く帰ってほしかったのに！

事情があれば結婚式当日に浮気をしていいのか！

……と心の中で叫んだが、言い返しても無駄なので、もう黙ってやり過ごすことにした。無視を決め込む私に対してご老人が『せめて話だけでも聞いてやれ』と、意地になった私を責めるかのように何度も言ってくるようになり、正直うんざりしていた。

せっかく、落ち着いた生活を手に入れたと思ったのに……。私が村を出るという選択も頭をよぎるが、あてもなくまた住むところから仕事まで探して回らないといけないのかと思うと、冬が近づいている今、それは辛すぎる。

もんもんとした日々を過ごしていたある日。

私はいつものように仕事を終え、家に帰ろうとして、役場の玄関を出た。

今日はジローさんが夕食当番だけど、また昼寝しているかもしれないな……馬に飼葉《かいば》はちゃんとあげたかしらと考えながら歩いていた時、急に後ろから腕をつかまれた。

「きゃあ！」

「待て、俺だよ。そんな暴漢に襲われたみたいな声出すなよ……」

私の腕をつかんでいるのはラウだった。振り払おうとしてもビクともしない。

「ちょっとなんなの……？　やめて、離してよ」

「落ち着けよ、話がしたいだけだって。なあ、いつまでもこうしていてもしょうがないだろ。ちゃんと話す時間をくれよ。俺も話をしないままじゃいつまでたっても帰れないし……意地を張ってないでお前も俺に向き合ってくれよ。別に俺のしたことを許せなくったっていいんだ。ただあの後色々あって……俺がここに来たのもお前が思っているような理由じゃないんだって」

ラウは勝手に話を始めようとするので、言葉をかぶせるようにして話を遮った。

「私と話をする機会は、町に居た頃いくらでもあったわよね？　でもそれをしないであんな形で裏切っておいて、よくそんなこと言えるわよね！　もうあなたと話して分かり合える時はとっくに過ぎたのよ。……早くこの手を放して」

「だから……それは悪かった。お前は俺になにも言わないから、甘えていたんだ。ディアがいなくなって、心底後悔したんだ。ずっと一緒にいるのが当たり前だったから、お前の大切さを忘れていた。結婚して、一生、一緒にいるのが当然だと思っていたから……馬鹿なことをした。本当にすまない。でも、結婚したいと俺が思うのは、昔も今もディアだけだ。それだけは分かってほしい」

自分勝手な言い分を垂れ流されて、猛烈に腹が立ってくる。掴まれていないほうの手でラウをバシバシと何度も殴ってやるが、全然痛くもないようで、ビクともしない。

「……分からないし分かりたくもないわ！　そもそも、レーラと結婚したんじゃないの？　子どもはどうしたのよ、もう生まれたんでしょ？　早く町へ帰りなさいよ」

「ああ、レーラは……妊娠していなかった。本人は流れてしまったと言い張っているが、診察した医者が確認したから間違いない。そもそもレーラは最初から妊娠していなかったんだって。だから結婚する話も全部白紙ってことになって、俺はディアを探すため町を出てきたんだ。なあ、ディア。本当にもう俺とはやり直せないか？　お前が町へ帰るのが嫌なら、どこか違う土地で、二人だけで生活を始めたっていい。それでもダメか……？」

ラウがとんでもない事実を暴露した。

「は……？　妊娠してなかった？　じゃあなんで…………いや、でも！　もうそんなこと関係ないわよ！　レーラとは恋人同士だったんでしょ。予定通りレーラと結婚すればいいじゃない。そもそもラウは私のこと嫌っていたじゃない。やり直すもなにもないわよ。私だってもうラウなんて大っ嫌いよ。顔を見るだけで吐き気がする」

関係ないと言いつつ、ラウの暴露には動揺を隠せずにいた。だいぶ混乱していた私は、思いつく限りの酷い暴言をぶつけたが、意外にもラウは怒らなかった。落ち着いた様子のまま、私を引きよせ、囁くような声で語りかけてきた。

「……吐き気がするくらい嫌いだっていうのなら、逆にそれだけ俺に気持ちを残しているってことだろ？　それほど嫌いって思うほどには、執着がまだあるってことだろ？　俺さ、ディアがこんなに怒ったことが結構嬉しいんだ。お前は俺に対してなんの感情も抱かないんじゃないかと、ずっと思ってた。だからこんな風に怒るほど、俺に気持ちがあったことが意外で……少しだけ感動している。なあ、だったらなおさら俺たち離れるべきじゃない。このまま会えなくなったら、きっとお前も後悔するはずだ」

「は？　そんなこと……」

嫌いだと思うくらい、気持ちを残している？　執着がある？

この激しい嫌悪感と動揺は、そういうことなの？

……いや、そんなわけない。きっとそんなことにはならない！

（後悔しない？　本当に？）

頭の中で別の誰かの声が私に問いかけてくる。

だが頭を振ってそれを打ち消す。

ダメだ、違う。これはラウの論法なんだ。惑わされちゃいけない。ここで言い負かされたら、これまで村で私が立ち直るために頑張ってきたすべてが台無しになってしまう。

「……そんなことないっ！　そんなことありえないっ！　二度とラウに会いたくないから町をでたの！　早く帰って！　私の前から消えてよ！」

「嘘だ。お前はいつだって俺に本音を言わないよな。本当に、俺よりもあのオッサンのほうがいいのか？　あり得ないだろ。……でも、あんなのに騙されるほど、追い詰められていたんだよな……なにもかも俺のせいだってわかっている。だからこそ、ちゃんとお前と話をしたいんだ。ずっと、すれ違ってきたこと、後悔しているから……今度こそ、大切にしたい」

ぐい、と腕をひかれ、ラウの胸に顔がぶつかる。

ラウの胸にすっぽりと埋まる形で抱きしめられて、反射的に押し返そうとしたが、両腕で抱き込まれて身動きがとれない。

ふと、懐かしい日向《ひなた》のような匂いが鼻をかすめる。

……ラウの匂いだ。

その瞬間、条件反射のように、切ないくらい愛しく思っていた頃の思い出が、記憶の向こうからあふれ出してきた。

同じ目線で微笑み合えた幼い頃、一緒に店番をして、二人で一緒に仕事を覚えた。シロツメクサをもらってすごく嬉しかったこと。仕事のことでも、ラウと話ができた日は、それだけで心が浮き立っていた。幼いころからずっとずっと好きだった。

少しでもいいからそばにいたいと切なく思っていた、あの頃の私。

でもそんな記憶を黒く塗りつぶすように、あの結婚式当日の地獄のような光景が脳裏にどっと押し寄せてくる。

踏みつけられた婚礼衣装。

一人取り残されて、歩いて帰った家までの道。

誰にも顧みられなかったあの夜。

私を大切に思う人はいないんだと、はっきり気付かされたあの日の絶望がありありと思い出されて、私はまだあの場所に、たった一人で取り残されているような錯覚に陥った。

呼吸が浅くなって嫌な汗が流れ始めた。動悸が激しくなり、勝手に涙が溢れる。

私が泣いていることに気が付いたラウが、腕の力を緩めて優しく頭を撫でてきた。

「ディア、泣いてんのか……？　ああ……泣かせてごめん。本当に俺が悪かった。今度こそお前を大切にするから。二度とあんな思いさせないから。まだお前のなかに俺が残っているのなら、ほんの少しでいいからやり直す機会をくれよ……お前のそばにいることを許してくれよ。もう、泣かせたりしないから……」

息がし辛くて、苦しくてしょうがない。誰かが何かを喋っているが、耳鳴りがしてよく聞こえない。たった独り取り残されて、どうすればいいのかわからない。

絶望に飲み込まれそうになったその瞬間、それを押しのけるように一つの光景が浮かんだ。

――パッと燃え上がる、鮮やかな炎の赤い色。

栞が燃えたあの瞬間の、美しい光景。

あれほど大切にしていた栞を燃やした時、すごく穏やかな気持ちになれた。執着を捨てられて、一歩踏み出せたと実感できた。

この村でジローさんと過ごした時間は、私を癒し、正してくれた。

――――そうだ、今の私は、孤独でカラッポな人間じゃない。

たくさんの優しい気持ちで満たしてもらった。縋り付きたくて、いつも誰かの言いなりになっていた頃の私はもういない。

そう思うと、嵐のようだった心の中がゆっくりと凪《な》いでいった。

こんな言葉遊びみたいな陽動に惑わされちゃいけない。私はもうラウの思い通りになんてならない。こんな奴の前で動揺して涙を見せてしまったことを後悔する。

「ディア……？　なんか言ってくれよ……なあ……」

ラウが顔を傾けて、妙に優し気な声で問いかけてきたので、その横っ面を引っ叩いてやろうと腕を振り上げた瞬間、私は誰かに体を引っ張られた。

えっと思う間もなく、目の前のラウは蹴り飛ばされ勢いよく吹っ飛んでいった。

「おいっ！　クソガキ！　なにしてやがんだこの痴漢野郎！　きたねえ手でうちの可愛いディアさんに触るんじゃねえ！」

「ジ、ジローさんっ……」

後ろから私を抱き込んだジローさんが、ラウを蹴り飛ばしたのだった。

ジローさんはぎゅうぎゅうと私を抱きしめながら、しっ、しっ、と手でハエでも払うかのようなしぐさをしている。

「ディアさん大丈夫か？　心配だから迎えに来たんだよ。いやーまさかディアさんがこんな野外でエロ君に痴漢されているとは思わんかったわー。さすが結婚式で尻丸出しで浮気するだけあるよなァ。理性とか欠片《かけら》もないのなエロ君は。なんもされてないか？　おっぱいも無事か？　なあ、今の俺の蹴り、かっこよくなかった？」

いつもと変わらないのんきそうな声に安堵して、先ほどとは違う涙が溢れてくる。

「ジローさ……も、やだぁ。ジローさんジローさぁん……うぇぇん」

「あらら、あーやばい。もーなんでそんなに可愛いんだよォディアさんは〜。あ、やわらか。あーいい匂い〜女の子に泣きつかれるなんておとこ冥利に尽きるなァ」

ジローさんに抱きしめられて私は子どものように泣きじゃくった。こんな風にすがって泣いたりできるのは、ジローさんだけだ。

ずっと泣くのが苦手だったけれど、ジローさんの前なら素直に泣ける。汚い感情もみっともない姿も、彼の前では全部素直にさらけ出せる。

「…………は？　まじかよディア。なんでおっさんに抱き着いてんだよ。本気でそいつともうデキてたとか言わないよな……？　どう見たって……そっちのほうが痴漢じゃねえか」

呆然として座り込んだままのラウが、信じられないものを見るような目でジローさんと私を見ていた。私は涙をぬぐって、ラウに向き直る。

「……ラウには関係ない。デキてるとか下品なこと言うのやめてよ。私たちはあなたと違って、そういう汚い関係じゃないから。それに、何度も言うけど、話すことなんてなにもないわ。もうあなたは……私の人生に関係ないひとだから、この先、一生関わることもない。早くこの村から出て行って。謝罪もいらない。私も今日限りあなたの存在を最初から無かったものとするから……永遠にさようなら。もう知り合いでもなんでもないから」

今度こそきっぱりと、何の迷いもなく縁を切る宣言をした。

確かに昔の私は、ラウのことが好きだった。でもそれは、『昔の私』だ。今の私じゃない。私はもうラウを求めていない。そのことに改めてはっきり気が付けてよかった。

すがすがしい気持ちになり、自然と目の前にいるラウに笑いかけてしまった。

ラウはそんな私に不思議そうに目を瞬かせて、しばらく呆然としていたが、我に返ったように頭を二、三回振ってパッと顔を上げた。

その顔が、なぜか私と同じようにすがすがしいような表情を浮かべている。

「……？」

ラウはゆっくりした動作で立ち上がり、軽く服の泥を払うと、私の目の前まで歩いてきた。

「関係ない、か。ホントお前変わったよなあ……それとも俺が知らなかっただけで、本当のディアはこんな風だったってことか？　まあいいや、そしたら本当のディアとは実際これが初めましてみたいなもんだしな。関係ねえって言われない関係をこれから新しく築いていくしかないよな……。うん、わかった。もう俺のことはすっぱり忘れてくれて構わない。これからは、村の住民として、ディアが俺を新しい友人の一人として認めてくれるまで、いくらでも待つからさ」

そして右手をスッと差し出してくる。

「…………待つ？」

「おう、待つ」

にこ、と人好きのする笑顔を私に向けて、ラウはキッパリ『待つ』と言い放った。

「え？　エロ君帰らないつもり？　こんなにきっぱりさっぱり振られてるのに？　心臓鋼《はがね》すぎん？」

ジローさんは完全に馬鹿にした口調で煽っているが、ラウは全く気にした様子がない。むしろちょっと楽しそうにしているのが理解できない。

「おっさんは黙ってろよ。アンタとは友達になろうとか思ってないから安心しろよ。じゃあディア。俺たちの関係は、とりあえずご近所さんで仕事仲間からやり直しか。よろしくな？」

この差し出された右手は握手かと思い至り、思わず「はあ⁉」と品の無い言葉が口をついて出る。今の話の流れでなにがどうしてそういう結論に至るのだ。驚きすぎて何も言えず呆然としていると、ラウが余所行きの作り顔でにこっと微笑むから、ものすごくイラっとした。

……平穏な田舎生活はどうなってしまうんだろう。ジローさんの「あちゃー」という声が頭の上から聞こえた。

# 第八話『元婚約者の独白』

「乱暴しないで！　わたし妊娠してるんだからぁっ！　お腹にラウの赤ちゃんがいるのっ！」

バシバシと母親からビンタを食らいながら、レーラが叫んだセリフを聞いて、『終わった……』と天を仰いだ。

前日から明け方まで友人と飲んで、ほとんど寝ないまま会場に向かい、酒の抜けないぼんやりした頭のまま、準備のために控え室に急いで向かう。

結婚式なんて余興、かったるいと思わないでもないが、招待客は商売相手や商工会のお偉方も招いている。親父の後継ぎとしてちゃんと顔をつないでおけと母親にも言われている。仕事の一環だと思って今日一日愛想よく頑張るしかない。

二日酔いの回らない頭でそんなことを考えながら、用意されているはずの服を探しに衣装部屋に入ると、その狭い部屋に先客がいたので「うおっ」と声を上げて驚いてしまった。

ディアの妹のレーラが、なぜかそこにいたのだ。しかも着替え中で、下着の上にディアの婚礼衣装を羽織っているところだった。

「おっ、お前なにやってんだよ！　つか、それディアの婚礼衣装だろ？　なんでお前が着てんだよ、ダメだろ……」

驚いたこともあり、つい強めに叱責すると、レーラはみるみる泣き顔になって、中途半端に服を羽織ったままのしどけない姿で俺に抱き着いてきた。

「だって！　今日でラウ結婚しちゃうじゃない。わたしだってラウのお嫁さんになりたかったのにい！　わたしもこれ着てラウのお嫁さんになりたいの！」

「お前なあ、馬鹿言うなよ。今日俺とディアの結婚式なんだからさ、ふざけてる場合じゃないんだって。そもそもさ、俺の嫁になりたいとか言うけど、お前には店の仕事とか無理なんだから、ウチの嫁にはなれないって自分でも分かるだろ……」

レーラとは、酒の勢いでヤったことがあるが、割り切った関係だと思っていた。レーラは、見た目は可愛いが、いろんな男に言い寄られてはあっちこっちにフラフラしているので、俺とのことも本気じゃないと思っていたし、こんなふうに縋ってくるとは予想外だった。

「でも好きなんだもん……無理とかそういう言葉で片づけないでっ」

「そういうことじゃなくてさ……って、おい、ダメだって……こんなとこで止《や》めろよ」

「ヤダ、やめないもん。この後ラウはお姉ちゃんのものになっちゃうんだから……」

最後に思い出が欲しい、だなんて口説き文句を言われて、ついなし崩し的にコトに及んでしまった。その最中に、よりによって自分の母親と、これから結婚する相手のディアに見つかるとは、間抜けだとしか言いようがない。

まさかこんなことになるなんて……。

もちろんディアとの結婚式は中止。

俺の子を妊娠していると言って泣きわめくレーラが、ついには過呼吸を起こして大騒ぎになった。ひとまずレーラは休ませないとならないし、両家での話し合いが必要だからあちらの家に全員で移動しようとなったが、ここで俺の父親が難色を示した。

「私は追い返すようなかたちになってしまった招待客の方々に謝罪に行かねばならん。ラウは自分の不始末なのだから、自分で片を付けてこい。あとは賠償だの金の話だけだろうから、私はいなくてもいいだろう」

だから話し合いには二人で行けと言い、父は俺たちを置いてさっさと別の馬車に乗って行ってしまった。格下の婚家より、商売相手へ謝罪しに回るほうがはるかに有意義だと判断した結果なのだろうが、それにしたって親として無責任すぎるだろと文句のひとつも言いたくなった。けれど母さんがそのまま父を見送っていたので、俺も黙るしかなかった。

ふと見ると、まだ泣きじゃくっているレーラを抱きかかえるようにしてあちらの両親が馬車に乗りこんでいたが、そこに肝心のディアの姿がない。それなのに出発しようとしている彼らを見て、つい気になって声をかけた。

「ディアは？　一緒に帰らなくていいんですか？」

そういえばレーラが大騒ぎしている時にもうディアの姿はなかったなと思い返していると、ディアの父親はなぜか怒りを露《あら》わにしている。

「あんなことになって、レーラと顔を合わせたくないからどこかで拗《す》ねているんだろう。そのうち自分で勝手に帰ってくる」

まるでディアが我儘を言っているかのような物言いに違和感を覚えるが、確かにレーラと同じ馬車で帰るのはさすがに嫌なのだろうと納得した。

家につくと、さっき過呼吸を起こしたレーラはまだ青い顔でソファにもたれかかっていた。気まずくて離れた席に座ろうとしたが、あちらの母親に無理やりレーラの隣に座らされてしまう。すかさずレーラが俺の腕にしがみついてまたぐすぐす泣き出したので、気まずさは増すばかりだった。

ディアが来たら、なんと言い訳するか……。

頭の中はそんな考えでいっぱいだった。

俺はここまで来ても、まだディアと結婚することは変わらないと思っていたし、母さんもそれは同じ考えだと思っていた。

ディアはウチの家業にとってもうなくてはならない存在だ。いろんな取引先にも婚約者として紹介してしまっている。ディアが窓口になっている契約だってあるのだ。今更ディアが店からいなくなるなんて無理に決まっている。

だが、あちらの両親が、『男として責任を取るべきだ、それ以外は認めない』と主張し、それに対して母は平謝りで、もちろん責任は取ると勝手に同意してしまった。

賠償金でどうにかするのかと思っていたら、なんとレーラと結婚して責任を取るということらしい。あちらの両親も、姉から妹に乗り換えるような結婚でいいのかと思ったが、ウチに恩を売ることができるこの結果を歓迎しているようだった。

そういえば、ディアの給料は自分たちが管理すると言って、毎月この父親が取りにくる。

ディアの服や持ち物がレーラに比べていつも使い古したものばかりなのを見ると、給料がディアの下《もと》にいってはいなかったのかもしれない。

家業がそれほど危ないのかと思うが、家の様子やこの親子の衣服などを見るとむしろ羽振りはいいように見える。

ディアは自分の親とあまり仲が良くないように見えたが、それは子どものころから俺と婚約していたから、早くからもう嫁に出した感覚で距離を置いているのかと思っていた。

そういえば、婚約して長いのに、ディアのことを俺は全然知らないなと今更気付いた。いや、身近すぎてわざわざアイツのことを知りたいとも思わなかっただけだ。

俺の意見が全然聞かれないまま、どんどんと話は進み、レーラとの結婚式はいつにするかまで話が及び始めたので慌てて口を挟んだ。

「ちょ、ちょっと待ってください。ディアはどうなるんですか？　お、俺……ずっとディアと結婚すると思っていたから……き、急に結婚はレーラとすると言われても……店のこともありますし、色々問題があるんじゃ」

全ては俺のせいなのだから、諾々《だくだく》と決定事項を受け入れるしかないとわかっているが、言わずにはいられなかったのだ。だがディアの父親が俺の言葉に被せるように反論してくる。

「そうはいっても、君もディアと結婚するのを嫌がっていたのでは？　そのように周囲に触れ回っていたと私は聞いていますし、こうなるのは必然だったのでしょう。不幸な結婚をすることになるよりよかったんじゃないでしょうか」

ディアの父親に言われ、ぐっと言葉に詰まる。

そんなこと誰から聞いたのかと問い返したくなったが、酒の席でたびたび、ディアとの結婚について不満をもらしていたことを思い出す。

確かに、ディアとの結婚は親に押し付けられたもので、自由に恋愛もできないんだと男友達相手に愚痴を言ったことは何度もある。

でもそれは、友人同士で話すのにのろけなんかより愚痴のほうが盛り上がるから、酒の席のお約束みたいなつもりだった。嫁を貶して笑いあうなんて既婚の奴等は当たり前にやっている。本気で言っていたわけじゃない。でもこうなってしまった以上、それを信じる者はいない。

なにひとつ反論できず、うなだれるしかなかった。

ディアが帰ってきたときは、とっくに日が暮れて外は暗くなっていた。帰ってきづらい気持ちはわかるが、とはいえあんなことがあったあとで、こんな時間までなにをしていたのかと、ほんの少し咎《とが》める気持ちが沸き上がる。

「どこをほっつき歩いていたんだ！」

ディアの父親は、顔を見るなり大声で怒鳴りつけていた。

ディアは青い顔で黙ったまま、なにひとつ言い返さなかった。それから家族で話し合って決めたことをあちらの父親が伝えていたが、ディアの顔は強張るばかりで、ほとんど返事もしない。

「……じゃあ、私は用済み、ということですか」

口を開いたかと思ったら皮肉を呟くものだから、皆が一瞬鼻白む。

とりなすように、俺の母親がさきほど話していた内容をディアに説明し、慰謝料代わりのつもりで『ウチの店で経営者として働いてほしい』という話を提案していた。

それを聞いたディアの反応は、俺が予想していたどれとも違っていた。母の話を聞いたディアは、先ほどまでの無表情とは打って変わって驚愕の表情になり、顔色は血の気が完全に失せて真っ白になっている。

「……お断り、します。私には無理です。なにもかも、無理です」

震える小さな声で短く断りの言葉を述べると、突然その場から走って逃げてしまった。

あちらの両親はディアの態度に憤《いきどお》っていたが、母はさすがにあんな出来事のあとで今後のことをすぐ決めろだなんて、ディアに無理をさせ過ぎたと後悔していた。

とにかく一旦この話は無しにして、改めてディアの希望を聞こうと言ってその場は解散となった。

ディアの感情が抜け落ちたような青い顔が忘れられない。

メンツも自尊心も踏みにじったのだから、さすがにあのディアでも怒り狂っているに違いないと思っていたが、ディアは怒るでも声を荒らげるでもなく、どこか現実感のない様子で茫然《ぼうぜん》としていた。母さんが話をしたときだけ、表情が動いていたが、耐え切れなくなったように部屋を飛び出したその後ろ姿は、泣きわめくレーラよりもよっぽど傷ついて見えた。

ディアがどれだけ打ちのめされているのか思い知らされて、一気に罪悪感が押し寄せてくる。

……あんな顔をするとは思っていなかった。

結局俺たちは親同士が決めた政略結婚だし、母親が提案したように、店の権利を一部譲渡して、結婚して得られるはずだった経営者としての権利や利益を補償するなどの提案をすれば、条件次第で了承するんじゃないかと思っていた。

その程度の関係だと思っていたから、あんな傷つくとは思っていなかったのだ。

結局ディアが話し合いを拒否してしまったため、その日は解散するしかなかった。

また後日、皆で話し合いの場を設けようと言っていたのだが……その翌日、ディアは誰にも告げずに姿を消してしまった。

『出て行きます。さようなら』

それだけ書いた手紙を残し、ディアは町から消えた。

「嘘だろ……」

ディアが失踪したことは、俺とレーラの話と共にあっという間に町中に広まった。

それにより、俺たちは町中から非難と叱責を受けることになる。

結婚式が中止になった翌日、再度ディアの家に話し合いをしに行かねばならず、うんざりした気分で家を出た。外には隣の店主が店先に立っていたので、軽く頭を下げて通り過ぎようとした瞬間、なんの前触れもなく殴り飛ばされた。

「いてえっ！　はあ？　いきなりなにすんですか！」

殴られる意味が分からず腹が立ったが、隣の店主は顔を紅潮させてぶるぶると肩を震わせている。普段穏やかだと思っていた人の急変ぶりに俺は戸惑いを隠せない。

「なにじゃねえぇ！　てめえ、よりによって結婚式当日にディアちゃんの妹に乗り換えるたあ、どういう了見だ！　おめえに人の心はないのか！」

そう叫ばれて、一気に血の気が引く。なんで招待もしていない隣の店主が、昨日の今日でその話を知っているのかと焦って何も言い訳が思いつかない。

店主が大声で怒鳴ったせいで、近隣の人々がそれを聞きつけ集まってきた。女将さん連中が俺の存在に気づくと、一斉に喚《わめ》き立て非難の言葉をぶつけてくる。

「あっ……ラウ！　アンタなんてことを……結婚式がダメになったっていうじゃないか！　参加した人から聞いたよ！　しかもアンタの浮気のせいってのは本当かい？　なんてことしてんのよ！」

「その上相手がディアちゃんの妹って、アンタ人でなしなの？　ディアちゃんはどうなるんだよ。あの子、あんなにアンタの店につくしてきたのに……不憫でならないよ！」

次々と人が集まってきて、あちこちから怒号が飛ぶ。最初に俺を殴った店主が、再び俺に殴りかかってきたのをきっかけに、男衆が寄って集《たか》って俺を殴り始めた。

「ちょっ……いてっ……ちょっと待ってくれよ！　いてえって！」

「うるせえ！　この下衆《げす》がぁ！」

「死んで詫びろこのタコ！」

口々に罵られ、蹴られ殴られて、なんの弁解もできないまま家の中に逃げ帰ることしかできなかった。

扉の鍵を閉めてその場に座り込んでいると、外の騒ぎを聞いていたらしい母が、呆れた顔でため息をついた。

「店はしばらく開けられないわね……ホント、とんでもないことしてくれたわ」

まずはディアを見つけないことにはどうにもならないと言い捨てて、殴られた俺の心配をするでもなく、母はさっさとどこかへ出かけてしまった。

俺はひとり、暗い店内に取り残されてガックリと項垂《うなだ》れる。俺の浮気だけなら、ここまでの騒ぎにならなかっただろう。だが、結婚式当日に新婦の妹との浮気が発覚し、妊娠までさせていたとなれば、女衆からは激しい非難を受けるのは必至だ。

思ったとおり、数日のうちに商店の人々だけでなく取引先や店の常連にまで話が広まり、商売にも影響が出てしまって、しばらく店を閉めるしかなくなった。ディアは商工会でも働き者として評判が良かったので、我が家への非難は高まる一方だった。

どうしようもなくなって、たまらず友人の許へ匿《かくま》ってくれないかと逃げ込むが、誰もかれもウチは無理の一点張りで取り合ってもくれない。

友達なら助けてくれよと言った俺に、友人の一人が呆れたように、『お前と同類だと思われると困る』と罵ってきた。

「お前さあ、ディアの悪口すげえ言ってたじゃん。つまんねーとか愛想ねーとか。でもさ、自分は遊んでばっかなくせに、その嫌ってる婚約者を店でこき使ってたじゃん。その時点でひでーなって思ってたけど、それで結局ディアの妹に乗り換えるとかさぁ……さすがにありえねーだろ。お前みたいな奴と一緒にいて、俺までそんな奴だと思われたらマズイんだよ。ウチだって客商売だし、一緒にいるとこ見られるのも困るんだって。もう帰ってくれ、迷惑なんだよ」

友人とは思えない暴言を吐いて、そいつは俺の鼻先で乱暴に扉を閉めた。

違う、そんなつもりじゃなかったと言うも、扉が再び開くことは無かった。

俺は諦めてその場を後にする。

それにしてもどの友人も、俺がディアの愚痴を言うと一緒になって笑っていたくせに、腹の中ではそんな風に思っていたのかと裏切られた気分になる。

こうしてすべての人にそっぽを向かれた俺は、どうすることもできず今後の目途《めど》も立たず、家で息をひそめるようにして時間が経過するのを待つしかなかった。

だがウチ以上にまずい状況になっていたのはディアの実家のほうだった。

どうやら以前からディアの両親は妹ばかり優先してディアをないがしろにしてきたらしい。暴力を振るわれている姿も時々使用人たちは見ていたようで、ここぞとばかりにあの家族の悪評を吹《ふい》聴《ちょう》してまわっていた。

今回の騒動をきっかけにディアへの虐待についても多くの人々の知るところとなり、レーラが姉の婚約者を寝取ったことと併せてあの家は極悪人の扱いを受けていた。

もともと傲慢《ごうまん》で態度が悪いと評判だったそうだから、雇っていた使用人たちも一斉にやめてしまい、商売仲間からも見放されているらしい。

俺もあちらを気に掛ける余裕が無かったので、連絡も取らない日々が続いていたが、ある日突然レーラ一家が大荷物を持ってウチに押しかけて来た。

「食料の買い出しすらままならないんですよ。こうなった責任はラウ君にあるのですから、レーラの身の安全を確保してください。それにこの子、姉が居なくなってから酷く憔悴《しょうすい》していて、体調もすごく悪いんです。お腹の子がどうなってもいいんですか」

レーラの父親は、何もかもお前の責任なのだからと言って、俺に安全な住む場所と生活の保障を求めてきた。その失礼な態度に俺の母親はもう呆れた態度を隠そうともしない。

「でもウチだって店を閉めている状況ですから。いきなり全員で来られても困りますわ」

「そんなこと言っても、レーラはラウ君の子を妊娠しているんですよ？　そちらの息子に非があるのだから、誠意をもってこちらの望むように取り計らうべきでしょう」

お互い声を荒らげながら、店の横にある入り口で押し問答を繰り返す。夜中に騒いでいるから、隣近所の商店に灯りがついて皆なにごとかとこちらの様子を窺《うかが》っている。

近所迷惑だから、とにかく今日は帰ってくれと揉めていると、後ろからレーラの名を呼ぶ声がきこえてきた。

突然の第三者の声に驚いて皆で一斉にそちらを向くと、デカい図体で喜色満面の男がこちらに駆けてくるところだった。

男はまっすぐにレーラの許へ向かい、喜びを隠しきれない様子で話しかける。

「レーラ……？　レーラだよね？　ああよかった！　ここにいたんだ！　家に行っても全然会わせ

てもらえなくて、心配していたんだ！　ごめんね、迎えに行くのが遅くなって！」

「はあ？」

ずっと黙ったままだったレーラだが、いきなり名前を呼ばれ驚いている。

こいつは……確か花屋の息子の、ジェイという名の男だったかと、現れた男の顔を見ながら考える。暗い感じの男で、歳も違うから俺とは共通の友人もいないし全く付き合いが無い。そんな奴がいきなりなにをしにきたのだろうかと首をかしげる。

だが目の前にいるレーラの両親は、見て分かるほど青ざめて焦っているようだった。その態度を疑問に思っていると、次にジェイが叫んだ言葉でその理由が分かった。

「レーラのお腹の子の父親は僕なんだって、いくら言っても君の両親は全然聞いてくれないんだ！　何度訪ねて行っても、レーラを監禁して僕に会わせないようにするし、心配したよ！　ごめんよ助けにいくのが遅くなって」

「……はあっ⁉　えっ……父親？」

思わず驚きの声が出てしまったが、当の本人であるレーラは素知らぬ顔をしている。その両親は気まずそうに黙ったまま俯いていた。

呆けていた俺とは違い、ジェイの言葉の意味を理解した母はすかさず口を挟んだ。

「確かアナタ、花屋のジェイ君だったわよね？　レーラさんとお付き合いされていたの？」

「はい！　もちろんずっとお付き合いさせてもらっています！　ウチの店に花を買いに来てくれたレーラに僕が一目惚れして……勇気を出して告白したら、お花屋さんって素敵と言って受け入れてくれたんです」

「へえ……そう。それでお腹の子は、あなたが父親だと？」

「もちろんそうです！　レーラが純潔を僕に捧げてくれたあの日から、ずっとお付き合いしていたのは僕ですから！」

僕の子で間違いないです！　と、とびっきりの笑顔で答えるジェイに、レーラの両親が真っ青になって取りすがっている。

「ご両親にも挨拶して、結婚前提の交際だったのに……変な噂が立ってレーラにも会えなくなっちゃって心配していたんです」

わざとか素なのか知らないが、ジェイは全く空気を読まずにレーラと自分がどんな風に愛をはぐくんできたのかを熱っぽく語る。

「へえー……そうなの。レーラさんたら、そんな大事なこと教えて下さらないなんて、困るわぁ。ねえ、お腹の子が、ジェイさんの子だったなんてねえ。全然知らなかったわぁ」

嫌味たっぷりに母がレーラに言うと、レーラは全く悪びれることなくしれっと否定した。

「え？　知らないですよ、ジェイさんとは仲のいいお友達なだけだし。お腹の子はラウの子だもん」

「ええっ？　レーラ、誰かに脅されているの？　本当のことを言って大丈夫だよ！　なにがあっても僕が守るから、心配いらないよ！」

ジェイはレーラの冷たい態度など全く意に介さず嬉しそうにしているが、レーラは目も合わせず無視しているので、代わりにレーラの父親が言い訳を述べ始めた。

「あの、ええ、もちろん違いますよ。この青年が勝手に思い込みで言っているだけで、レーラはラウ君以外とそういう関係になったことなどないと言ってますし、彼とは何の関係もありませんよ。まさか何の確証もないのに彼の言葉だけを鵜《う》呑《の》みにしないですよね？」

「いーえぇ、確証がないというのであれば、お腹の子の父親がラウだというのもレーラさんが主張しているだけですわよね？　まさか他の父親候補が名乗りを上げたというのに、このままラウと結婚なんて無理なことくらいそちら様もお分かりでしょう？　ラウが仕出かしたことだと思えばこそ、責任を取ろうと結婚を決めましたが、これは全て白紙にもどさなくてはいけませんねえ」

「は？　そんな勝手な……！」

「お義父さん！　僕、結納金もお渡ししてちゃんと婚約の誓いも立てたじゃないですかあ！　忘れちゃったんですかあ？　婚約者は僕ですよ！」

「あああ黙れ！　お前とは今、話をしていない！」

どんどん投げ込まれる爆弾に、レーラの父親は慌てふためいてもう話にならない。

不毛なやりとりを続けるうちに、レーラが具合が悪いと言ってしゃがみ込んでしまったのでひとまず休戦となった。

誰の子だとしても、妊婦であるわけだしと言ってレーラの体調を心配した母が、ウチで横にならせて、医者を呼んできた。

医者の姿を見たレーラは激しく抵抗して診察を拒んだが、興奮すると危険だから鎮静剤を使いましょうと言われたらしぶしぶ大人しくなった。

そして診察を終えた医者から、俺たちは衝撃的な話を聞かされることになる。

「妊婦だというお話でしたが、結論から言うと彼女、妊娠はしていませんよ。兆候もありませんし……それを本人に聞いてみたら、先日流れてしまったと言うのですがね……ですから内診してきちんと確認しましたが、流産した形跡もないですし、おそらく妊娠していたというのは彼女の思い込みか……間違いでしょう」

俺は開いた口がふさがらなかった。

そもそも妊娠していなかっただと？

どういうことだとあちらの両親を睨《にら》むが、謝罪する様子もなく、気まずそうにしているだけだ。こうなっては完全にレーラとは破談で、別室で横になっているレーラも連れて帰ってくれと言って全員を追い出す。

もうひと悶着《もんちゃく》あるかと思ったが、レーラの両親はジェイの勢いに流されるかたちであっという間に出て行った。

皆がいなくなって静かになったところで、母が嬉しそうにつぶやいた。

「ああ良かった。それにしても妊娠すら嘘だったなんて、酷い話だわ。すっかり騙されちゃったけど、逆にこれで店を再開できる目途が立ちそうね。あとはディアちゃんを見つけて帰ってきてもらえればなんとか元通りね」

母親が満足そうに笑い、俺もこう言ってはなんだがあの場にジェイが出てきてくれて助かったと思ってしまった。

ジェイがレーラのお腹の子の父親だと名乗りを上げた話は、翌日にはまたあっという間に広まった。

そのうえ、妊娠そのものが嘘だという話までもが知れ渡っていて、ずいぶん話が回るのが早いなと思っていたら、母が従業員をつかって話を広めてきたという。

そんなこととして大丈夫なのかと、母の所業に俺は心配になったが、母は『まあ見てなさい』となにやら自信があるようだった。

そして、母の目論見《もくろみ》通り、レーラは『男を弄んだ悪女』と言われ以前にも増して激しく非難されるようになり、代わりに俺は弄ばれた被害者という評価へ変わっていった。

おかげでようやく町を歩けるようになり、これなら店も開けられるようになると母と喜んだ。

あとはディアを見つけ出して、復縁はできなくとも和解できれば万事解決などと楽観視していたのだが、その肝心のディアが、町のどこをどう探しても見つからなかった。

金で人を雇って町の隅々まで探した。だがディアはどこにも訪ねた様子すらない。

誰かが匿っていると思って友人知人を何度も訪ねたが、色々聞き込んでいくうちに、どうやら町から出ていったらしいという目撃情報が上がってきて、まさかと思いつつ乗合馬車の御者などに聞き込みすると、どうやら事実だったらしいと分かり青くなった。

本来、女一人で町を出るなどあり得ないことだから、その可能性を全く考えていなかった。

危険を顧みず、無鉄砲に町を飛び出して行ったディアのことが心配で、すぐにそのことを母親に告げるとさすがに驚いたようで、珍しく取り乱していた。

ディアとは本当の母娘のように仲が良かったから、無鉄砲に町を飛び出したディアのことを心配しているのだろう。

とんでもないことになったとブツブツ呟きながら、母はしばらく部屋の中を行ったり来たりしていたので、どうかしてしまったのかと不安になったが、俺のほうに向きなおると、むちゃくちゃな提案をしてきた。

「ラウ、アンタ町を出てあの子を探しに行きなさい。ディアちゃんはウチで作った身分札を持って出て行ってるはずよ。まずは近隣の町でそれが使われた記録がないか探して、行商人や乗合馬車の人たちに聞いて回りなさい。どっち方面へ行ったかだけでも目星がつけられれば、探すのは難しくないはずよ」

身分札があれば別の町に移住するのも簡単だし、絶対に持っているはずだ。もしかするともうすでに近隣の町で仕事も見つけて定住しているかもしれないと母は主張した。

ディアは仕事ができるし、なにより結構な美人だから職を見つけるのは難しくないと思う。だが、それなら探しにこられても迷惑なだけじゃないだろうか。

「……見つけても、本人が戻りたくないって言うんじゃ」

「それでもよ。どんな償《つぐな》いでもするからとでも言って、ともかく連れて帰りなさい」

いつになく強引な母の言葉に戸惑う。どこかに定住している保証もないし、はるか遠くまで移動しているかもしれないのだから、言うほど簡単に見つかるとは思えない。

「運搬用の荷馬車を貸してあげるから、行商でもしながら町を回って聞き込みでもすれば手がかりくらいつかめるわよ。あんな子が旅をしていたら絶対目立つから、必ず誰か覚えているわよ」

「んでも、そんなのどれだけかかると思ってんだよ。下手したら二、三年かけたって見つからないかもしれないんだぜ。旅の金だってかかるわけだし……なにより、ディアは俺が謝ったって許さないんじゃねえの？」

「店の在庫を積んで行商しながら移動すればいいでしょ。つべこべ言わずに行きなさい。大丈夫よ、あの子、アンタが迎えに来たら最初は怒って見えても本当は嬉しいはずだもの。ディアちゃんアンタに心底惚れていたからね、裏切られた悔しさで素直になれないだろうけど、アンタが自分を探しに来てくれたって知ったら本音では嬉しいはずよ。それに、責任感の強い子だから、自分がいなくなったことでこれだけ迷惑をかけたって知ったらきっと戻ってきてくれるわ」

ディアが俺に惚れていたなんて嘘だろうと思ったが、母は事実だと言う。そして、だからこそ心配なのだとも言った。

「ディアちゃん世間知らずだし、気弱で流されやすいでしょう。ラウは知らないと思うけど、町でもあの子結構いろんな男にちょっかいかけられていたのよ？　アンタとの婚約破棄を知った誰かが、傷心のあの子に付け込んで連れ出したのかも。駆け落ちならまだいいけど、悪い男の言いなりで酷い環境で働かされているかもしれないじゃない。だから必ず見つけ出して連れ帰るのよ。それまでは帰ってこなくていいから」

絶対に連れ帰れと厳命されて、母の剣幕に若干の違和感を覚えつつも、確かに母の言う通りだと納得した。あの控えめなディアが自分の意志と力だけで町を飛び出すなんて考えられない。

ディアは今、他の男と一緒にいるのかもしれない……。

そう思うと、心配な気持ちはあれどこれだけ皆が心配しているのに本人はもうこちらの気も知らず男とよろしくやっているのかと若干苛立つ気持ちが湧き上がる。

母は、ディアが俺に『心底惚れていた』と言っていたが……。

どうにも信じがたいが、店に尽くしてくれていたのは、俺に惚れてくれていたからだったと思えば納得がいく。

ディアは情が深くて優しい性格だ。そんなアイツが、長い間ずっと俺を好きでいてくれたなら、今は憎んでいても、心から謝り続ければきっと受け入れてくれるような気がする。

見つけるまでお前は帰ってくるなと言われている以上、なんとしても行方くらいは掴まなくてはならない。

どれくらいかかるか分からない旅だが、どうせ町にはもう俺の居場所はない。

友人だと思っていた奴らも全員俺に背を向けたし、レーラも結局俺を騙していただけだった。店は母がいれば回るのだから、俺が町にいる意味などないし、行商しながらの旅なら良い経験になるだろう。

決意が固まってからの俺の動きは早かった。適当に在庫でダブついている商品を荷馬車に積み込み、長旅を想定した準備を整えてさっさと出発する。

「でも案外すぐ見つかるかもな。そんなに遠くに行く度胸なんてアイツにはないだろうし」

町を出て、まずは隣町を目指して進むなか、俺はそんなふうに楽観視していた。

でもその甘い考えは、隣町でディアらしき女が男といたという目撃証言がたくさんでてきたことであっさりと覆《くつがえ》されてしまう。

さらにディアが男連れだったという事実が俺にとっては衝撃で、なんとなく裏切られた気分だった。旅が長引くにつれ、今頃ディアは男とよろしくやっているのかと思うと怒りが湧いてくる。

理不尽な怒りであることは分かっていた。けれど精神的に弱っていた俺は、ディアを見つけた時怒りに任せて散々暴言を吐いてしまった。

のちのちにそのことを激しく後悔することになるが、本当の意味で後悔を思い知るのは、もっとずっと先のことになる。

# 第九話『狐疑と安穏』

「ラウが村に住みつくなんて嫌よ。冗談じゃないわ、怪我が治ったら絶対帰って」

村に住むと言い出したラウに、馬鹿なこと言ってないで早く帰れときっぱり言うが、なぜか全く気にしていない様子でのらくらしている。それがまた腹立たしかった。

「ん、無理。俺もう決めたから」

決めたから、というのはかつてのラウの口癖でもあった。

傍若無人な物言いでも、人を引き寄せる魅力がそれを許していた。本人もそれを分かっていて、我儘を通してきたが、今でもそれが私に通用すると思っているのが余計に腹立たしかった。

なぜか得意げに笑うラウに対して、それまで笑っていたジローさんもいい加減苛立ったようで、キレ気味に詰め寄る。

「エロ君さぁ～諦めの悪い男はカッコ悪いぜぇ？　こんだけ嫌がられてんのに、いつまでも未練がましく縋ってきてさァ、ウチのディアさんもいい加減うんざりしてんだよねえ。これ以上恥をさらす前に帰りなァ」

「おっさんこそ、いい年して若い娘をだまくらかして恥ずかしくねーのかよ。ディアはアンタをすっかり信用してるみたいだけど、俺は騙されねーからな。このエロオヤジが」

ラウが煽ると、ジローさんはため息を一つついてから再びラウを蹴り飛ばした。

「痛《い》って！　また蹴りやがったなこのオヤジ！」

「いーから帰れよクソガキが」

帰れ、帰らないの応酬が始まって、ジローさんにラウがつかみかかったことで、二人は大乱闘になった。でもさすが、元傭兵でウチの警備人もやっていただけあって、ジローさんがあっという間にラウの腕をとらえて地面に引き倒し押さえつける。

でもラウがジタバタと暴れて諦めないので、もう絞め落とすかなんて恐ろしいことをジローさんが言い出した時、村役場を訪ねてきたクラトさんが騒ぎに気付いて駆けつけてくれた。

クラトさんはこの光景を見ただけで何かを察したらしく、特になにも言わないままサッと縄を取り出して、ジローさんと連携してテキパキとラウを縛り上げてくれた。

嫌っているはずなのに、ジローさんと息ピッタリで縛っていくクラトさんの姿は、見ていてなんだか微笑ましかった。

「ありがとなァ、クラト。エロ君がディアさんにしつこく付きまとってさあ、話をするだけならって見逃してきたけど、今さっきディアさんに痴漢行為を働いていたから、もう強制送還しようかと思うんだわ。わりーけど手伝ってくんない？」

「なんだと？　本当に最低だなこの男。じゃあ荷馬車に括《くく》り付けて送り出すか」

ラウの乗ってきた荷馬車は村役場の横の馬小屋で管理している。クラトさんがさっさと馬を用意し始めると、ラウが懇願するように叫んだ。

「ちょ、ホント待ってくれ！　痴漢なんかしてねーよ！　ディアと話をしたかっただけだ！　そ、それにさ、村は誰でも住む権利あるだろうが。じいさんの中には俺に村に残ってくれって言っている人も居るし、それをディアの個人的な事情だけで俺を追い払うのは理不尽じゃねえ？　無理やり追い出したって知れたら、あとでディアが文句を言われて面倒なことになるんじゃねーの？　なあディア、同じ村に住むことくらい許してくれよ」

若くて健康な男性であるラウに、村に住んで欲しいと言っているご老人がいることは私も知っていた。確かにラウが突然居なくなったらそういうことを言いそうな人がいるのは間違いない。

クラトさんは、私をちらりと見て動きを止めた。

ラウをたたき出すのは簡単だが、後々私がご老人方に責められる可能性があることを指摘され、迷ってくれているのだと思う。

それにしても、どうしてラウはこんな目に遭ってまでもここに留まろうとするのだろう？

自尊心の高い彼が、これだけ貶されるようなことを言われてもまだ、こんなみっともなく足掻《あが》いて留まろうとするのがどうにも不自然に感じる。

「ねえ……ラウ。なんでそんなにまでしてここに残りたがるの？　何度も言うけど、あなたは私を嫌っていて、婚約していたと言ってもほとんど話すらしないような関係だったじゃない。それなのに、ここまでして私に拘《こだわ》り続ける理由ってなに？　それとも、私のことはただの口実で、町に帰りたくない事情でもあるとか？」

そう訊ねると、ラウは少しだけばつが悪そうに横を向いた。

「いや……帰りたくない事情とかじゃないけど、まあどうせこのまま一人でノコノコ町に帰っても、家には入れてもらえないってのはあるけどな。母さんは、絶対にディアを連れて帰ってこいって、それまでは帰ってくんなって言っててさ。まあ、店の仕事でディアにしか分からないとことかあるからかもしれないけど、母さんお前のことすげえ可愛がってたから、本当に心配しているんだろ」

「お義母さんが……？　絶対私を連れて帰れって言ったの？」

「別に母さんに言われたから来たわけじゃねーけどな？　ディアに謝りたいと俺自身反省して思ったし、無計画に町を飛び出していったお前がどうしているか心配だったから、わざわざこんなとこまで探しに来たんだろ」

会話の糸口をつかんだと思ったラウは、みんな心配しているだの店はやっぱりお前がいないとなどとまくし立ててくる。

「私を連れ帰れっていうことのほかに……お義母さんは何か言っていなかった？」

「ほか？　いや……まあ、母さんは……ディアは俺が迎えに来たらきっと喜ぶとか言ってたけど……あ、だからって別に、俺はそれを鵜呑みにしたわけじゃねーからな？　母さんが勝手に言っていただけで……」

「そう……」

時間も手間もかけて、大事な一人息子を私の探索に送り出すお義母さんを不自然に思う。ラウは気付いていないようだが、無駄を嫌う商売人のお義母さんが、私ごときを探すために大枚をはたくとは思えないのだ。

それほどまでに愛情を持ってくれていると考えられるほど、私は楽天家ではない。確かに良くしてもらったが、それはあくまで『息子の婚約者』で『よく働く従業員』だからであって、環境的にも気持ち的にもその域を出ることはなかった。

それでもお義母さんが私を探して連れ戻したい理由は……。

そのまま少し黙ってしまった私を心配したのか、ジローさんが顔を覗き込んできて首をかしげる。

「ん？　ディアさん、どうしたァ？　なんかこわーい顔してんぞォ」

「なんでもありません。……じゃあラウは、私と一緒じゃなきゃ家に帰りづらいから、村に残りたいってこと？　お義母さんにはここに住んでいることを伝えてあるの？」

「怪我したからしばらく村に滞在しているってことは、こないだ手紙で知らせたけど、ディアを見つけたことはまだ知らせてねーよ。母さんが知ったら早く一緒に帰って来いってうるさいだろうからさ。あのさ、でも誤解すんなよ？　俺が村に残りたいのは、ディアともっかいちゃんと関係をやり直したいって思ったからで、家のことは関係ないからな？　俺の意思だから」

そんな話をしているうちに、出かけていた村長が役場にもどってきて、また蓑虫みたく縛り上げられているラウを見て『またなんかやらかしたのかい？』とのんきに笑っていた。

「エロ君がディアさんを無理やり手籠《てご》めにしようとしていたと聞いたので、村から追放しようとしていたところです」

クラトさんが誤解の多い説明をすると、村長はちょっと表情を曇らせる。

「そりゃちょっと無理かなあ。今出て行ったら死んじまうかもしれないしねえ」

そして空を指差してホラあれ、と示して説明を始めた。

「山に雲がかかっているだろ？　じき、雨になるよ。急に冷えてきたし、下手すると雪交じりになるんじゃないかねえ？　エロ君の荷馬車、冬仕様になってないだろ。もうすぐ日も暮れるし、雪にならなくても遭難するかもしれないよ」

そう言われてみれば、昼間に比べてぐっと気温が下がったと感じる。

でもまだ積もる時期には早いから大丈夫じゃないかと安易に考えたのだが、村長曰く、本格的な雪には早いこの時期は、雨氷《うひょう》というものが降る時があるのだそうだ。

もしこれが降った場合、地面は全てつるつるの氷になって、雪の何倍も危険な状態になる。馬どころか人が歩くこともままならず、これに当たれば荷馬車など確実に遭難するという、恐ろしい天候がこの時期には時々あるのだそうだ。

「本格的な雪の季節より、今のほうが危険だったりするのよ。だからまあ、今日出発するのはおススメしないねえ」

「ええ〜でもエロ君が村に居たら、ディアさんの貞操が危ないんだけどさァ。村長はディアさんがどうなってもいいっての？　エロ君を村のジジイどもが甘やかすから付け上がったんだろォ？　ディアさんを捨てたクズなのにさ、クズであることを忘れて厚かましくもウチのディアさんに復縁を迫って既成事実を作ろうとしたんだぜぇ？　ホント身の程を弁えないクズだよ。だからさ〜クズなんだから、帰り道で死んだらそれもまたクズの運命だったたってことで諦めようぜ？　どんな死に方してもしょうがないよ、クズなんだから」

クズを連発するジローさんに、村長は渋い顔のまま悩んでいる。さすがに危険と分かっていながら送り出すのは村長としては見逃せないのだろう。

その時、クラトさんがこんな提案をしてきた。

「じゃあ、俺がこのエロ君を預かるということではどうですか？　ちょうど家の補修やら道の舗装なんかの力仕事が溜まっていたんですよ。それに冬は雪かきの仕事が死ぬほどありますからね。俺がエロ君を監視して、近づかないようにしていれば、コイツが同じ村にいても、ディアさん少しは安心でしょう？」

「おお、いいね！　そうしようそうしよう！」

クラトさんの提案に、村長が大賛成した。

でもジローさんは未だ渋い顔で、「でもなぁ～」と言っていたが、それを私が制した。

「それでいいですよ。クラトさんにはご迷惑おかけしますがよろしくお願いします」

「えっ？　いいのか？　ディアさん」

「はい。ラウが遭難するだけならともかく、馬が死んだら寝覚めが悪いですから」

私がそう言うと、ジローさんがラウの荷馬車の馬をふりかえって「ああ～まァ、そうなァ」と納得したように呟いた。

私が了承したことで、ラウの滞在がひとまず許されることとなった。

ラウはクラトさんに引き取られていき、私とジローさんはようやく家路につく。

「なあ、ディアさん。なんでエロ君の滞在を許したんだ？　なんか……さっきからちょっと、雰囲気が怖いんだけど、なんかあったか？　本当にイヤなら荷馬車は置いていかせて、エロ君だけ帰らせたっていいんだぜ？」

帰り道を歩きながら、ジローさんが心配そうに聞いてきた。

「ええ、いいんです。クラトさんが監視してくれるなら安心ですから。それに……ちょっと思うところもあったので」

「クラトなら安心ではあるけど……。まーアレか。ラウ君も甘ったれた性根をクラトに叩きなおしてもらえば多少マシになるかもな。アイツ、自分にも厳しいけど他人にもめちゃくちゃ厳しいからさァ」

その後もジローさんがなにか喋っていたが、私はほとんど生返事をしていた。

――――私はひょっとして、ラウの認識を間違っていたのかもしれない。

傲慢で自信家で、傍若無人な性格だから、あれだけ手酷く振った私のことも未だに自分の思い通りになると信じて疑わなかったゆえの愚行なのだろうと考えていた。

だからこそ、あれだけ拒んでもまだ食い下がってこられたのだと思っていたが、ラウが言った言葉でその考えが少し間違っていたのかもしれないと認識を改めた。

〝母さんは……ディアは俺が迎えに来たらきっと喜ぶとか言ってた〟

お義母さんは多分私がラウを好いていると気付いていた。だからそれを利用しろとラウを焚き付けた。ラウ自身は恐らく、言われたことを鵜呑みにして、本当に私がラウの迎えを喜ぶと信じ切っていたのだ。

そこまで考えて、また『どうして』という疑問が湧き上がる。

絶対に連れ戻せとお義母さんがラウに厳命した理由。

もしそれが、心配や謝罪の気持ちで無いのなら……もしかして、と思い当たることがひとつだけあった。確証も無いし、ただの私の勘違いかもしれないけれど、それならと思うことがある。

ラウの村滞在を認めたのは、それを確かめたい気持ちもあった。

「……ホントに大丈夫か？」

物思いにふける私を、ジローさんが気遣わしげに見つめてくる。

「大丈夫です。それより急に寒くなりましたね」

山から吹き下ろす冷たい風が冬の到来を告げているように感じる。

「……冬ごもり、楽しみですね」

「ん？　ああ、そーだなァ。冬のあいだにディアさんを堕落させるから、覚悟してなー」

一日酒飲んでゴロゴロするぞーと宣言するジローさんを軽く叩くと、おかしそうに笑っていた。

春が来るまで、まだ時間がある。

その時が来るまでに、私は何ができるだろう。

見上げた空に立ち込める暗雲が、この先の未来を表しているように思えて、背中に走る震えを止めることができずに、私はひたすら冷えた腕をさすっていた。

❀　❀　❀

この日の夜、本当に村長の言っていた雨氷が降り出して、村一帯は薄い氷に覆われ、見たこともない景色になっていた。

氷に覆われた世界があまりにも幻想的で、大興奮でジローさんを起こしたが、ジローさんは子どもの時から見慣れているようで、どうでもよさそうにしていた。

「こんなモン、早く解けて欲しいとしか思わないなァ」

ジローさんからつまらない反応しか返ってこないのでちょっと不満だった。

窓から見える木々は、氷で作った彫刻のようになっていて、葉っぱの一枚一枚まで氷で覆われていた。じゃあ家も氷の彫刻のようになっているのだろうかと思って、好奇心が抑えきれず、滑りにくい靴を履いて外に出る。

ジローさんには危ないから出るなと言われたけれど、こんな光景を見て我慢できるはずがない。

でも数歩も歩かないうちにあっという間に転んでお尻を打って立ち上がれなくて酷い目に遭った。

ジローさんに笑われつつ家に戻り、今日は当然のことながら村役場にも行けずお休みとなった。

この日を境に気温がどんどん下がり始め、村には本格的な冬が訪れた。

結局ラウは春までクラトさんの家に居候することとなったようで、改めてクラトさんが私に言いに来てくれた。

どうせ冬のあいだは仕事も休みの日が多く、ラウともあまり顔を合わす機会もないから別に構わない。そう言うと、クラトさんは複雑そうな顔をしていたが、村役場へは連れて行かないし、ほかの年寄りにも変な期待を持たせるといけないから、なるべく会わせないと言ってくれた。

❀ ❀ ❀

この冬、私は行ける日は村役場で仕事をして、雪の日はジローさんと、以前話していたとおりゆっくりと家のなかで過ごしていた。

この冬ごもりの時間が、私の人生で一番穏やかで幸せな時間となった。

こんなに自分の為に時間を費やしたこともなかったし、こんなにも楽しい時間を過ごしたことなんてなかった。

きっとジローさんは、私に自分を労《いた》わることを教えようとしてくれたのだと思う。

雪の降る日が増えるにつれ、道は厚い雪に覆われ仕事に行けないことが多くなる。

まあ冬のあいだは仕事もあまりないので、私が行けなくても困ることはない。

それよりも、休みが増えると暇でしょうがないことのほうが私にとっては問題だった。

ゆっくり過ごすことに慣れていなかったので、最初落ち着かなくてなにかしようと常にウロウロしていたが、何度もジローさんに休め休めと言われ、何度も立っては座らせられるみたいなことを繰り返してジローさんに呆れられてしまった。

あまりにも『座って休め！』と言われてしまうので、気持ちを切り替えて読書に時間を費やすことにすると、ようやくジローさんが満足そうにダラダラし始めたので、単に気が休まらないから私にじっとしていて欲しかっただけなのかもしれない。

本は、冬のあいだに勉強しようと思って村長から法律関係のものを山ほど借りてきていたのだ。

勉強だと思えばダラダラしている罪悪感もないし、仕事に関係ありそうな部分を書き出したりする作業は集中してやれたので、一日机に向かっていても苦にならなかった。

何故法律の勉強なんかを始めたのかというと、村役場で色々な仕事を私に任せてくれるようになったのだが、私は法律や条例については全くの無知だったので、いちいち村長に聞いたり調べたりしなくてはいけなかった。

自分の無知ぶりに落ち込んだし、仕事もはかどらずもどかしい思いをしたので、この冬の休みを利用して、ちゃんと勉強するつもりだった。

ジローさんは、私が読んでいるのが仕事の本だと分かると、勉強していたら休んだことにならねえ！　とグチグチ言ってきたが、法律関係で気になっていることがあるからと事情を説明すると、調べものにつきあってくれた。

ジローさんはあちこちの町や村を渡り歩いていたからか、思いのほか法律や条例に詳しかった。

流れの余所者は法律に明るくないと損をするし、なにより知らずに犯罪に当たる行為をしてしまうのを避けるために、知識を身に付けておく必要があったらしい。

「あんまり治安のよくない土地で投獄されたりすっと、ひでー目に遭ったりすっからね。特に村とかでゴロツキが自警団やっているようなとこじゃ、余所者の犯罪者なんて殺されるかもしれないから、こっちは命がけだし、ちゃんと法律知っとかないとヤバかったんだよ」

ジローさんの説明に、なるほどと納得する。村には軍警察が常駐していないから、村人だけで構成された自警団が犯罪者を取り締まるのだけれど、勝手に所持金を没収されたりするような酷い扱いを受けることはままあるらしい。

「ジローさん、前に村と町の違いを教えてくれたじゃないですか。国の法の適用範囲も違うとかありますか？」

「んー、この本に書かれている条例は、違反したら誰でも逮捕されるよ。でも基本的に村は法の目が行き届いていないし、見落とされがちだけど、軍警察に直接訴えに行けばちゃんと役人を派遣してくれるよ。でもそれを知らないヤツのが多いから、結局意味ないんだけど」

こういう地方の村では法律を知る人も少ないから、無自覚に条例違反や犯罪行為をおこなってしまうことがあると、ジローさんは話しながら顔を曇らせる。

「例えば、子どもの就学義務とかこういう田舎の村じゃ無視されがちなんだよ。強制労働も条例違反になるけど、農家じゃガキも働き手だから、勉強よりも家業を手伝えみたいなの普通にあるし、それで結局学校に通えないで字も碌に読めないまま大人になっちまったとか未だにあるんだよ」

「子どもの強制労働……」

ジローさんの言葉を受けて、手元にある法律の本に目を落とす。

ちょうど労働基準に関する法律の内容が書かれている。

……これを見る限り、私が幼い頃からラウの店で働いていたことも条例違反になってしまう。

そのことに気が付いてから、条例や法律の細かい部分まで何度も調べ直したが、どう考えても、私が幼少期から働いていた期間は絶対に法に抵触《ていしょく》している。

私があの店でほぼ朝から晩まで働いていたことをジローさんに話すと、ぎゅっと眉根を寄せて考え込んでいた。

「それ、店も親もなンも言わなかったのか？　ばれたら営業停止どころじゃないぞ。子どもの強制労働は雇用側にも親にも罰則があるはずだぞ」

「でも、賃金も発生していなかったし、雇用関係に無いって扱いだったのかもしれないですね」

ウチの両親はともかく、あの優れた商売人のお義母さんがわざわざ法に触れるような間違いを犯すとは思えない。だとすると、私がしてきたことは仕事ではなく、手伝いや見習い扱いになっていたのかもしれない。

「……んなの詐欺じゃねえか。あーむかつくな。婚約者だとか言ってタダ働きさせた挙句、浮気してポイだろ？　もう完全に詐欺だろ。今からでも訴えて金ブン取ろうぜ！」

ジローさんは我がことのようにプンプン怒ってくれている。

「うーん、でも無知だった自分が悪いので仕方がないですよ」

法律と条令を学んだ今ではあれが違法ではないかと考えられるが、当時はただ人に言われるまま動いて、自分の頭で考えることを放棄していた。従うことが正しいと信じて疑いもしなかった自分の責任でもある。

だからもういいのだと言うと、ジローさんは更に怒りを募らせる。

「あのなあ、なんでもかんでも自分のせいにするのやめろって言っただろ！　それディアさんの悪い癖だぜ。逆にさ、他人からその話聞かされて、無知なお前が悪いってディアさんは言うのか？　言わないだろ？」

「あ……」

自分が悪かった部分を探すのはよくないとジローさんからは注意されていた。

これもある種の『逃げ』で、考えることを放棄しているのと変わらないと何度も説明され、私も納得したはずなのに、昔の話になるとどうしても考え方が過去に戻ってしまう。

情けなくて俯いてしまうと、ジローさんは表情を緩めてよしよしと頭を撫でてくれた。

「責めているわけじゃねえよ。悪いことは全部ディアさんのせいにされてきたからそう思うようになっちまったんだろ？　俺はそれが腹立ってしょうがねえんだよ。こんなにいい子なのになァ……もっと楽に幸せになってもいいのに、今でも辛そうなのが見ていて辛《つれ》えんだよ」

苦しそうにそう呟くジローさんは、私よりもよっぽど辛そうな顔をしていた。それを見たらなんだか胸がいっぱいになって、ぎゅっとジローさんの袖をつかんで握る。

「今は幸せですよ？　こんなに毎日笑って過ごすの初めてなんです。冬ごもりも楽しいことばっかりで、明日が来るのが楽しみだなんて、私初めてかもしれない」

全部、ジローさんのおかげと言って笑いかけると、珍しく赤面するジローさんが見られた。

「いや、もう俺こそディアさんと冬ごもりなんてすげえご褒美だわ。毎日が天国だわ。あー、もうずっと冬でいい。ずっとディアさんと部屋んなかでイチャイチャしてたい～」

「ふふ、それだとジローさん毎日雪かきすることになっちゃう」

「んー、ディアさんが応援してくれるなら頑張れっかなー」

でもトシだから腰がもたないかも！　とジローさんが言うので、二人で笑ってしまった。

全部がなんてことない時間なのに、なにもかもが楽しくて愛おしく感じる。

私が幸せだなと思うように、ジローさんもそう感じてくれているといい。

……ずっとこんな日々が続けばいいのに。

でも私もジローさんも、来年の冬ごもりの話はお互い口にしない。私たちはずっとこのままではないと分かっている。

開きっぱなしになっている本に目線を落とす。

法律の本を読むほどに、自分が本当に無知で馬鹿だったと思い知らされる。自分の頭で考えることをせず、全て人の言いなりになっていたツケが回ってきたのだ。

なにもかも気付かなかったふりをして、過去を忘れて、こんな風にずっと穏やかに暮らしたい。

けれど、捨てたはずの過去は多分また私を追いかけてくるはずだ。

「……ん？　ディアさんどーした？」

少し黙ってしまった私にジローさんは心配そうな目線を送ってくる。

「ううん、なんでもないです。明日はなにをしようかなって思って」

「そうなあ。朝から雪見酒でもいいけどな。あ、でもディアさん酒癖悪いしなー」

「あれはジローさんのホットワインの作り方がいけないんですよ」

私をからかってジローさんはケラケラと笑う。

先のことは分からない。来年もジローさんが私と一緒にいてくれるかも分からない。だからこそ、この幸せな時間を大切に過ごそうと心に決めた。


雪が少ない時は役場に出勤することもある。

頻繁に行くわけではないから、ラウと顔を合わせることもあまりなかった。そのため、ちょっとその存在を忘れていたが、久しぶりに役場に顔を出したらラウとクラトさんが来ていた。

「あ……ラウ」

なにか言われるかなと少し警戒したが、当の本人は疲労困憊で、私に話しかけるどころではないらしい。

「慣れない雪かきでへばっているんだ。これからまた雪下ろしが待っているからゲンナリしているんだろ」

クラトさんがちょっと意地悪そうな笑みを浮かべて教えてくれた。

最初に宣言したとおり、どうやらクラトさんはラウに力仕事をこれでもかとやらせてこき使っているようで、本当に私に構っている余裕などないようだ。

「このあと、マーゴさんの家の雪下ろしに行くんだ」

マーゴさんは独り暮らしで、年齢的にも屋根の雪下ろしをするのは無理なので時々手伝いに行っているそうだ。彼女のことは、高齢の一人暮らしということで私も気に掛かっていた。

ラウが道を雪かきして通れるようにするというので、私も道ができてからお土産に昨日焼いたパイを持ってマーゴさんの家に行ってみることにした。


歩きやすくなった道を歩いていくと、マーゴさんの家で雪を片づけているラウとクラトさんの姿が見えた。規則的な動きでどんどん雪を運んでいくクラトさんと違って、ラウは疲れ切って全然作業が進んでいなかった。

ラウは背も高いし筋肉もあるので、町では力持ちで有名なくらいだったのに、クラトさんと働いている姿を見ると、まるで大人と子どもくらい力の差が歴然だった。

「おい、そんなんじゃ日暮れまでに終わらないぞ。もっと気合入れてやれ！」

「はい、すみません！」

子どものように叱られるラウを見て、ちょっと面白いなと思ってしまう。

マーゴさんは窓から私が来るのを見ていたようで、ノックする前に玄関の扉が開く。

「まあまあディアちゃん。どうしたの？」

「こんにちはマーゴさん。これ、昨日作ったのでおすそ分けに。そちらは冬ごもりのあいだ、なにか困ったことはありませんか？」

「大丈夫よお。毎年のことだから慣れたものよ。雪かきをクラト君たちが手伝ってくれるからねえ、なんとか一人でやっていけるの」

お茶でも飲んでいってと誘われたので、少しだけお邪魔させてもらうことにした。

マーゴさんは冬のあいだ話し相手がいなくてつまらないと言って、私が相槌を打つ暇もないくらい喋り続けて話が終わらない。

少しだけのつもりだったのに、もうちょっと、と言われ引き留められてしまう。

「前にも言ったかもしれないけど、私、死んじゃった息子のほかに娘が一人いたのよ。ちょっと気弱だけど優しい子でね……でも家出して音信不通になって、もう生きてるか死んでるかも分からないの。ディアちゃんを見ていると、あの子を思い出すのよねえ……」

年をとっても一人でここに住み続けているのは、いつか娘さんが帰ってくるかもしれないと待ち続けているからだけど、もう諦めているとも言っていた。

「良かったら、娘のものをもらってくれないかしら。このショールとか、良い毛糸を使っているから暖かいのよ」

「えっ、そんな大切なものいただけませんよ」

「いいのよ。あなた碌な防寒着持っていないじゃない。女の子が体を冷やしちゃダメよ。それに、あなたに使ってもらいたいのよ。年寄りの感傷に付き合わせて悪いけど」

そこまで言われて断ることもできず、有難くいただくことにした。ショールは明るい色味の毛糸で丁寧に編まれていて、羽織ってみるととても暖かかった。

「ああ、やっぱりよく似合うわ。娘はディアちゃんみたいな美人じゃなかったけど……あの子が帰ってきたみたいで、なんだか胸がいっぱいになっちゃった」

涙ぐみながらマーゴさんは嬉しそうに笑った。

「ありがとうございます。大切に使わせてもらいます」

「ううん。もらってくれてありがとうねえ」

よかったらこれも、これもと、もっと色々出してきて持たせようとしてくれるので、さすがにそれは貰い過ぎだからと必死に断る。

「娘にもう会えないぶん、ディアちゃんには幸せになってほしいのよ。結婚なんてってあなたは言うけど、歳をとってから気付くこともあるのよ？　私ねえ、あなたが心配なのよ」

女の幸せは結婚と常々言っていたマーゴさんは、ラウと復縁するほうがいいと思っている人の一人だ。悪い人ではない。すごく親切で気遣ってくれているのは痛いほど伝わってくるのだが、男の浮気なんてよくあることで、妻はどんと構えていれば男はちゃんと戻ってくるなどと本気で説いてくるところは正直苦手だ。

男だから、女だからと言うのは、彼女がこれまで培《つちか》ってきた価値観によるもので、あくまでも私に対して優しい気持ちを持ってそれを言ってくれているのは分かっている。

だからといって、私がその価値観を受け入れられるかは別問題だ。マーゴさんは、ラウのことに関してはちょっと難アリな人なのである。

話が面倒な方向にいきそうになってきたので、引き留めるマーゴさんにまた来ますからと約束してようやく家を出られた。

外はもう、雪かきが終わっていて、ぐったりと倒れ込むラウと涼しい顔で荷物を片づけているクラトさんという対照的な二人の姿があった。

「情けないな、たいして働いていないだろう。その図体は見掛け倒しか」

「す、すいませ……はあっ、はあ……」

……あんなに素直に謝るラウを町の人が見たら腰を抜かすんじゃないだろうか。自分にも相手にも厳しいというクラトさんだったが、本当に容赦なくラウをしごいている。

人より優れていて、何事においても負けることがなかったラウは、今初めての挫折を味わっているようだった。

あとからクラトさんに教えてもらったが、ラウは怪我の後遺症があるクラトさんの足元にも及ばないことにすっかり打ちのめされてしまい、仕事をやらせてすぐに生意気な態度は鳴りを潜《ひそ》め従順に働くようになったという。

「自尊心の高い奴は、割と打たれ弱いからな。一度ポッキリ心を折ってやるのが素直にさせるコツだな。今はディアさんに構っている余裕はないから、安心していい」

なんだか恐ろしい話を聞かされた気がしたが、クラトさんの言ったとおりラウは時々見かけても忙しくしていて、冬のあいだ一度も話しかけられることはなかった。

ややラウの精神面が心配だったが、意外なことにそのうち笑顔で嬉しそうにクラトさんについて回る姿をよく見かけるようになり、クラトさんクラトさん！　と尊敬のまなざしを向けている。少し見ないあいだに一体何が起きたのかと驚いてしまった。

あまりにも不思議だったので、クラトさんがジローさんを訪ねてウチに来た時に聞いてみたら、なんのことはない、仕事がちゃんとできた時は褒めてあげただけだったらしい。

仕事の出来を認められたのが嬉しかったのか、一緒に仕事をするうちに、ラウはすっかりクラトさんに懐いてしまった。

一人っ子のラウは、兄がいたらこんな感じかなと言っているらしいので、クラトさんを兄のように思って慕っているのだろうか。

それにしても、ひと月かふた月程度であんなにラウの性格が変わるとは思わなかった。クラトさんの手腕に私もジローさんもちょっとだけ引いていた。

「相変わらずクラトは怖《こえ》ぇなァ。あんな利《き》かん気の強い坊ちゃんをすっかり手懐《てなず》けちまうんだもんなあ。どんな飴《あめ》と鞭《むち》を使ったのか恐ろしくて聞けねぇよ」

「仕事をキチンとやるよう躾《しつ》けただけだ。人聞きの悪いことを言うな。まあ最初の頃はあんまり生意気を言うからきつめの仕置きをしたりもしたがな。甘やかされていた分、根は素直なんだろう。すぐに言うことをきくようになった」

さらっと恐ろしい台詞《せりふ》がクラトさんの口から出てきて驚くが、本人はなんてことない顔をしている。躾けというけれど、何かで読んだ本では、肉体的精神的苦痛を与えながら思考を矯正する行為を洗脳と呼ぶと書いてあったが、それにあたるのではないだろうかと内心ハラハラしながら会話を聞いていた。

「それが怖《こ》えーんだって。お前ホント、人を使う立場に向いているよ。こんな田舎でジジイババアの世話してないでさァ、どっかで商売でも立ち上げろよ。なんなら窃盗団の親分だってお前ならできると思うけどなァ」

怖いと言いながらもケラケラとジローさんは笑っているので、クラトさんの話は別に大して恐ろしく思うことではないようだ。

「俺がいなきゃ村長が困るだろう。それより窃盗団の親分てのはなんだ。俺がそんな悪事に手を染めるとでも思っているのか。だったらお前はどうなんだ。いつまでも定職にもつかずフラフラしていられるような歳じゃないだろう」

「いいのいいの、俺はもう余生みたいなもんだからさァ」

まったくどうしようもないな、と呆れながらもクラトさんの表情は柔らかく、以前のような刺々《とげとげ》しさはなかった。最初、あれだけ険悪な雰囲気だったのに、ラウのことがあってから気付けば普通に話すようになっていた。

会話の様子から、元々二人はとても気安い関係だったのかな、とふと思った。それなのにクラトさんがあれほど激怒するだけのなにかが過去にあったのだろうが、その話については今のところ出ていないので、何も分からない。

お互いその話題は避けているような雰囲気がある。クラトさんからも触れてこないということは、何か思うところがあるのかもしれない。いずれにせよ、クラトさんと話している時のジローさんはどことなく嬉しそうなので、ラウの近況報告に来てくれるクラトさんを私は歓迎していた。

そんなふうにこの冬は穏やかに過ぎていき、いつの間にか凍《い》てつくような寒さがだんだんと緩んで、少しずつ春が近づいてくるのを私は肌で感じていた。

# 第十話『利己心と真意』

長かった冬が終わると、村は一気に忙しさを増す。

畑の雪が解ければ、次の作付《さくづ》けの準備に入るので畑を営んでいる家はなにかと物入《ものい》りになる。

冬のあいだ不定期だった行商も定期便が復活し、春は特にたくさんの物を運ぶので、週に何度も来てくれる。

その日も行商が来てくれるのを皆、役場前で待っていた。

私は役場の中で事務仕事をしていたのだが、行商が来たらしい馬車の音がした後、ぎゃあぎゃあと大声でけんかをするような声が聞こえてきて、なにか問題でもあったのかと心配になる。

何事かと外に出ると……予想外の人物がそこにいた。

「ずっと探していたのに！　帰れってどういうこと？　わたしがどれだけ苦労したと思っているのよ！　妻を置いて勝手にいなくなるなんて最低だよ！　無責任すぎる！」

「妻じゃねえ！　レーラとは結婚していないだろうが！　母さんには許可をとって出てきているんだ！　嘘つきのお前に責められる謂《いわ》れはない！」

「レッ、レーラ？」

玄関の外にいたのは、私の妹、レーラだった。

な、なんでここに妹が……？

来るとは思っていなかった人物が目の前にいて、私は状況が理解できず、呆然として玄関前で固まってしまう。すると、ラウと怒鳴り合っていたレーラが私の存在に気が付いた。

「……っああっ！　お姉ちゃん？　お姉ちゃんよね……やっぱりラウはお姉ちゃんのとこにいたのね！　お姉ちゃんが突然いなくなって、みんなすごく心配していたのに、結局ラウと繋がってたってことじゃない！　だましたのね？　ひどいひどいひどい！」

久しぶりに見るレーラは強烈なまでにうるさかった。この感じ久しぶりだな……と一瞬現実逃避していたが、酷い誤解を受けているのでまずは否定しなければならない。

「違うわよ、ラウが勝手にここに来たのよ。……それよりも、レーラ。どうやってここまで来たの？　あなたひとり？」

「……勝手にって！　ラウが勝手にお姉ちゃんについてきたの？　わたしよりもやっぱりお姉ちゃんを選んだって言いたいの⁉　お姉ちゃんはラウのことなんか好きじゃなかったくせに、なんで今更駆け落ちとかするの！　わたしに盗《と》られたらやっぱり惜しくなったってこと？　わたしはラウの赤ちゃんを妊娠していたんだよ？　お腹の子の父親を奪うとか……ひどすぎるよ……」

「えっ？　レーラやっぱり妊娠していたの？」

興奮している時は何を言っても無駄なのは分かっているから、怒りが落ち着くまで聞き流そうと思っていたが、驚いて思わず疑問が声に出てしまった。

「違うって。医者も確認したって言っただろ。レーラ、もうその嘘、無理だからさ」

「ラウまでわたしを嘘つき呼ばわりするの⁉」

ラウに突っ込まれたレーラは、手が付けられないほど泣き叫んで地面に突っ伏してしまった。私も黙っておけばよかったと後悔したが、もう遅い。

わーんわーんと大声をあげて子どものように泣くレーラに、周りにいる私もラウも、村のご老人方もどうすることもできずオロオロしていた。

「よく分からないけど、レーラがこんなところまで来たってことは、ラウはレーラとの関係をちゃんとしないまま町を出てきたのよね？　なんて無責任なのかしら」

この事態を招いた元凶であるラウに対し、非難を込めてジトっと見ると、違う違うとでも言いたげな様子で首をぶんぶんと横に振るだけでレーラをどうにかしてくれる様子もない。いい加減にしてと言いかけた時、私たちの様子に気付いたレーラが、再びキレだした。

「み、見つめ合って目くばせなんかしてぇっ！　二人してわたしのことだましてたの？　ラウはわたしのこと好きって言ったじゃないっ！　お姉ちゃんよりわたしのほうがいいって言って何度も抱いたくせに！　やっぱりお姉ちゃんとよりを戻すとか、そんなの許さないから！　ラウとわたしは絶対結婚するんだから！」

「いや、そんなこと言ってねーし、何度もは抱いてねーよ！　二回……か三回だけだ！　お前だって、俺だけじゃなかっただろうが！　花屋のジェイが、腹の子は自分が父親だって宣言していたし、お前と婚約しているって話じゃねえか。結婚がしたいならソッチとしろよ」

二人の醜い言い争いを聞いていて頭が痛くなってきた。

全然知らなかった新しい情報が出てきて処理しきれない……。レーラはラウのほかにも付き合っている人がいたってこと？　お腹の子は違う人の子だったたってこと？

いや、ラウは『そもそもレーラは妊娠していなかった』と言ってなかったか？

……結局どういうことなのか全くわからない。

それにしても、レーラはいつまでも子どもっぽくて、箱入り娘だと思っていたのに、そんなに色々な男性と関係を持っていたなんて……ほかの男性が父親に名乗りを上げただなんて、母は卒倒してしまったんじゃなかろうか。

私が居なくなった後、どれだけ修羅場があったのか想像するだけで恐ろしい。ぐるぐると頭のなかで疑問が渦巻いて頭をかかえてしまう。

けれど、そこでハタと気付く。

「あれ……？　これ、私、全然無関係なんじゃ……？」

双方の両親の総意で、私とラウの婚約は破棄され、新たにレーラと結婚すると決まった。その時点で私とラウの縁は切れている。家出した私にとって、レーラが誰と結婚しようと関係ないではないか。無関係の人たちの痴話げんかなど仲裁する義務すらない。

なんの茶番を見せられているのかと思うと、だんだん腹がたってきた。

そして、しゃがみ込むレーラを無理やり立たせて、その頬を引っ叩いた。ついでに隣にいるラウの横っ面《つら》も引っ叩いた。

「いたぁい！」

「いてっ……え、なんで？　なんで俺叩かれた？」

「いい加減にして。レーラ、痴話げんかはよそでやって。だいたい、あんなことをしておいて、本当にあなたはよく私の前に顔を出せるわよね。レーラは見当違いのことで好き勝手罵ってくれているけど、あなた自分が何をしたのか分かっている？　私はあなたがしたことを何一つ許してないわ。

それなのにわざわざ私の前に現れたりして……死にたいの？　せっかく全部忘れて穏やかに暮らそうと思っていたのに、なんでまた現れるのよ？　本当にいい加減にして。ラウ、レーラと何があったのか知らないけれど、無関係の私を巻き込まないで。もう二人とも帰ってよ」

怒りをにじませて私が言うと、レーラはとても驚いて呆然としていた。

ラウは私に殴り飛ばされた経験があるから、キレた私が本当に洒落《しゃれ》にならないと分かっているようでものすごく慌てている。

「ごめん、悪かったディア。俺がちゃんと解決しないままここに来たからだ。レーラのことは俺の責任だ。俺がちゃんと町に送り返してくるから、ちょっと落ち着いてくれ。……レーラ、ディアは何も悪くない。俺がディアに謝りたくて勝手に探しに来たんだ。あのな、俺たちがディアに何をしたのかお前ももう一度よく考えてみろよ。レーラにディアを責める権利はなにひとつないんだ。それくらい理解しろよ」

ラウはそう言うと、レーラの腕をひいてこの場を離れるように促す。

「ええ〜ラウ君帰っちゃうのかい？」

周囲で見ていたご老人方が非常に残念そうな声を上げている。

ラウに促されたレーラだったが、それでもその場から動こうとせず唇をかみしめている。

「レーラ。町に帰って、お前の両親も交えてもう一度ちゃんと話し合うからさ。つーか本当にどうやってここまで来たんだよ……お前の両親のことだから、きっと死ぬほど心配してるだろ」

「……帰らない」

「は？」

「帰らないって言ったの！　わたし帰らないからね！　お姉ちゃん！　わたしが憎いんならいくらでも罵ればいーじゃない！　死にたいのってなに？　それで脅してるつもり？　やれるもんならやってみなよ。いい子ちゃんのお姉ちゃんにそんな真似ができるんならね！」

「はあぁ？　お前、何言って……馬鹿かお前は。俺らが悪いんだから子どもみたいな逆ギレすんなよ。いい加減にしろよ、俺もやベーんだからこれ以上ディアを怒らせるんじゃねーよ。俺の荷馬車で帰るから……」

「逆ギレじゃないもん！　触らないでよ！　ラウだけ勝手に帰ればいーじゃない！　わたしは帰らないから！　帰らないからねー！」

レーラは地面に座り込んで駄々っ子のようにジタバタしだした。

「えっ……？　帰らないの？」

怒りで興奮しすぎてついにレーラがおかしくなった。言っていることが支離滅裂で怖い。もうなんでもいいから早くレーラを回収して行って欲しい。どうにかしてくれと、ラウを肘《ひじ》でつつくが、ラウも『うわぁ……』みたいな顔をして完全に逃げ腰だった。

「ちょっと、ラウ。早くレーラを連れて帰ってよ……あなたの妻でしょうよ」

「ま、待てよ。だから妻じゃねえって。つーかさ、そもそも妊娠してなかったし、他の男が婚約者だって名乗りを上げたから、破談になったって思うじゃん。それにホラ、俺だけ勝手に帰れとか言ってるし……俺じゃなくてお前に用があるんじゃないか？」

「ええ……？　なんで……？　そんなわけないでしょ。あの子が私に何の用があるっていうの。少なくとも私には無いから、とにかく連れて帰ってよ。それでうちの両親に引き渡せばいいじゃない」

　無理やりにでも連れて帰れとラウの背中を押していると、その場にそぐわないのんきそうな声が聞こえてきた。

「おーい、ディアさぁん？　また修羅場なんだって？　大丈夫かよ～」

「あ、ジローさん」

　マーゴさんが大変なことになってるぞって呼びに来てさ～とあくび交じりに喋るジローさんは、よれよれのシャツに寝ぐせのついた頭で、いつもの倍だらしない姿で現れた。おおかた、また昼寝している最中だったのだろう。

　そして私が説明するまでもなく、座り込んで泣くレーラを見つけると、あちゃーと言って面白そうに笑っていた。

「もしかして、ディアさんの妹？　え、妹までディアちゃんを追っかけてきちゃったのかよ～。ディアさんモッテモテだなァ。でも今ディアさんは俺と同棲中だからなァ。残念だったな、大好きなオネーチャンは返さないぜェ」

「ちょ、ジローさん何言って……」

　心配してわざわざきてくれたのは嬉しいが、変なことを言って場を混乱させないで欲しい。事情を説明しようとジローさんに歩み寄ったら、わざとらしく抱きしめられた。

　普段こんなことしないくせに……とちょっとモヤモヤするが、ラウとレーラに『返さない』と言ってくれたことが嬉しくて、思わず顔がほころんでしまう。そんな私を見て、ジローさんはますます面白そうにしていた。

「あら、ディアさんなにその可愛い顔。なになに？　そんなに俺のオヤジ臭が好きなのォ？」

「もう……可愛いとか、恥ずかしいんでからかうのやめてください。あと、ちゃんとお風呂入っているから最近ジローさんはあんまり臭くないです」

「そうかァ。臭いってディアさんに言われないとなんか物足りないなァ」

いつものように二人でくだらないやり取りをしていると、後ろから「イヤアアアア！」とこの世の終わりみたいな叫び声が聞こえた。

「……嘘でしょ⁉　お姉ちゃん、なんでそんな汚いおじさんと抱き合ってるの？　気持ち悪い……ねえ、ラウとはどうなっているのよ？……ちょっと離れて！　ヤダ、信じられない……」

汚いおじさんとか酷い言われようだ。服は私が毎日替えてと口を酸っぱくして言ったので汚れてはいない。……ただちょっとだらしないだけだ。決して汚いおじさんなどではない。

貶されまくったジローさんは怒るでもなく、むしろこの状況を面白がっているようだった。

「そうだなァ～ディアさんはそこの尻出し浮気男より、おっさんのほうが好きなんだってさ。慣ればちょっとクサくて汚いおっさんも癖になるってディアさん言ってたもんなァ。だからアンタの夫には欠片も興味ないから安心しなァ」

いや、そんなこと言っていませんが……。

そう否定したくなったが、ジローさんがわざとレーラを煽るために言っているのが分かったから、一応反論せず黙っておく。でも私がクサい人が好きな変態みたいに思われるのでやめて欲しい。周囲のご老人方に、『あらぁ……』て残念なものを見る目で見られているのもちょっと辛い。

とはいえ、これだけ言えばレーラも、ラウと私はもうなにも関係が無いのだと理解してくれるだろう。そうすればもう私に拘る理由はなくなるから、諦めてラウと帰ってくれるに違いない。

レーラは目を真ん丸にして、私と私の隣に立つジローさんを交互に見ている。

それでまたジローさんが、これ見よがしに私の腰に手を回して引き寄せた。その瞬間、レーラが再び感情を爆発させた。

「いっ、いやあああああ――！　お姉ちゃんがっ！　お姉ちゃんがこんなおじさんに手籠めにされたの？　なんで⁉　ラウに捨てられておかしくなっちゃったの？　いくらなんでももっと他にいたでしょお？　ダメッ！　こんなの許さないから！」

ん？　レーラが私の思っていた反応じゃない……。

「レーラ……？　えっと、あのね、だから、ラウと私は本当に何もないってわかったでしょ？　わかったなら、ラウと一緒に今すぐ帰ってちょうだい。二人の結婚については、私にはもう関係ないから、町に帰ってから両家で相談して。色々あるみたいだけど、ちゃんと謝れば父さんと母さんはあなたの望むようにしてくれるわよ……二人はあなたに甘いんだから。それにジローさんはいいひとよ。あまり失礼なことを言わないで」

私がレーラをなだめようと肩に手を置いたら、レーラは更にショックを受けた様子で、ボロボロ泣いている。ど、どうしちゃったのかしら……。

レーラは泣いて手が付けられないし、ラウは完全に思考を放棄しているし、周囲のご老人方はわくわく顔で眺めているし、役場の前はとんでもなく混沌としていた。

「ダメだこりゃ。立ち話じゃ埒が明かないから、ディアちゃんの家で、四人で話し合いなさい」

見かねた村長が、助け舟のつもりで場所移動を促す。

完全に見世物になっている私たちに気を遣ってくれたのだろう。面白そうに見ていたご老人方は残念そうにしていたが、さっきから行商の方も困り顔で待っている。

私は仕方なく、ラウとレーラを促して自宅へと移動した。

私とジローさんが先導するかたちで家まで歩き始めたが、ラウもレーラも何も喋らず終始微妙な距離を保ったままだった。この面子《めんつ》が揃うのも、一緒に歩いているこの状況も何もかも意味が分からず、話し合いが始まる前から早くも私はうんざりしていた。

家についてひとまず席についてもらおうとしたけれど、我が家の食卓には全員分の椅子がないので、ジローさんが席を譲ってくれて、小さな丸太を椅子代わりにして座った。

その間、私はお茶を淹れるために台所でお湯を沸かしていた。我が家の食卓に、元婚約者のラウと、その婚約者を寝取った実の妹のレーラが座っている光景は、何度見ても異様だった。

「もうなんなのよ……。憎み合うのも嫌だったから町を出たっていうのに、修羅場のほうが私を追いかけてくるとか、呪われているのかしら……」

お湯を沸かしながら、私は大きなため息をついた。

揃いのカップなんてこの家にはないから、色も形もバラバラのカップでお茶を淹れる。

トレーに載せて、テーブルに運んで私が配ろうとすると、喉が渇いていたのか、レーラがさっとカップを手に取って、まだ熱いお茶をずずっと音を立てて飲んだ。

「あ……」

レーラが手に取ったのは、ジローさんが私にプレゼントしてくれたあのカップだった。

多分、レーラは何も考えずトレーに載ったカップの中から一番綺麗なのを選び取ったのだろう。

子どもの時からレーラは常に自分が一番だったから、誰かに遠慮するとか譲るとかそういう概念がないのだ。

一番に自分が欲しいものを手にするのが当たり前な環境で育ってきたのだから、仕方ないのかもしれないが、これが私のカップじゃないかとか、少しも考えたりしないんだなと思って、久しぶりに苦い気持ちが胸に広がる。

あれは、私のためにジローさんが選んで買ってくれたカップだ。

私の大切なものをレーラが使うことに激しい不快感を覚えた。

だが今はそんな話をしている場合ではない。私は苦い気持ちを飲み込んで、黙って残りのカップをラウとジローさんに配った。

役場の前で怒鳴り合っていた時とは打って変わり、レーラもラウもだんまりを決め込んだまましゃべろうとしない。仕方がないので、私からレーラに水を向ける。

「レーラ、ここまでどうやって来たの？　女の子一人で町を出るとか、なにを考えているの。犯罪に巻き込まれたっておかしくなかったのよ」

「お姉ちゃんだって町を出たじゃない。わたしだけが非常識みたいに言わないでよ。わたしはちゃんと、乗合馬車の御者のおじさんに頼んで乗せてもらって町を出たの。夫が行商の途中で行方不明になったから探すため旅に出たって言ったら、みんなすごく同情してくれて、終着場所で北へ向かう人がいないか話をしてくれたりして……。そこで、とっても優しい行商の人がいてね、この村廻る予定じゃなかったけど親切でここまで乗せて来てくれたの」

この村の場所が何故分かったのかと不思議に思っていたら、聞くとどうやらレーラはラウの家の郵便箱に届いていた手紙をこっそり拝借したらしい。

「手紙盗むなんて泥棒じゃない……」

「ちょっと読んだだけでちゃんと元に戻したもん」

全く悪びれずそんなことを言うレーラは、どこまでもレーラだった。

その手紙を読んだ後、ラウの居場所を知って衝動的に町を飛び出してきたそうだ。

さきほど役場前にいた行商の人が、わざわざレーラを運んで来てくれたのだと知ってちゃんとお礼も何も言わないままだったと気づいて後悔する。

行商が販路を変えてまで来てくれたのは、こんな女の子が一人でウロウロしているのが心配で見ていられなかったのだろう。レーラの無鉄砲で多くの人に迷惑をかけてここまで来たようだが、本人はそういう他人からの親切に全く気づいていない。

「なんて馬鹿な真似を……簡単に言うけど、あなたすごく運が良かったのよ？　それより、ラウ以外の相手がいたって話は本当なの？」

「そうだよ。花屋のジェイが腹の子の父親だって言ったんだ。ずっと付き合っていたんだってよ。ま、結局子どもも嘘だったけど、だからどっちにしろ俺はもうレーラとは関係ないんだって」

「わたしジェイさんと付き合ってないもん。わたしはラウと結婚するんだもん」

二人の話が全くかみ合わない。

「ねえ、でも、ジェイさんが自ら父親だって言うくらいなら、そういう……関係になったことがあるってことじゃないの？」

肉体関係があったのなら、ジェイさんという人が付き合っていると思うのも当然だろう。まあ、同時にラウとも関係があったのかもしれないが……。

「ジェイさんとは、仕方なくちょっとしただけ。でもちゃんと妊娠しないよう気を付けてたもん。最後までしたのはラウだけだよ。だからお腹の子の父親は絶対にラウなの」

「ちょっと、した……？　え、じゃあレーラは、その……ちょっとくらいなら、ラウじゃない他の男性と、そういうことをするの？　あの、そもそもちょっとって何？」

とまどいながら聞くと、ラウが気まずそうに私の質問を遮った。

「いや、もうそこ突っ込まなくていいから。レーラさあ……そうやって他の男と関係してたのに、よく俺が父親だなんて主張できたよな。いや、そもそも妊娠が嘘だったんだから、最初から騙すつもりだったってことだよな？　すっかり騙されたわ。つーか、ディアさ……お前ひょっとして、まだ……」

ラウがまだごちゃごちゃ喋っていたが、レーラは「だましてないもん！」と声を荒らげ、悪びれることなくきっぱりと否定する。

「ねえ、騙してないって言うけど、レーラはジェイさんが自分が父親だって言いだすほど深い付き合いをしていたんだよね？　それなのにどうしてラウとも関係を持ったの？」

「だって、母さんが……ラウはお姉ちゃんのこと嫌ってるから、可愛いわたしのほうとホントは結婚したいってラウも思ってるわよって教えてくれたの。そんなこと言うならわたしだって、ジェイさんよりラウと結婚したいもん。それで実際、ラウだってレーラのほうが可愛いって言って抱いてくれたんだから、わたしたち両想いで付き合ってるってことでしょ？」

「いや……あれはお互い酔った勢いだったじゃん……話作るなよ……」

ラウが情けない顔でボソボソと何かを呟いている。

話を聞く限り、どうやらレーラは母の言葉を真に受けて、ラウの結婚相手になり替わろうとしたようだ。それにしたって、してもいない妊娠をしたと嘘を吐《つ》き、関係を持った相手が他にもいるのに、絶対ラウの子だと皆の前で宣言する浅はかさに呆れるというか、もうため息しか出てこない。妊娠してるなんていずれ絶対にばれる嘘をついて、そのあとどうするつもりだったのか。いつものように泣いて誤魔化せば、なんとかなるとでも思っていたのだろうか。

子どもっぽくて、考えが足りない子だとは思っていたけれど……これほどとは……。

案の定、妊娠が嘘だとばれたことが破談の決定打になったようだし、この子の嘘に気付かず言うことを鵜呑みにしていた両親も本当にどうかしている。

「分かった、もういいわ。それでレーラは、町に居辛くなっちゃったから、帰らないって言ってるのね……。でもね、自分が引き起こしたことなんだから、戻ってちゃんと謝らないとダメよ。まずその花屋の息子さんと話し合って解決しないと……。それにあなた、父さんと母さんに何も言わずに飛び出してきたんでしょう？　きっとものすごく心配して、大騒ぎになっているわよ」

レーラは両親に可愛がられて育ったので、厳しく叱責された経験がないのだ。なにかあってもレーラに甘い両親が庇っていたので、今回、いろんな人に責められるのが耐えられなかったんだろう。ラウを追いかけてきたのもあるだろうが、それよりも単に町から逃げ出したくて、考えなしに飛び出してきたに違いない。

むくれたまま何も言わないレーラに、私はあきれながらも説得を続ける。

「町に居づらいんだったら、父さんと母さんにそう言ってみなさいよ。レーラのためなら移住するくらいしてくれるんじゃない？　あの二人ならそれくらいしてくれるわよ。あなたのことを誰よりも愛しているんだから」

そこでやっとレーラが顔を上げた。

「……そんなこと言って、わたしを町から追い出したいだけでしょ？　今なら町中の人がお姉ちゃんに味方してくれるもんね！　商工会の女将さんたちが、『アンタみたいな怠け者に店の女将は務まらないわよ』ってわざわざ言いにきたくらいだもん。わたし、頭が悪くて素行も性格も悪い最悪女なんだって。お姉ちゃんじゃなくてわたしがいなくなればよかったのに、ってみんなして言うから、お望みどおり町を出てあげたの。父さんと母さんだって、わたしのことそっちのけでずっとお姉ちゃんの行方を探していたし、やっぱり大事なのはお姉ちゃんのほうなんだよ。ラウも今じゃすごく冷たいし……もう誰もレーラのこと愛してくれないの！」

わざとらしく自虐的なことを言うレーラに、カッと頭に血が上る。

誰が大切じゃないって？　愛してくれないだって？

ずっと両親に虐げられていた私が、どれだけレーラが羨ましかったか、この妹は少しも知らないのか。考えることもしないのかと、腹の底から怒りが湧いてくる。

抱きしめて欲しい。頭を撫でて欲しい。微笑みかけて欲しい。私には与えられないそれを、いつも惜しみなく与えられ享受しているレーラをどんな思いで見ていたか、この天真爛漫な妹は少しも気付かなかったらしい。

風邪で具合の悪い時ですら、優しい言葉をかけてもらったことがないというのに、両親がレーラより私のほうが大事だなんて、天地がひっくり返ってもあり得ない。愛されて当然で育ったレーラには、一生この惨めな気持ちは理解できない。

思いつく限りの罵詈雑言《ばりぞうごん》をレーラにぶつけてやりたいと頭に血が上りかけた時、隣に立つジローさんがポンと私の肩を叩いた。

顔をあげると、悲しそうな表情のジローさんと目が合う。すっと肩を撫でられると、爆発しそうだった怒りが凪いでいった。

そうだ、ここで私まで感情的になったらもうまともに話し合いなんてできなくなってしまう。ジローさんに窘められて、怒りを吐き出すように、ふっとひとつため息をついてから、ゆっくりとレーラに語りかけた。

「……レーラ、父さんと母さんがどれだけあなたを大事にしていたか、分からないわけじゃないでしょう？　逆に、私はあの家でずっといらない子だったわ。父さんと母さんが私を探しているのは、全て私が悪かったことにして責任を押し付けたいからよ。私はラウと結婚したいとも店に戻りたいとも思っていないから、故郷に戻ることは絶対にない」

ここまで言ってもレーラは納得がいかないようで、不満げに唇を尖らせている。

そんなレーラの態度を見て、更にごねるのならばもう話し合うのは無理だろうと内心思う。そうなったらもう力ずくでラウにでも連れ帰ってもらうしかない。

さあ、どういう態度で来るか。また泣いて騒ぐか、怒りを爆発させるかと思ったけれど、レーラの反応はそのどれとも違った。

「違うよ、お姉ちゃんは何でもできるけど、わたしは不器用で頭も悪くて、お姉ちゃんと比べられて可哀想だからって、父さんも母さんも優しくしてくれただけだよ。だってお姉ちゃんは女将さんたちやラウのお母さんに好かれて可愛がられてたけど、わたしは姉はあんなに出来がいいのに妹は……って、女衆から邪険にされてたから……」

寂しそうに、静かな声で自分を卑下するレーラに少なからず衝撃を受ける。天真爛漫で、愛されていることが当然で生きてきた妹の口からこんな台詞が出てくるとは思っていなかった。

「お姉ちゃんは昔からウチにほとんどいなかったし、何をするにもラウの家優先で、家族をないがしろにしてさ、そりゃ父さんと母さんだってそんな勝手なことばっかりしている娘を可愛いとは思えないに決まってるでしょ。お姉ちゃんこそ、いらない子とか言って被害者面《づら》して自分可哀想がるのやめてくれない？」

「ひ、被害者面？」

レーラのあんまりな言い方に一瞬言葉に詰まる。

家にあまり居たくないと思っていたことは事実だが……でも私はラウと婚約する前から両親からないがしろにされていたし、レーラのその非難は的外れだ。

「……あなたこそ、私と比べられて嫌だと思っていたなら、少しでも努力すればよかったじゃない。女衆の手仕事だって、私も最初は上手くできなくて注意されたりしたわ。それでもちゃんと集《つど》いに参加して、真面目に仕事をするから女将さんたちは受け入れてくれたの。レーラは面倒なことからは逃げてばかりでやろうとしなかったんだから、批判されてもしかたがないわ。それに……私は家にいても雑用を言いつけられていたから、あなたたちが家族団らんしている居間にはほとんどいなかっただけよ。私が家族をないがしろにしたわけじゃないわ」

私だって、家族と一緒に過ごしたいと思っていた時もあったが、両親は私の姿を見るとなにかしら文句を言って雑用をやらせるので、家族団らんに入れるわけがなかった。

学校の課題も、女衆の仕事も、レーラが投げ出した時に代わりにやるのは私だった。レーラもそんな自虐的なことを言うくらいなら、どうして努力してこなかったのか。面倒だと逃げていたのだから、当然の結果だ。でも当然そんな私の意見にレーラが納得するはずがない。

「わたしが頑張ったって、どうせお姉ちゃんの足元にも及ばないもの！　優秀なお姉ちゃんと出来栄えを比べられて、がっかりされるのよ！　学校の先生にも、お姉ちゃんの妹なのに、どうしてこんなに出来が悪いのかっていつも呆れられていたんだよ？　そういう惨めさ、お姉ちゃんに分かる？　父さんも母さんも、優しいけど……優しい言葉でいつも『レーラには無理だから』って言うんだもん。大変だから、難しいから、お姉ちゃんに任せればいいって。努力なんてするだけ無駄だよ。どうせお姉ちゃんみたいにはなれないんだから！」

「レーラは、比べられて嫌だったのかもしれないけど、それはあなただけじゃないわ！　私だって、妹は可愛いのに、姉のほうは……って何度も言われたわよ。同じ姉妹なのに姉の私は少しも似てなくて可愛くないって言われ続けて、私だってレーラみたいになれたらいいのにって何度も思ったわよ！　でも、私は私なりに生きていくしかないって気づいたから、今こうしてここにいるの。あなたは自分がどれだけ不幸かみたいなことを言うけれど、私があの時どれだけ傷ついたか少しは考えたことがある？　どんな思いで私が町を出たと……っ……レーラなんか……！　あなたなんか…………！」

勝手な言い分を散々ぶつけられて、私はもう感情が抑えきれなくなり、勢いのまま手を振り上げる。だがその手が振り下ろされることはなかった。

ジローさんが私をぎゅっと抱きしめたからだ。

「大丈夫。大丈夫だ、ディアさん」

痛いくらい強く抱きしめられる。大きな手で何度も頭を撫でて、何度も『大丈夫だ』とジローさんは繰り返した。

「ジローさん……」

「顔、真っ青じゃねえか。ちょっと座ったほうがいい」

促されて椅子に腰かけると、急に体から力が抜けていく。ジローさんは私が落ち着いたのを確認すると、目じりを下げて笑った。

「うん、かわいいかわいい。うちのディアさんは世界一可愛いよ。ホラ、お茶冷めちまうから」

私にお茶を手渡すと、ジローさんは視界を遮るように私の前に立った。

「……なあ、妹さんさぁ。お姉さんがあの家で、どんな扱いをされているか知らなかったとは言わせないぜ。使用人から近所の人まで知っていたくらいなんだからさァ」

「は？　知らないし。ていうかおじさん誰？」

「アンタは両親と一緒になって、面倒なことや嫌なことを全部ディアさんに押し付けて、便利に使ってただろうが。そんなことしてりゃ女衆から嫌われるのは当然だろ。なあ、お嬢ちゃんは『自業自得』って言葉知ってるか？　アンタなりの悩みはあるかもしんないけど、そりゃ全部自分が招いたことなんだって、いい加減気付きなァ？　ヤなことを人のせいにしときゃそりゃあ楽だろうがな、もうオネーチャンに全部おっかぶせることぁできねえんだよ。それをできなくしちまったのも、ぜーんぶアンタの『自業自得』なんだよ」

ジローさんの大きな背中を見つめながら、私はその言葉を聞いていた。

ああ、このひとは、私の味方なんだ……。

こんな風に、真っ向からかばってもらったことなんて、今までなかった。

あの家で私は、我慢するのが当たり前で、責任を押し付けられるのに慣れてしまっていた。だからこんな風に迷いなく私の味方をしてくれたのが、震えるほど嬉しかった。

厳しい言葉をぶつけられたレーラは、不満を露わにしジローさんを睨《ね》め上げている。

「……他人が知った風な口きかないでよ。お姉ちゃんがウチでどんな扱いだったとか、そんなの知らないもん。お姉ちゃんはいっつもラウのとこに入り浸《びた》ってほとんど家になんかいなかったし！　わかるわけないじゃん！」

ジローさんはウチの厩番として勤めていたのだから、レーラも顔に見覚えがあってもよさそうだが、まったく記憶にないらしい。そういえばラウにもそのことは言っていなかったから、こっちも
『あれ？』という顔をしている。

別に隠していたわけではないが、なんとなくそれを知られたくなくて、後ろからジローさんのシャツをぎゅっと握る。それに気づいたジローさんが、前を向いたまま手を後ろに回して、私の手にそっと重ねた。その手の温かさを感じて胸がぎゅっとなる。

「女の子の嘘なんておっさんからすると可愛いもんなんだけどな、アンタのはちょっと悪質だなァ。親の言うこと真に受けて、姉の婚約者を寝取ろうとするまではまだ分かるんだけどな、俺が思うにわざわざ結婚式をぶち壊すような真似をしたのは、アンタの独断だろ？　わざわざ式の当日に寝取ってみせて、婚礼衣装をグチャグチャにするとか悪意しか感じねえんだわ。ずいぶんえげつない

ことを思いつくもんだよなって逆に感心しちまったよ。あの両親だったら、多分こんな自分とこの評判を落とすようなやり方を選ばないから、ただ純粋にアンタがディアさんに嫌がらせをしたくて、勝手にやったことだ。違うか？」

ジローさんは、レーラが『嫌がらせ』であんなことをしたのだと言った。

その予想に衝撃を受けたが、そう考えると納得がいく。ラウと一緒になりたいなら、もっと早い段階で言って私たちの婚約を解消させればいいだけの話だ。

でも、私に嫌がらせをするのが目的だったなら、レーラの作戦は大成功だった。

とはいえ、そんなことのためにどれだけの人に迷惑をかけることになるのか少しも想像しなかったのだろうか？　結局そのせいでレーラは町に居辛くなって、自分の首を絞めている。

疑い半分、呆れ半分のまなざしで見ていたら、突然レーラが激高して叫んだ。

「……っそーだよ！　お姉ちゃんだけが幸せになるのが許せなかったの！　わたしはまともな結婚ができないのに、なんでお姉ちゃんは大歓迎されて玉の輿に乗るのよ？　そんなの不公平だよ！　お姉ちゃんはさ、わたしのこと見下して馬鹿にしてたんでしょ？　何を言われても無関心だしさ、どうせ底辺の人が喚いているくらいにしか思ってなかったでしょ？」

ジローさんが目の前に立っているから、レーラがどんな表情をしているのか見えない。

「だからね、馬鹿だと見下しているわたしに、ラウを盗られて結婚式がダメになったらお姉ちゃんがどんな顔するのか見てやろうと思ったの！　いっつも澄ました顔してるお姉ちゃんが、無様に泣きわめいてわたしを罵る姿を見たかったんだよね。どう？　悔しい？　下に見ていた妹に人生ぶち壊されてどう思った？　悔しいでしょ？　悔しいって言いなよ！」

ここで我慢できなくなって椅子から立ち上がって前に出た。レーラは私の顔を見ると、煽るように顎《あご》を上げ、馬鹿にしたような笑みを浮かべていた。

これがこの子の本音かと思うと、胃の腑《ふ》が冷えるような感覚に襲われる。

あんまりな言われように、怒鳴り返してやろうかと口を開きかけたが、ジローさんがまた私の手を引いてそれを止める。

「妹ちゃん、必死だなァ」

呆れたようなジローさんの言葉にハッとする。

レーラは、何故か分からないが私を挑発して怒らせようとしている。だったらここで怒鳴り返したら私の負けだ。それに気づいたから、わざと落ち着いた声で優しく問いかけてやる。

「あなたは私への嫌がらせのためだけに、自分の人生を台無しにしたの？……ねえ、そこまでするだけの価値があった？　私、あなたがどうしてそこまで私を憎むようになったのか分からないのよ。ラウと結婚したいのだったら、あんなことしなくても両親に相談すればなんとかしてくれたわよ。それに、最初はジェイさんという方と付き合っていたのに、どうしてその人とは結婚したくなかったの？」

挑発に乗らず、それどころか心配するような言葉をかけられたことで、レーラは愕然《がくぜん》とした表情になって固まっていた。そして急にくしゃりと顔を歪め、泣きそうな表情になった。

「……わたしだってラウみたいな人と結婚したいって、父さんと母さんに何度も言ったよ。でも……二人とも、わたしじゃお仕事できないし、ちゃんとしたとこに嫁ぐのは無理だって……父さんは特に、ラウの家のお嫁さんなんて絶対務まらないって言って、取り合ってくれなかったんだもん」

「そん、なこと……」

取り合ってくれなかった？　何事においても私よりレーラを優先する父なら、頼まれたらなんとかしようと動きそうなものだが……私のほうには一度も婚約を解消するなどの話はされたことがなかったと記憶を思い返す。

私が疑わしく思っているのが伝わったのか、レーラは少しだけ呆れたようにふんと鼻を鳴らす。

「お姉ちゃんは、父さんと母さんがわたしの言うことみんな叶えてくれるでしょって簡単に言うけど、そんなの、お姉ちゃんが被害者意識でそう思い込んでいるだけだよ。本当は、わたしの意見なんて全然聞いてくれなくて……ジェイさんのことだって、……一回関係を持ったらすごくしつこくしてくるから、気持ち悪いし嫌いって何度も言ったのに、それでも父さんがあの人と勝手に約束しちゃうから……」

「約束……？　約束って、なに？」

被害者意識と言われるのは心外だったが、それよりも父がしたという約束の話が気になった。

「わたしを嫁にやるって、ジェイさんと約束しちゃったの。嫌だって言ったのに、アレよりいい条件の人はいないって言って勝手に話進めちゃうんだもん。条件がいいって言うけど、結納金を一番多く出してくれる人がジェイさんだったってだけだよ？　でもそんなの、お金で買われるみたいですごく嫌だった。お姉ちゃんはみんなが羨ましがる人が婚約者なのに、わたしはお金で決められるとか……すっごく不公平だって、恵まれているお姉ちゃんが憎らしかった……！」

レーラは憎しみのこもった目を向けてきたが、私は全く知らなかった事実に驚いてそれどころではなかった。ジェイさんという人と揉めることになったのは、レーラのだらしなさが原因かと思っていたのに、もしかすると妹も被害者なのかもしれない可能性が出てきて動揺していた。

「でも母さんだけはわたしの味方になってくれて、ラウはお姉ちゃんのこと嫌っているんだから、結婚相手はレーラでもいいでしょって父さんに言ってくれたの。最初は渋っていたけど、ラウに抱いてもらえたって報告したら、考えを変えてくれて、じゃあジェイさんはやめて、ラウと結婚できるようにしてくれるって……」

レーラがとんでもないことを語り始めたので、理解するまでに時間がかかった。

「え？……待って。じゃあ……父さんと母さんはなにもかも知っていたってこと？　結婚できるようにって、父さんはどうするつもりだったの？」

私は大変な思い違いをしていたようだと、ここまで話を聞いてようやく気付いた。動悸と冷や汗が止まらない。そしてレーラは決定的な言葉を口にする。

「父さんは、ラウの赤ちゃんを授かれば必ずレーラを妻にしてくれるはずだって言ってた。たとえお姉ちゃんと結婚した後でも、ラウがわたしを妊娠させちゃったのなら、アッチの家は立場上、わたしを妻として迎えるしかないんだから絶対上手くいくって言ってくれた。そしたらお姉ちゃんとすぐ離縁ってわけにはいかないけど、そうすれば店の仕事はお姉ちゃんがやってくれるし、わたしは子育てに専念できるから、一石二鳥だって」

レーラは、事の重大さを理解していないのか、父から聞いていた計画を全て暴露した。私は全ての真相を知って、血の気が引いていくのを感じた。

——なにもかも、父と母が計画したことだったのだ。

レーラを上手く誘導して、ラウの妻の座に据えるつもりだったんだ。

私はずっと、こうなってしまったのはレーラがラウと結婚したくて画策した結果なのだと思っていた。でも本当は両親の思惑にレーラが利用されただけだった……。

レーラの話を聞く限り、両親は妹がそう行動するように仕向けている。レーラ本人は多分自分が誘導されている自覚はないから、ここまで話すまで真相が分からなかった。

私がラウの婚約者となったことで、父の仕事は多大な恩恵を受けていた。

だから、本来ならわざわざ私を婚約者の座から引きずり下ろす必要なんてないのだが、多分父は、欲をかいたのだ。

ラウの両親は、仕事の紹介はしてくれるが、自身の商売に関わらせるようなことは絶対にしなかった。それをひどく不満に思っているようで、私は何度も父から店の取引や商売に関する情報を教えろとせっつかれていた。

店のことは守秘義務があると言って絶対に父には話さなかったし、それに関してだけは父の言葉に従うことはなかった。だから父にとって、私がラウの家の嫁になってもこれ以上のうま味は無いと憎々しく思っていたのだろう。

そんなときに、ラウが私を嫌っているという噂を耳にしたのだろう。

それをきっかけに、父はその一石二鳥となる計画を思いついてしまったのだ。

通常であれば、あのお義母さんが婚約者交代など認めるはずがない。だが、ラウが未婚の娘に手を出し、あげく妊娠させたとなれば、ラウの家はレーラを嫁として受け入れざるを得ない。

婚家に負い目を背負わすことで、これまで下の立場にいた自分たちが上に立てるようになる。さらに言えば、レーラならば両親の言いなりだから、私が断り続けた店の情報なども父が頼めば深く考えず簡単に持ち出して来るに違いない。

母はともかく、父にはそういう計算があってレーラを上手く誘導し、ラウと関係させたのだ。だからこそ、結婚式での醜態と大暴露は、完全にレーラの暴走で両親としては計算外だったはずだ。結局あの出来事のせいで全てがぶち壊しになったのだから、あれは本当にレーラの後先考えない嫌がらせだったのだ。

あれがなければ、おそらく結婚後にレーラが妊娠したと言って婚家に乗り込んでくる予定だったのだろう。

もし本当にそんなことになっていたら……両親の思い描くとおり、レーラが本妻となって、私は無給の従業員として飼い殺しされていたのかもしれない。

レーラの言葉からの推測に過ぎないが、おそらくこれが真相だと確信し、私は背筋に冷たいものが走って震えが止まらなくなる。

両親に好かれていないのは分かっていたが、それでも婚約により家に利益をもたらした私を少しは有難いと感じて、私の結婚を喜んでくれていると信じていた。常にレーラが優先だったとしても、娘として私が幸せになることをちょっとは望んでくれていると期待していた。

「でも、違ったんだ……」

両親にとって、私の幸せなんてどうでもいいことだったんだ。家に利益があるかないか、もともとそれにしか興味がなかったのだ。

血の気が引いて、足元がぐらつく私をジローさんが支えるようにぎゅっと抱き寄せてくれる。

ふと見ると、ラウも青い顔をしてレーラを凝視している。それはそうだろう。自分が誰かの思惑のなかで踊らされていたなんて、衝撃が大きかったに違いない。

だがそもそも、ラウが安易にレーラの誘惑に乗らなければ始まらなかったことだ。ラウもまた、自業自得なのだろう。

「……最低ね、父さんも、母さんも……レーラも……」

「だってしょうがないじゃない。あのままじゃジェイさんに売られるところだったし、ほかにどうしようもなかったんだもん。お姉ちゃんだって、わたしが困ってたのに全然気づいてくれなかったから、相談のしようもなかったじゃない。わたしばっかり悪者にしないでよ」

「相談って……その、ジェイさんて人のこと？　そういえば、一度はその人と結婚させるって父さんが約束したのよね？」

「んー……父さんがちゃんとジェイさんにはお断りしたらしいんだけど……あの人ちょっと変だから、全然話にならなかったらしくて……結納金をすぐ返さないなら、婚約は破棄できないとか言うし、わたしが親に監禁されて洗脳されているから、僕が助けるんだとか言って全然話通じないし、あんなおかしい人と結婚するの、わたし嫌だよ」

「一方的に婚約を破棄したうえに、結納金を返していなかったの？　いくらなんでもそれは……」

婚約は無かったことに。でも結納金は返せないでは、相手が納得するはずがない。そんな無茶な主張が通るはずもないのに、父は一体どうしてしまったのか。

レーラはジェイさんがおかしいと主張しているが、どう考えてもおかしいのは父のほうだ。レーラは両親から思考を自分たちに都合のいいように誘導されている。

妹がもう少し世間を知っていたのなら、父のしていることの異常さに気付けただろう。とにかく結納金を返さないことには婚約解消の話などできるはずがない。詐欺として訴えられる可能性もあるのに、どうしてお金を返さないのかと不思議だったが、ひょっとすると、商売で大きな損失でも出したのかもしれない。

でも両親は羽振りがいいように見えていた。そんなに困窮していたようにはとても思えない。

レーラはそんな両親の言い分を鵜呑みにしているのか、悪びれる様子もない。

「レーラ……婚約解消が済まないうちからラウと結婚の話を進めるのは、いくらなんでも非常識よ。ジェイさんの言うことはおかしくないわ。解消を持ちかけているのはこちらなんだから、まずは頂いた結納金を持参して、謝罪と共に話し合いを申し入れるべきだと思うのだけど……だいたい、あなた自身、ジェイさんに直接謝ったの？」

「え、だってちゃんと返すって言ったし、なんでわたしが謝るの？　父さんが勝手に決めた婚約だし、わたし関係ないし」

開き直っているわけでもなく、この話に関しては、本当に悪いと思っていないようだ。世間知らずだとは思っていたが、この歳でこんなにも常識外れなことに疑問を持たないレーラに驚きを隠せない。

何と言ったものか考えあぐねていると、突然、家の扉が『ダンダンダンダンッ！』と激しく叩かれ、皆一斉にそちらを振り返った。

「なっ、なに？」

「ディアさんは出ちゃダメだ。扉から見えない位置にいて」

まるで扉を破壊しようとしているかのような乱暴な叩き方に、ジローさんが警戒して私を部屋の奥へ追いやってから扉へと向かった。

叩かれ続ける扉に対して『ガンッ！』と一発叩き返し、ジローさんはどすの利いた声で叫んだ。

「誰だか知らんが、ウチの扉を壊す気かァ？　用があるなら名乗りやがれ！」

ジローさんが怒鳴りながら勢いよく扉を開けると……そこにいたのは、今私が一番会いたくない人々だった。

……そう、私の両親が、すごい形相で家の前に立っていたのだ。

# 第十一話『求不得苦』

予想できたことだったが、両親もレーラを追いかけてきていた。

村の誰かがこの家にレーラがいると教えたのだろう。できれば教えないで欲しかった……。いや、来ることを想定してもっと根回ししておくべきだったと後悔する。

父は、ジローさんの恫喝《どうかつ》に一瞬たじろいだ様子を見せたが、部屋のなかにレーラとラウ、挙句に私までもがいるのを発見して目を丸くしている。

父の後ろに立っていた母が、部屋のなかにレーラがいるのを見つけると、ジローさんを押しのけレーラの許へ駆け寄った。

「ああレーラ！　よかったわ無事で！　突然いなくなるから心配したわ！　レーラがラウ君の居場

所を知って町を飛びだしたって教えてもらったから、お父さんと慌てて追いかけてきたのよ」

レーラを抱きしめる母は、部屋の奥にいる私の姿を見つけて目を見開いて驚いていた。

「ディア？　嘘でしょう、なんでディアがレーラと一緒にいるのよ？　ラウ君まで……これは一体どういうこと？」

母は戸惑った様子で私とラウを見比べている。

なんと言ったものかと思っていると、入り口に立っていた父がツカツカと私に歩み寄り、なにも言葉を発しないまま右手を振り上げた。

殴られる！　と思い、ぎゅっと目を瞑って身構えたが、痛みは来なかった。

顔をあげると、ジローさんが父の振り上げた手をつかんで締め上げている。

「いきなりズカズカとひとんちに上がり込んできて、挙句ウチのディアさんに殴りかかろうとするたぁ一体どういう了見だァ？　入っていいとも言ってねえんだ。招かれざる客は出ていきやがれ」

「……放せ！　私はこの娘の親だ！　勝手に家を飛び出して、皆に迷惑をかけた不良娘を親が叱るのは当然だ！　誰だか知らんが、家族の問題に口をはさむな。……ん？　お前……まさか……ウチで雇ってやっていた厩番か？　貴様がなぜウチの娘たちと一緒にいるんだ……？」

「まァそんな仕事をしていた時もあったがなァ。今は関係ねえし、ここは俺の家だ。ディアさんももう子どもじゃねえし、そもそもアンタらは、ディアさんを虐待してきたくせに、よく親だなんて名乗れるよなァ。子どもを差別して虐待するクズ親って、使用人にも近所の人にも知れ渡っているくらい有名な話だったぜ？」

父の腕をつかむジローさんはいつもとは雰囲気が違い、燃えるような怒りを湛《たた》えていた。つかんだ腕を容赦なく締め上げているので、父は身をよじってうめき声を上げていた。

「おっ、親が子どもを躾けて何が悪い！　お前ら使用人が、虐待だなどと根も葉もない悪評を立てたせいで我が家はめちゃくちゃにされたんだぞ！？　どうしてくれるんだ！　ディアの逃亡の手引きをしたのはお前か？　そういえば我が家の馬も盗まれていたな……。盗人《ぬすっと》が、うちの娘までかどわかしたうえに暴力まで振るうなど、絶対に許されないからな？　自警団に突き出してやる！」

「へえ、そーかよ。俺の給金、ずいぶん滞納されていたからなァ。支払われそうにないから馬一頭で手を打ってやったのよ。滞納分全部払うってんなら馬は今すぐにでもお返しするぜぇ？　それに使用人はみんな、『事実』を話しただけだろ。自警団に訴えてもらってもいいけどよ、ディアさんの置かれていた状況を話せば、逮捕されんのはアンタら親のほうかもしらんけどなァ」

ジローさんに言い返された父は、ぐっと言葉に詰まっていた。だがジローさんと言い合っても分《ぶ》が悪いと思ったのか、私のほうへ矛先を変えてきた。

「もういい！　こんな破落戸《ごろつき》に付き合ってられん！　ディア帰るぞ！　お前がいきなり家出なんぞするから、父さんたちは謂れのない中傷をうけて仕事も激減して大打撃だ！　お前の無責任な行動でたくさんの人に迷惑をかけたということを分かっているのか⁉　まずは町に戻って迷惑をかけた人たちに謝りなさい。アチラの女将さんも、お前が引継ぎもせずいなくなるから困っておられるぞ。従業員として最低限引継ぎくらいするのが当然だろう。今から帰るからな、すぐ用意をしろ」

いつも通り父は、自分たちの非を認めず町での誹謗中傷も全て私のせいにして私に責任を取らせる前提で話を進めてくる。

拘束されていないほうの手をこちらに向かって伸ばしてきたが、ジローさんが嫌そうに顔を歪め、冷静に父を突き飛ばしてくれた。父はたたらを踏んで転びそうになり凄い形相で睨んでくるが、ジローさんが威嚇するように前に出ると怯《ひる》んで身を引いた。

私は父と距離を取った状態で会話を試みる。

「父さん。私はもう家族とは縁を切るつもりで、家を出たんです。だからもう町には帰りません。店のことも、もう私には……」

だが、話しかけている途中で私の言葉は父の怒声によって遮られた。

ジローさんに突き飛ばされただけでも腹が立っていたのだろうが、私が父を拒絶する言葉を吐いたことで怒りが頂点に達したのだろう。顔を赤黒く変色させ、耳がビリビリするような大声で私を怒鳴りつける。

「親の！　言うことにッ！　お前は逆らうのか！　育ててやった恩も忘れて『縁を切る』だ？　どの口が言っているんだ！　そういう生意気な口は、一人前になってお前の養育にかけた金を全部返してみせてから利くんだな！　いいからつべこべ言わずに早く支度しろッ！」

父は鬼のような形相で、声を張り上げて私を叱責する。あまりの怒声に鼓膜が震え、それだけで私は動けなくなってしまった。

嫌だと主張しなければと思うが、身が竦《すく》んで言葉が出てこない。私が黙ると、追い打ちをかけるように今度は母が私を責め始めた。

「そうよディア。あなたのせいで私たちがどれだけ迷惑を被《こうむ》ったと思っているの？　それなのに、あなたはずっと言い訳ばかりして……あなたまだ一度もお父さんに謝っていないのよ？　言い訳の前にまず謝るべきだったでしょう？　ディアが最初に謝罪なりなんなりしていれば、お父さんだってこんなに怒らなかったわよ。ね、これ以上怒られる前に、とにかくお父さんの指示に従いなさい」

母はごく当然のように私に謝れと言う。

父の言葉に従いたくないと思っても、頭のどこかで、『親の言うことに逆らっちゃいけない』という考えが浮かんできてしまう。緊張からか、呼吸が浅くなって苦しくなる。

「そうやって大声出して怒鳴れば言うこと聞かせられるって思ってんのが頭わりーのよな。ディアさんは何も悪くねえだろ。自分のやらかしを、全部娘にひっ被せるようなクズが、えらそーに親を名乗るんじゃねえよ」

「なんだと、厩番ごときが！　立場をわきまえろ！」

私の代わりにジローさんが言い返してくれた。クズ呼ばわりされた父は、怒って掴みかかってきたが、ジローさんは片手でいなしている。それがまた父の怒りを煽ったようで、怒鳴りまくって収拾がつかなくなっている。

ジローさんもいい加減キレそうになっていて、あわや乱闘かと思われた時、意外な方向から援護が入った。

「あの……！　ディアのお父さん。ディアの給金って、子どもの頃からあなたが受け取っていますよね？　大人になるまでずっとだから、結構な額を渡していたはずですが、それなのに養育にかけた金を返せとか、さすがにそれは親としてどうなんですか？」

ラウが先ほどの父の発言が気に掛かっていたらしく、それを問いただしてくれた。

まさかラウがここでこちらを擁護する発言をしてくれるとは思わず驚いたが、それよりも私の知らなかった事実が出てきて唖然とする。

「給金……？　何それ？　私、ずっと無給だったはずだけど……」

「は？　いや、毎月親父さんが受け取りに来ていたけど……まさかディア、知らなかったのか？」

そういえば、店から父に毎月お金が渡されているのを帳簿で見た覚えがある。それは知っていたが、父の名前で支払い名簿に書かれていたから、あれは私の給金として受け取っていたとは思わなかった。だから何か仕事を請け負ったのだとしか思っていなかった。

むしろ、私の給金が子どもの頃から支払われていたことを誰も教えてくれなかったことに愕然としている。ラウはともかく、お義母さんもそんなこと教えてくれなかった。

父はさすがにラウに対しては強く出られないようで、急に語気が弱くなってなにやら言い訳をしていた。

「……私の給金をラウの店から受け取っているなんて初耳です。むしろ店にばかり行って家のことをなにもしないからって、最低限しかお金をくれなかったですよね。私、日用品をそろえるのにも苦労して、服すらほとんど買えなくて困っていたのに……。父さんたち、まさか私が働いて得た給金を十年以上着服して……そのうえ結婚まで実の親に潰されるなんて……」

父に対して怒りが湧いてくる。さっきは恐怖で固まって何も言い返せなくなっていたが、ジローさんが反論してくれたおかげで冷静になれた。

でもこんな風にあからさまに父を非難するような台詞、かつての孤立無援の家の中じゃ絶対に言えない言葉だった。

でも今の私はひとりじゃない。ジローさんは必ず私を守ってくれると思えるから、ちゃんと言いたいことを言葉にできる。

それに、ジローさんがその気になれば本当は両親を外に放り出すくらい簡単にできるはずだ。なのにそれをせず父を押さえるだけに留めているのは、多分私に彼らに立ち向かう機会を作ってくれようとしているのではないかと思った。

私は未だに、両親の言葉に囚われている。

全てを忘れようとして逃げ出したけれど、彼らのほうから追いかけてくるなら、もう逃げるだけじゃダメだ。両親の呪縛を断ち切るには、私自身の力で戦うしかないのだということを、ジローさんは教えてくれている。

「親にむかってなんだその言い方は！　給金は確かに私が受け取っていたが、親なのだから当然だろう。管理してやっていたのに、言うに事欠いて着服だと？　お前は実の親を犯罪者呼ばわりする気か！　結婚のことも、元はと言えばお前がラウ君に愛想をつかされたことが原因だろう。それを親のせいにして。身勝手にもほどがある！　お前のせいで私たちがひどい目に遭っているというのに、謝ることすらできないのか！」

案の定、私からの非難など絶対に容認できない父は、身勝手な主張で私を罵倒してくる。でも一度冷静になってしまえば、父の主張が矛盾だらけで道理が通らない話なのだと分かるので、すかさず反論する。

「管理と仰るなら、私のために貯金してくれていたということでしょうか。いずれ私に渡してくれるつもりだったんですか？」

「他所《よそ》の家に嫁いでいく娘に渡す馬鹿がどこにいる。そんなことをしたら他人に金を渡すのと一緒じゃないか。家長である私が、ちゃんと家族のために使っているのだから、何の問題もないだろう。ラウ君も、的外れなことで不用意にこちらを責めるような発言は控えてくれないか？　元はといえば君のお母さんがそのように手配したことなんだよ」

お義母さんの名を出されて、ラウは動揺したように目線を彷徨わせた。自分の母親も承知の上だとすると、間接的に給金の着服に加担したことになる。

管理してやったと父は主張するが、本来の受取人である私に知らせず全額を自分のものにしてしまう行為を着服と呼ぶと思うのだが、本人は全く悪びれる様子もない。

予想できたことではあったが、私に対して謝罪する気持ちは微塵《みじん》もないようだ。

私を睨む父の目をじっとみつめる。

そこにあるのは、純粋な怒りだけで、迷いも虚偽も感じられない。父は本当に『ディアが悪い』と思っている。誤魔化すために怒って見せたとかではなく、彼のなかでは私が悪いことになっているのだ。この父の様子を見て、私は確信した。

――この人は、理不尽を押し付けることになんの罪悪感も抱いていない。

理不尽なことを私に強いている自覚もないのだろう。自分は正しいことを言っているのに、私が反抗して従わないから、これほどまでに腹を立てている。自分の怒りは正当なものだと思っているから、これほどまでに怒れるのだ。

家族から離れてみて、ジローさんに一人の人間として大事に扱ってもらえたことで、私はようやく自分と家族を客観的に見ることができるようになった。

この人たちは、おかしい。

ここへきて、ようやくそれに気づくことができた。

そして、それを受け入れてしまっていた私もまた、おかしかった。

もうずっと長い間、父も母も都合の悪いことは全部私のせいにして心の安寧を保ってきた。最初はきっと、単なる八つ当たりで本人たちもその自覚があったに違いない。

狭く閉ざされた『家庭』という空間で、私たち家族は長い時間をかけて大きく歪んでいった。

嫌なことを誰かのせいにしてしまえるのは、とても楽なことだ。その気持ちは、私だってわからなくもない。

長年、悪いことは私のせいにすることに慣れきってしまった父はもう自分の非を認めることができなくなっている。無茶な主張も無理のある理屈も私に対しては通ってきたから、今更それができなくなった現実を、父はもう受け入れられないのだ。

父も母も、きっともう変わらない。全て自分が正しいと思っている人たちに、どれだけ言葉を尽くしても伝わることはない。

ようやくそのことに気が付いた私は、あるひとつの決心をした。

私の隣に立つジローさんの顔を見上げると、いつもどおり優しい目で私を見返してくれた。私の表情を見て何かを察したのか、そっと背中を押してくれる。

「言いたいこと、全部言ってやれ。気の済むまで罵倒してやったらいい」

「……そばにいて、くれますか？」

「ディアさんが鬱陶しい～って言ってもピッタリくっついて離れてやんねえよ」

ふふ、と二人して顔を見合わせて笑う。

ジローさんがいるから大丈夫だ。この人がそばにいてくれるから、私は強くなれる。

父に向き合って、顔を上げ正面からしっかりと見据えた。私の様子が変わったのが分かったのか、父は訝し気な顔をしている。

「父さん。レーラをラウの妻にするために、あなたが画策したことはもう分かっているんです。レーラの暴走で失敗に終わりましたけど、よくできた計画でしたね。上手くいけば、婚家に負い目を背負わせることができたし、無理なお願いも頼めるようになったでしょう。レーラを使って店に入り込むことも可能になりますし、いずれは店を乗っ取るとかもできたかもしれないですね」

「……何の話だ。妄想も大概にしろ」

私の言葉に、頬を引きつらせながらも平然と否定する。

「もうすでに、父さんがしてきたことをレーラが全て話してしまったんですよ。そこにいるラウももちろん聞いていたから、私の妄想だと切り捨てるのは無理があるでしょう」

父はハッとしてレーラを振り返るが、事の重大さを理解していない本人は、戸惑った顔をしながらも頷いて私の言葉を肯定した。

自分が裏で画策していたことがラウに知られていると分かり、父は真っ青になっていた。なにせ騙された張本人が聞いてしまっているのだ。

ラウのほうは社会的にも経済的にも大打撃を受けて大変なことなっているのだから、父のしたことを許せるはずもないだろう。

「自分たちの都合のために、たくさんの人を騙して巻き込んで、レーラすらも駒みたいに使っていたんですね。父さんも母さんも……本当に最低です」

私はあえて強い言葉を使って父を非難した。

「ディア！　お父さんになんてこと言うの！　今すぐ謝りなさい！　私たちがそんなことするわけないでしょう！」

それまで黙っていた母が急に声を張り上げてきたのでそちらを振り返ると、母は目に涙をためぎゅっと胸元を握りしめながら、悲愴な表情で私をキッと睨む。

「レーラとラウ君は愛し合っていたの！　自分が婚約者に嫌われていたからって、人のせいにするなんて最低よ！　あなたがもっとラウ君を大事にしていたら、こんなことにならなかった！　それなのに、誰もかれもレーラが悪いみたいに言うから、この子とても傷ついて、あのあと寝込んでしまったのよ……。あなたが大げさに騒いで家出なんかするから、私たちまでも町に居られなくなっちゃったじゃない！　どうしてくれるのよ」

母は叱る時、こんな風に私の罪悪感を煽るような責め方をよくしていたなと、甲高い怒鳴り声を聞きながらぼんやり思い出す。

「家出はしましたが大げさに騒いだ覚えはありません。残念ですけど、レーラは結婚式でわざわざラウを誘惑したのは、私に嫌がらせをしたかったからだと自分から告白しました。謝るとしたらあなたたちのほうなのですが……計画的に私の結婚を破綻させようとしていたことに対して謝る気持ちはありますか？」

言い返されると思っていなかった母は、目を白黒させていた。強く叱責すればいつものように私が謝ってくると思っていたようだ。

これまで母に口答えしたことはなかった。生《な》さぬ仲という遠慮もあったが、それよりも、母と話していると最終的に私が悪かったような気持ちにさせられるので、いつもごめんなさいと謝ってしまっていた。

だから今回も同じようにすぐ私が謝ると思っていたのに、逆に謝罪を求められたことが信じられないようでものすごく驚いていた。変なものでも見るような目で私を見ている。

「なんて口の利き方だ！　お前自分が何を言っているか分かっているのか？　レーラが何を言ったか知らんが、どうせお前が言いくるめて言わせたに決まっている。あの子は純粋な子だからな、騙されやすいんだ。だからラウ君、ディアの言ったことを真に受けないでもらいたい。この娘は自分が頭がいいのを鼻にかけ、詭弁《きべん》を弄《ろう》して相手を丸め込む卑怯なところがあるんだ。今ディアが言ったような事実はないからな？」

母に口答えした私に父が怒鳴り、ラウには媚びた声で語りかけた。だがラウは父の言葉に耳を貸さず冷たい目で見ているだけだった。

「いや……俺、アンタたちの言うことは何ひとつ信用できないです。レーラが話したことは、色々と辻褄《つじつま》も合うし、誰が聞いても真実だと思いますよ。そんなことより、ディアの給金もずっと取り上げていたとか、すぐ手を上げようとするところとか、ちょっとどうかしている……どうしてアンタたちは、そんなにディアを嫌うんです？　さっきから、なにもかもディアのせいみたいに言っているけど、話めちゃくちゃですよ……」

心底訳が分からないといった風に言われ、父はぐっと言葉に詰まっていた。

私にしてきたことに対してラウが『どうかしている』と言ったので、私は改めてやっぱり他所の人が見たら絶対おかしいと思うようなことだったのだと分かって少しだけホッとした。

「だから、誤解だ。ラウ君まで騙されないでほしい。手を上げるのも……この子は自分勝手で家族を顧みないところがあるから、親としてちゃんと躾けようとしていただけだ。給金については、小さな子にお金を持たすのは危ないからって、君のお母さんが提案してきたことなんだぞ？　だからわざわざ私が店まで出向いて受け取りに行っていたんじゃないか。成人前の子どもの小遣いを親が管理するのがそんなにおかしいかい？　私は子どものために、ごく当たり前のことをしただけなんだがね」

「私はすでに成人しています。その理屈なら、成人後からの給金は私に手渡されるんですよね？」

「いちいち小賢《こざか》しく口を挟むんじゃない！　お前のそういうとこがダメなんだ！　嫌味で屁理屈ばかりこねるからお前は可愛くないんだ！　ああもう、こんな水掛け論をしている暇はない！　レーラも見つかったことだし、町へ帰るぞ！　ディアも荷物をまとめる気がないならそのまま出発するからな？　着の身着のままで行くことになっても、自業自得だからな！」

淡々と事実を指摘する私に苛立ちを爆発させた父は、怒鳴って話をうやむやにするつもりで、もう力ずくで私を連れて行こうと突進してきた。だがそれはすかさず私たちの間に立ちはだかったジローさんによって阻《はば》まれる。

「ディアさんがアンタたちと帰るわけねえだろ。あれだけディアさんに酷《ひで》え扱いしておいて、未だにアンタたちに従うと思ってンのかよ。馬鹿すぎだろ」

「使用人風情がなにを偉そうに……家出した娘を親が迎えにきて連れて帰ると言っているんだ。赤の他人のお前に邪魔をする権利はない。力ずくでも連れて帰るからな！」

「何度も言いますが、私は帰りません。私はもうあなたたちの言葉には従いません。町でなにが起きていようと、それはあなたたち自身の責任です。私に全ての面倒事の後始末をさせたくて、連れ帰りたいんですよね？　そんなものに付き合うのはもう嫌なんです」

父に向ってきっぱり拒否の姿勢を示すと、ジローさんがぴゅうと口笛を吹く音が聞こえてきた。

「私はお前の父親だぞ！　親の言葉に背《そむ》くなど許さんからな！」

話しても分かり合えないだろうと思ってはいたが、ここまで言ってもまだ自分の考えをなにひとつ変えるつもりがない父に、ひっそりと絶望する。

「……私はずっと、愛されたくてどんな理不尽も我慢してきました。でもあなたたちは、結局私を便利な道具としか見ていなかったんですよね。そのことが今になってようやくわかりました。娘を道具としか見ていない人が、どうして親を名乗れるんですか？　あなたたちは、親となる資格がない。だから私は……あなたたちを親とは認めない」

親とは認めない、と私が言ったところで、父も母もポカンと口を開けていた。

この言葉を言った瞬間、私は胸がズキンと痛むのを感じて、喉の奥がぐっと苦しくなった。

ここまでのことをされても、私は心のどこかでまだ、『親に愛されたい』という思いが残っていたんだと実感する。

だけどもう、その最後の感傷も捨てる決心をした。

一瞬呆けていた両親だったが、すぐに我に返って今まで以上の大声で私を非難し始めた。

「なにを訳の分からないことを言っているんだ！　資格もくそもあるか！　誰がお前を育ててやったと思っているんだこの罰当たりが！　子が親につくすなんて当たり前のことだ！　それをまるで自分が可哀想な目に遭っているかのように言いふらして、私たちに恥をかかせおって！　本っ当にお前は憎たらしい！　育て方を失敗した。お前と違ってレーラは素直で純粋な子だというのに……家族を壊して楽しいか？　お前のせいで何もかもめちゃくちゃだ！」

「親じゃないですって？　生さぬ仲の娘をここまで一生懸命育ててあげたのに、まさか恩を仇で返されるとは思わなかったわ！　……あんたは昔っからそうよ！　いっつも無愛想で可愛げがなくて、本当に私のレーラとは大違い……私にはいっつも無愛想な顔して他人みたいな口をきくくせに、あっちの女将さんにはこれ見よがしにべったり甘えていて、ホント憎たらしいこと！　別にあんたなんかに親と思ってもらわなくったって構わないけど、育ててやった恩くらいはキッチリ返しなさいよ！　返し終わるまでは絶対に許さないわ！」

次々と浴びせられる罵倒に、もはや涙も出なかった。この人たちにとって、降りかかってくる不幸は全て私のせいだと本気で思っているのかもしれない。

怒りも悲しみもどこかへ行ってしまったみたいに、上演されている劇を遠くから眺める観客のような気持ちで彼らを見ていた。

「……昔、他所のおうちの親御さんが、兄弟分け隔てなく子どもたちを大切にしているのを知って驚いたことがあるんです。父さん、母さん。普通の親は、子どもを慈しみ、幸せになることを願うものなのだそうですよ？　あなたたちが私に対して、そうであろうとしたことが、一度でもありましたか？　恩を返せとおっしゃるのなら、あなたたちは親としての役目をはたしてくれましたか？なんと言われようとも私には……返すべき恩がない。それでもあなたたちが許さないというのなら私にも考えがあります。私も二人を許しません」

「あっ……ああ言えばこう言う！　親を見下すその態度が腹立たしいんだ。許さないからなんだというんだ。自警団にでも駆け込むつもりか？　親が子どもを躾けても、家出娘を強制的に連れ帰ったとしても、罰せられる決まりなどないんだよ。この馬鹿が」

心底呆れたような顔で見下ろされ、ここが決断の時かと心の中で思う。

許さないと言ったのは、はったりでも脅しでもない。この冬、私は法律や条例に関して詳しく勉強したから、自警団が取り締まる対象についてもよく理解している。そのうえで、私は『考えがある』と言ったのだ。

両親を犯罪者にしたいわけではないが、どうしても引き下がらない気なら、その手段にでるしかない……。でもそこまでしなければ分かってもらえないということは、それほど私たちの間には隔たりがあるのだろう。

決意を込めて口を開きかけた時、開け放したままにしていた扉から第三者の声が聞こえてきた。

「お取込み中悪いんですけどー、僕も話をさせてもらってもいいですか？」

やや間延びした聞きなれない声に驚いて、全員が驚いてそちらを振り返った。

扉の入り口に、ひょろりと背の高い若い男性が立っている。

誰？　と思ってポカンとしていると、それまでずっと黙っていたレーラが一気に顔色を悪くして驚きの声を上げた。

「えっ！　ジェイさん……！　やだ、なんで……？」

レーラが『ジェイさん』と呼んだその人は、申し訳なさそうにぺこぺこと頭を下げながら扉をくぐって入ってきた。にこやかで一見とても感じがよさそうな青年に見えるはずなのだが、この場にそぐわない笑みを浮かべているのでなんだか不気味な印象を覚える。

……この人が……ジェイさん……。この人も両親と一緒に来ていたの？

両親の様子をチラリと盗み見ると、二人とも驚愕して固まっている。だからこれは一緒に来たわけじゃなさそうだなと理解した。

それにしても、両親の反応がまるで幽霊でも見たような驚きかたをしているのがどうにも気になる。ジェイさんとの間になにかそれほど怯えるようなもめ事があったのだろうか？

「き、君……な、なんでここに居るんだ？　ま、まさか、ずっとつけて来ていたのか？」

「はい！　ご両親がレーラの許へ行くと思って後からついてきました！」

後をつけてきたことをハキハキとした口調で肯定され、父は面食らって言葉に詰まっていた。

「も、もう君との婚約は解消したんだ。何度もそう言ったじゃないか……。そ、それにレーラはこのラウ君と結婚するのだから……」

「ああ！　それもあちらの女将さんに確認してきました！　そんな予定はないので、僕と結婚するのになんの問題もないそうです！　僕とレーラは正式に婚約して、結納金もお渡ししてありますからね、解消なんかされないですよ！」

だから大丈夫です！　とジェイさんは笑顔で返していたが、絶妙に会話がかみ合っていない。苦虫を嚙み潰したような顔になってしまった父に代わり、母がとりなすように口を挟んできた。

「ゆ、結納金は、ホラ……いずれ返すと主人も言っているじゃないですか。だからもうレーラとの結婚はなかったことにしてって申し上げましたでしょ？　この子もやっぱりジェイさんとの結婚は嫌だって言っているから……ね？　諦めて……いただけないかしら」

ジェイさんに対し、父も母もしどろもどろでなんだか様子がおかしい。

私と言い争っていた時の覇気がなく、あきらかにジェイさんの登場にものすごく動揺している。

ジェイさんという人を観察してみるが、大柄のわりに猫背で、パッと見では気弱そうな青年に見える。口を開くとものすごくハキハキしていて、少し印象が変わるしちょっと独特な雰囲気の人だが、高圧的な物言いでもないし、両親が委縮する理由がよく分からない。

「いいえ、ダメですよ。婚約は神様の前で誓いを立てた正式なものですから、それを取りやめるのは神に背く行為です。レーラは僕に純潔を捧げてくれましたから、僕らはもう夫婦同然です。ね、レーラ。君もあんなに僕のこと愛しているって言っていたものね」

すっと笑顔を消して、父からレーラへと目線を移し穏やかに語りかける。

「ちが……そんなの……冗談みたいなものだし……」

「君からの深い愛に感動して、だから僕も気持ちに応えようとあの時、永遠の愛を誓ったんだよ。お互いの気持ちを確かめ合ったあと、正式な婚約を結ぶために二人で神様の前で宣言したでしょ？あんな感動的な婚約の儀式を忘れるはずがないよね？」

優しい声音で丁寧な口調にもかかわらず、有無を言わせぬような圧があり、レーラは真っ青になって震えていた。それを真顔で眺めていたジェイさんは、急にパッと表情を変え、にっこり笑って再び父のほうへ顔を向ける。

「そうそう、それにね！　結納金を返さないで婚約解消の手続きはできないんですよー。それやっちゃうと、詐欺になるので、ご両親訴えられちゃいますよぉ」

「か、必ず返すと言っているだろう！　だいたい婚約と言ったって、口約束ではないか！　それを司祭の前で言っただけのことで……書面にも残っていないのだから無効だ！」

口約束にすぎないと主張する父を見て、これは恐らく最初から反故《ほご》にした場合のことを考えて裁判で証拠になりそうなものは残さないようにしていたのだと予想がつく。父らしいずるいやり方だ、と苦々しい気持ちになる。

だがジェイさんは動揺した様子もなく、ニコニコした表情を崩していない。

「神様の前で誓ったことを破ったらバチが当たりますよー。司祭様も僕らの婚約がちゃんと成立していることを証明してくださいますし、これじゃあお義父《とう》さんが嘘つきになっちゃいます」

婚約の儀式のひとつとして、家同士の婚約ではない場合、結婚を望む男女だけで婚約するということを司祭様にご報告して公証人になって頂くという方法もある。

司祭様が認めたというのが本当なら、婚約は成立しているし、破棄するならまた司祭様の承認が必要になる。

ただ、承認を得ずに破棄したとしても、道義的に問題があるだけで法に触れるわけではない。

けれど結納金を返さないのなら、ジェイさんは詐欺として訴えることができるはずだが、父が強気を貫くのは、金銭の授受も書面に残していないのかもしれない。

でも結納金を受け取ったと自分で認めてしまっているのを他の人も聞いているのだから、いずれにせよ訴えられたら負けると思うのだが……。

だが父は証拠がないのを理由に全て突っぱねるつもりのようで、ジェイさんの言葉はもう耳に届いていないようだ。その強気の姿勢に母も便乗してくる。

「嘘つきでも何でも勝手に言っていればいいわ。どうせ私たちはもう町には帰りませんから、誰がなんと言おうとどうでもいいもの。ウチのレーラはジェイさんとは結婚したくないと言うのだから、これ以上どうしようもないでしょ。諦めてちょうだい」

母はもう約束も決まりも無視して破棄の意思を貫く気らしい。

「そ、そうだな。ジェイ君、悪いが我々はもう町には戻らない予定なんだよ。レーラの醜聞がたって住みにくくなったからね、新天地でやり直そうと決めたんだ。君は花屋の跡取りだから、一緒に移住するわけにもいかないよな？　だから二人の婚約は解消するしかないんだ」

まるで夜逃げみたいだな、とジローさんがつぶやく声が聞こえて、私も大きく頷いてしまう。

両親は本気で結納金の返却を踏み倒すつもりで町を出てきたのだろう。だからジェイさんが現れた時、あれほど動揺していたのか。

「あー、そのご両親の移住の件なんですけど、ダメなんですよ～。結納金だけじゃなくて、お義父さん、お仲間と一緒に進めていた仕事のお金を預かったままじゃないですか。その方たちが町の裁判所に訴えたから、これから裁判ですよ！　それが終わるまで移住できませんよ～」

両親の思惑をぶち壊すように、ジェイさんが新たな爆弾を投下したので、その場にいた全員から驚きの声が上がる。

「なっ、なにそれ……それじゃ本当に、お金をだまし取って夜逃げしてきたってこと……？」

みたいだな、ではなく夜逃げそのものだった。仕事仲間から預かったお金を持って逃亡なんて犯罪以外のなにものでもない。

とんでもない事実に、思わず本音が漏れてしまったが、訴えられたと知って蒼白になっている父の耳には届いていないようだった。

「さ、裁判だなんて！　そもそも仕事を勝手に降りると言ってきたのは彼らのほうで、むしろ私は被害者なんだ。一方的な契約解除をされて、こっちこそ大損したんだ。あちらに非があるのだから、私に返金の義務はない！　そもそもジェイ君には関係ない話だろう！」

確かにジェイさんが原告の一人でないのなら、関係のない話だ。町に連れ帰る権限もないし、追われる身になったと知った父がこのまま遠くへ逃亡する可能性だってある。

こんな状況で訴えられていることを伝えたら、余計に町には帰らないと言うだろうし、どうするつもりなのかとハラハラしながら見守っていると、また入り口のほうから第三者の声が話に割り込んできた。

「返金義務の有る無しは、ここで論ずることではありません。まずは町にお戻りいただいて、原告の方々と裁判所で話しましょうか」

「うわ、なんかまた現れた。今日は千客万来だな」

ジロ－さんの揶揄《からか》う声に、新しく現れた人物は苦笑して「失礼します」と丁寧に挨拶をして中に入ってきた。そういえば今日訪れた人の中で、挨拶をして入ってきたのはこの人だけだなと余計な考えが頭に浮かぶ。

よく見るとその人物は軍警察の制服を着ていた。

「憲兵が……なんで……」

誰の呟きか分からなかったが、憲兵がこの場に現れた事実に皆が驚いている。

だが、その理由は考えなくても明白だ。当事者と思われる父へ、皆の視線が集まる。

「軍警察の者です。ジェイ君からあなたが町を出奔したと聞きましてね、裁判所に訴えが出ている件ですし、ジェイ君の追跡に協力していたんです。本来あなたがたは、裁判が終わるまでは、町を出ることは許されないんですよ？」

「許されないって……あれはただ、仕事仲間とちょっと行き違いがあっただけだ。仕事の資金として金を預かったのだから、泥棒したわけでもない。今は事情があって町を出ていただけなのに、それを犯罪者のように扱われるなんて心外だ！」

父の言い分に憲兵さんは肩をすくめてなんと答えたものかと考えているようだった。

確かに仕事仲間に訴えられたというだけでは、まだ犯罪として確定していない。けれど明らかに資金を持ち逃げした可能性があり、悪質だと判断されたからこそ、憲兵が追いかけてきたのではないだろうか。

父はそれが分からないのか、まだ強気の態度を貫いている。

憲兵さんが口を開きかけたが、それを遮るように先に私が父に向かって宣言した。

「じゃあ私が父さんを告発します。私は幼い頃からラウの店で働いていましたが、その賃金は全て父が受け取っていて、私は支払われていることすら知りませんでした。これは子どもを強制労働させているとみなされ、町の条例違反にあたるんですよ。この件で告訴すれば、憲兵さんが逮捕して連れ帰るだけの理由になるんじゃないですか？」

「は……？」

町の条例に、子どもが働く場合、拘束時間、給金に規定があり、役場に労働の届け出をする義務がある。これは子どもの強制労働を防ぐために定められた条例だ。

そのため、その届け出には子どもの同意が必要になると条例に関する本に載っていた。冬のあいだ、法律関係の本を全て読み漁って、父がしてきたことが罪に問えると確信を得た。

「私は同意書にサインした記憶もないですし、賃金を受け取ったこともありません。それに労働時間も大幅に違反していましたよね。それについては町の人に証言をしてもらえば、父さんが子どもを強制的に働かせて賃金を搾取《さくしゅ》していたと証明できるはずです」

「な……な……なにを馬鹿な」

この訴えに関しては、お義母さんとどのような契約が結ばれていたのか分からないので、条例に引っかからないように細工してある可能性もある。

だから強制労働を証明できると言ったものの、正直それはハッタリに近かった。ただ、私が店に立って働いていたことは公然の事実だ。

賃金に関しても、私がいつも日用品を買うにも困るほどお金に余裕がなかったというのも周囲の人に聞いてもらえば証言してもらえるだろうし、そもそも父が届け出義務を怠《おこた》ったというだけでも罪になるはずだ。

「ああ、それちょっと漏れ聞こえていましたけど、こちらのお嬢さんの言う通りですね。それが本当なら、お嬢さんの勤め先も報告義務を怠っていますが、保護者として届け出をしない時点で条例違反です。その取り調べも必要になってしまいましたね。それにね、仕事仲間が訴えたことを知らなかったと主張していますが、告訴された時あなたはまだ町にいたんですよ。通達と同時に町を出ていますし、逃亡したとみなされます。というわけで、軍警察はあなたがたを強制連行することができるんです」

憲兵さんが補足するように私の言葉を肯定してくれたので、両親は真っ青になって慌てていた。

「そんな……違うんだ、あれは娘の給金として受け取ったわけじゃない！　あれは……あちらの女将さんに聞いて貰えば分かる！　そもそも我々はそんな届け出義務があるなんて知らなかったのだから仕方がないだろう！　仕事仲間には金ができたらすぐ返す！　裁判だなんて大袈裟だ！」

「待って頂戴！　訴えるならアンタを働かせていた店の方でしょ？　私はなにも知らないもの。条例違反になるように働かせたのは店の方なんだから、私たちは関係ないわよ！　あの女将さんが私たちを嵌めたんだわ！」

父と母は口々に言い訳を並べ立てるが、私が訴えなくとも既に軍警察が追いかけてきた時点で父の強制連行は決まったも同然だから、今更慌ててもどうしようもない。

憲兵さんはここで両親の言い訳を聞くつもりはないらしく、わーわーと騒ぎ立てる両親の言葉をピシャリと遮る。

「なんと言われましても、お二人には町にお戻り頂く必要があります。拒否しても罪が重くなるだけですので、素直について来てください。従わない場合は拘束します」

凄みを利かせた憲兵さんの言葉に、両親はすくみ上がっている。

両親が静かになったところで、彼は表情を緩めてから私のほうへ向き直った。

「強制労働の件に関しては、まず届け出の有無から我々のほうで調査をいたします。ですからお嬢さんは今すぐ町に戻る必要はありません。調査が済んでから、改めてお嬢さんが訴えたいと仰るなら協力しますよ」

「あ、ありがとうございます」

そんな提案をしてくれると思っていなかったので、慌てて頭を下げてお礼を言う。そんな私に憲兵さんは軽く微笑んで見せて、両親に馬車へ乗るよう促す。

「それでは行きましょう。あ、奥さんも共同経営者ですから、ご同行願います」

「待ってくれ！　私は何も悪いことはしていない！　私は嵌められたんだ！」

「私は関係ないわよ！　娘を迎えに来ただけだもの。ちょっと！　離して！」

父と母は往生際悪くまだ言い訳を並べて逃げようとしていたが、憲兵さんが軽く二人の腕を捻り上げるとたんに大人しくなった。大して力を入れているようには見えないのに、それだけでうめき声しか出せなくなっている両親は、抵抗をやめて素直に馬車に乗りこむ。

馬車の扉が閉じると、憲兵さんはこちらに一礼してから扉を閉めて出て行った。

……あまりの急展開に、しばし茫然としてしまう。

誰も言葉を発せずにいると、取り残されたレーラの許へジェイさんが喜色満面で駆け寄っていく。

「レーラ！　これで僕たちの仲を引き裂く人たちはいなくなったよ。これでレーラは自由だ！　僕たちも町に帰ろう！」

ジェイさんはレーラを抱きしめる。一瞬感動的な一幕のように見えたが、ポカンとしていたレーラが我に返ると、力いっぱい腕を突っぱね彼を拒否し罵り始めた。

「……嫌！　わたしジェイさんとは帰らないっ！　結婚もしないっ。気持ち悪いのよアンタ！　しつっこいし話聞かないし！　なんなのもう！　触らないでよ！」

酷い言葉を浴びせられても、ジェイさんは怒るでもなく困ったように眉を下げているだけで、優しくレーラを諭していた。

「なんで？　レーラは僕を愛しているって言ったじゃない。あんなに可愛い声で、何度も囁いてくれたよね？　僕と結婚したいってレーラからお願いしてきたんだよ？　だから僕すごく頑張って結婚できるようお金も家も準備したのに。結婚しないなんてあり得ないよ」

「だって……だってそれは父さんが……」

レーラは助けを求めて周囲を見回すが、助けてくれる両親はもうこの場にはいない。困ったレーラは、よりによって私に助けを求めてきた。

「お姉ちゃん助けて！　わたし帰りたくない！　お姉ちゃんと一緒に居たい！」

レーラが怯えた表情で私に手を伸ばしてくる。これほど拒否されても、ジェイさんは全く気にせず優しくレーラの肩を抱いている。

「えっ？　えっと……でも……あなた私のこと大嫌いって言ったのに、いくらなんでもそれは無理じゃないかしら」

ジェイさんの何が不満なのか分からないが、だからと言ってさきほど憎んでいると宣言した相手に助けを求めるのもどうかしている。

するとレーラはみるみる大きな瞳に涙をためて、一生懸命謝罪をしてきた。

「……っ、だって、お姉ちゃんが羨ましくて……ひどいことしてごめんなさい……わたしホントはもっとお姉ちゃんと一緒に居たかった……もっと一緒に遊んだりしたかったし、お姉ちゃんにいろんなこと相談したかった。だけど母さんが、お姉ちゃんに話しかけると機嫌が悪くなるから、そういうこと言えなかったの。ホントは父さんと母さんから離れたかった。これからは心を入れ替えるからぁ。お願いだから、許して………」

涙をポロポロと流しながらレーラは私に懇願してくる。あんなに嫌いだと言った私に謝るなんてどうかしてしまったのかと思ったが、レーラも本音をぶちまけて、両親の本音を聞いて心境に変化があったのかもしれない。でも……。

あんなことをしておいて今更、という気持ちが大きい。

……でもレーラも父の思惑に踊らされていただけで、この子だけが悪いとは言い切れないのもまた事実だった。

レーラは両親に大切にされ愛されていると思っていたが、父も母もただ自分好みのお人形に仕立てようとしただけで、本当の意味では愛していなかったのかもしれない。

勉強も手仕事も、レーラのためを思うなら、たとえ面倒でもちゃんと身に付けさせようとするのが正しい親の姿だ。それを怠って無意味に甘やかしたのは、レーラに自分で考える力を付けさせたくなかったのかと想像がつく。

父は特に、自分の言葉を否定されたり間違いを指摘されたりするのを異常なまでに嫌った。私の育て方を失敗したと言っていたから、レーラは自分の言うことだけを聞いて素直に従う子にしようと教育していたのだろう。

レーラは私を『被害者面して』と詰った。

確かに今まで私は自分ばかり虐げられていると思っていた。でもレーラはレーラであの両親の都合のいいように育てられたせいで道を間違えてしまったのだから、ある意味この子も被害者と言える。私の迷いを感じ取ったのか、レーラが畳みかけるように懇願してくる。

「ねえ、お願い許して！　お姉ちゃんが許してくれるまで、わたし何度でも謝るから！」

目に涙をためて一生懸命謝るレーラの姿は、胸に来るものがあった。

ぐらぐらと感情が揺れて動けずにいると、それを察したジローさんが私をぐいと押しのけ前に出た。そして涙目になっているレーラを厳しい表情で見下ろしている。

「なっ、なによ……」

ジローさんから冷たい目で見つめられレーラはたじろいで後ずさった。

「……お嬢ちゃんよォ、ずいぶんあっさりとごめんとか言っているけどな、アンタ自分がどれだけのことをディアさんにしてきたのか理解しているのか？　あんだけのことをしておいて、そんな簡単に『許せ』なんて言っちまえるんだから……アンタ本当は、自分のしたことをこれっぽっちも悪いと思ってねえだろ」

「なっ……そんなことないもん！　だから謝ってるじゃない！」

その言葉にジローさんの顔から表情が消えた。謝ってるだぁ？　と地を這うような声が聞こえ、ジローさんがものすごく怒っているのが伝わってきた。

「犯した罪ってえのはなァ、その重さに見合うだけの償いをしてようやく、相手に許しを請うことができるんだよ。反省も償いもせずに、気軽に許せなんて言うアンタは、自分の罪を理解していない証拠だ」

ぐうの音《ね》も出ない正論に、レーラは言葉に詰まって目線を彷徨わす。

「ディアさん、泣いている妹を振り切るのは辛いかもしれない。だけどここで簡単に許してしまえば、この子はきっとまた同じようなことを繰り返すぞ。人は、簡単に許された罪に対して反省なんかしない。ディアさんを傷つけたことだって、きっとすぐに忘れる。この子のためを思うんなら、こんなかたちで許しちゃいけない。なおさら今は突き放すべきだ」

「この子のためを、思うなら……？」

厳しいが、ジローさんの優しさが溢れるような言葉だった。

ジローさんはきっと、私が『許すべきだろうか？』と迷う理由を潰してくれたのだ。謝ることは大切だが、謝罪だけでは償えないことも世の中には山ほどある。

レーラがもしここで『謝ればどんなことでも許される』と思ってしまったら、これから先大きく道を間違えることになりかねない。

いつかレーラを許す時が来るかもしれない。……けれどそれは今ではない。

「かっ、関係ない人が余計なこと言わないでよ！　黙って、黙っててよ！」

レーラが先ほどの涙を忘れた顔で怒り出した。ジローさんの言葉で気持ちが固まった私は、レーラに決別の言葉を告げる。

「私、今はまだあなたを受け入れる気にはなれない。だからレーラと一緒にいることはできないわ。ジェイさんのことは、あなた自身で解決する問題だから、私が関わるつもりはないわ。二人でよく話し合って決めなくちゃ」

「ヤダ！　お姉ちゃん見捨てないで！」

まだ食い下がってくるレーラを、それまで静観していたジェイさんが抱き上げた。

「お姉さんもこう言っていることだし、町に帰ってからふたりでちゃんと話し合おうね。結婚前に女性が不安な気持ちになっちゃうのはよくあることだって聞くから、その不安を全部解消していこう！　僕頑張るからさ！」

「嫌！　ヤダ！　離してっ」

レーラはジタバタと暴れてジェイさんの説得も耳に入っていない様子だ。

一方的に婚約破棄を告げられて、結納金も返されず、挙句レーラから暴言を吐かれたにもかかわらず、一度も怒らずに前向きな言葉をかけ続けるジェイさんは、すごく良い人に思えるのだが……レーラはこの人の何がそんなに嫌なのだろうか。

ラウのほうが好きになってしまったから彼を拒んでいるのかとも思ったが、それにしてはラウに対してもう興味を失ったかのように目線を向けることもしない。

「じゃあお姉さん！　お邪魔しました！　僕らは町に帰りますね！」

「あ、ええ、あの、妹をよろしくお願いします」

ジェイさんは泣いて暴れるレーラを担ぎ上げ、明るい笑顔で挨拶をして出て行った。

「怖《こ》えー男だな」

ポツリとジローさんが何かを呟いたが、よく聞こえなかった。

静かになったなと思い、部屋を振り返ると、ラウがまだ取り残されていた。

「あれ？　そういえばラウいたんだ」

思わず存在を忘れていたことを口走ってしまうと、ラウはものすごく気まずそうに顔を歪めた。

「あ、ああ……えっと……俺もクラトさんとこ帰るわ……仕事途中だったし」

「あ、うん」

今回色々明るみになった事実は、ラウにとってもショックなことが多かっただろう。被害者な部分もあるが、私にとっては加害者であることは変わりないので、なんと声をかけたらいいか迷う。

「なんか、色々……悪かった、な」

家から出たラウが足を止めてこちらを振り返り、ボソボソと謝罪のような言葉を呟いた。

「ん？　うん。まあ……」

　そうだねと応じるのも何か違うし、かといって慰めの言葉をかけるのも変な気がして、曖昧に答えていると、ラウはうん、じゃあとよく分からない挨拶をして帰って行った。

　そういえば、ラウはまだ町に帰らないのだろうか……。

「まあでも、あの面々と一緒に帰る気にはなれないわよね」

　久しぶりに会ったラウは、昔より随分と丸くなったようだった。父との話し合いでは私を援護してくれたのもあって、今はもうそれほど悪感情は湧いてこない。

　私もそうだが、ラウもまた狭い世界で偏った価値観のなかで生きてきたから、クラトさんとこの冬一緒に過ごしたおかげで、物事を違う角度で見られるようになったのかもしれない。

　そんなことを考えながら、しばらくドアにもたれかかり、ラウが去っていく後ろ姿を眺めていると、ふと遠くのほうにジェイさんと憲兵さんが乗っていると思われる馬車が見えた。

　遠のいていくそれを見ていると、複雑な感情が湧き上がってくる。

　解放感の喜びもあるが、胸が痛むのは、親を失った悲しみと、犯罪者にしてしまった罪悪感があるからなのだろう。罪悪感を抱く必要はないと頭では分かっているが、こういうのは理屈ではどうにもならないことも分かっている。

　痛む胸を押さえながら、去っていく馬車を見えなくなるまで見送った。

# 第十二話『寄り添い、慈しみ合う』

いつまでも外を眺めて部屋に入ろうとしない私を心配したのか、ジローさんが遠慮がちに私の肩をポンと叩いた。載せられたままの手がすごく温かく感じて、外にずっといたせいで体が冷えていたことにようやく気が付く。

ゆるゆると顔を上げ隣に立つジローさんを見上げると、彼は優しく微笑み返してくれる。

その笑顔を見た瞬間、急に力が抜けて、立っていられなくなってその場に座り込んでしまった。

ジローさんは慌てて抱き上げようとしたが、私が泣いていることに気が付くと、ハッと息を呑んで、自分の腕の中に隠すように抱きしめてくれた。

痛いくらいぎゅうぎゅうと抱きしめるジローさんにすがるように、私も彼の背に腕を回しぎゅっと抱き着く。

「……よく頑張ったな……ディアさん、すげえ頑張ったよ…………」

かすれた声で何度も『頑張った』と繰り返すジローさんの腕はわずかに震えていた。

「でも私……結局、何もできなかった……」

「頑張ったよ。あの両親に、自分の言葉でちゃんと言えた。ずっと言えなかった自分の気持ちを言えたじゃないか。でもあの親にはやっぱり伝わらなかったな。ごめんな、結局ディアさんが辛い思いをしただけだった。やっぱ話なんかさせずにたたき出せばよかったかもな。ごめんな……」

まさかジローさんから謝られるとは思っていなかったので、腕の中でぶんぶんと何度も首を振って否定する。

「そんなことない。逃げずに言いたいことを言えて良かった。そうじゃなきゃ私、ずっと親の呪縛にとらわれたままだったと思う。怖かったけど、ジローさんがずっとそばについていてくれたから、ちゃんと言えた。あの家にいたままだったら、絶対に言えなかった。私の親がおかしいってことも、離れてみてようやく気づけた……全部ジローさんのおかげ……」

ジローさんは顔を上げ、私の頬を伝う涙を指で拭いながら複雑そうな顔をしている。言葉の真意を探っているようにも見えた。

「あの親とは縁を切るしかないって俺も思っていたけどなァ……それでもな……親ってのはどんなんでも、自分の根っこになる部分の存在だからな。それを切り捨てるのは、辛い選択だったよな……ごめんな……」

ジローさんは何も悪くないのに、私に対して何度も『ごめん』と言う。私はジローさんに感謝の気持ちしかないと言っても、彼は悲しそうに首を振るだけだった。

……ジローさんも、もしかして過去に『辛い選択』をしたのだろうか。

私と同じように、根っこになる部分が欠けているから、村を出て放浪して生きてきたのだろうか。

親に愛されているのが当然の環境で育った子は、地に足がついているような安心感と自信に満ち溢れている。素直に泣いたり笑ったり、感情を表に出すことにためらいがない。

親の愛が、太い根となって子どもの足元をしっかりと支えてくれるから、人はまっすぐと育つことができるんだろうなと、普通の家庭の子を見てはうらやましく思っていた。

私の足元は常にぐらついていて、不安な気持ちがいつも付きまとっていた。こういう気持ちは、きっと同じような環境にいた人間にしか分からないと思う。

ジローさんが、こんなに私によくしてくれるのは、自分のこととなにか共感する部分があったのだろうか……。

「私はずっと……櫂《かい》の無い小舟に乗っているような気持ちで生きてきました」

ポツリと呟いた私の言葉を、ジローさんは真剣な顔で聞いていた。

「かろうじて岸と舟をつないでくれている、細い細い舫《もや》い綱《づな》が、私にとっての両親でした。今にも切れそうな細く頼りない綱だとしても、小舟をつなぎとめてくれている……そんな存在でした。だから、どれだけ虐げられようとも、失うことのほうが怖くて、必死に縋り付いていた……」

「分かるよ。ディアさんはなんも悪くねえ」

じわ、とジローさんの瞳に涙が浮かんでくる。

「だけど、私が私として生きるためには、もうあの両親とは縁を切るしかないと、今日はっきりと気づいたんです。そうする勇気をくれたのは、ジローさんです。ジローさんが私に櫂をくれた。あなたと過ごした時間があるから、私は自分の腕で舟を漕いで生きていく自信がついたんです。だからジローさんに謝られるようなことはなにひとつありません」

ありがとう、と微笑みながら言うと、ジローさんはぐっと唇を引き結んで、必死に泣くのをこらえているみたいに見えた。

「ホントになァ……ウチのディアさんは最高だよ……強くて美人で……こんなにいい子なんだからよォ、世界一幸せにならなきゃおかしいよなァ。今まで辛かったぶん、ディアさんにはこれから、辛かったぶんを差し引いてもおつりがくるくらいのすげえ幸福がやってくるよ。そうじゃなきゃおかしいもんなあ」

私の頭をゆっくりと撫でるジローさんは、どこか遠くを見るような目をしている。彼の目には今何が映っているのだろう。私を通して、別の何かを見ているような気がした。

不思議な気持ちでじっと見つめていると、私の頭を撫でていた手が止まったので、どうしたのかと上を見上げると、ジローさんの唇がゆっくりと近づいてきて、私のおでこに触れた。

触れた部分が温かいと感じて、意味を理解する前にその熱は離れていった。

「今のは………？」

ジローさんはふざけたりしても、私に対してどこか一線を引いていた。抱きしめたりしても、頬や頭にキスをするようなことは、仕草ですらしなかった。頬を触れ合わせる親愛のキスすらしたことがなかったので、一瞬ジローさんのしたことが理解できなかった。

「キス？」

びっくりしながら訊ねてみると、ジローさんは急に我に返ったようで、慌てて距離を取りものすごく取り乱していた。

「いやっ違うんだ！　すまん！　なんかつい……すまん、ホントすまん。ちょっと当たっちまっただけだから、汚れてないから、涎《よだれ》とかなんもついてないから……悪い、おっさんがなにやってんだろうな……ホントすまん……」

「なんで謝るんですか？　頑張ったから褒めてくれたんですよね。嬉しかったです」

私がそう言うとジローさんは変なうなり声をあげて地面に突っ伏してしまった。

しばらくそのままの姿勢で動かなくなったので、なにがどうしてしまったのかと心配になったが、突然むくりと起き上がると、フラフラと台所へ歩いて行った。

そして何事もなかったかのように、保冷庫から林檎酒を二本取り出して帰ってきた。

「とりあえずさっきのことはおっさんがトチ狂っただけだから、記憶から消去してくれ。いや、忘れてくださいお願いします。ホントすみませんでした。……ほんで、厄介事が片付いたことだし、今日は飲もうや！　祝杯くらいあげたっていいだろ？」

ジローさんはそう言うと私の返事も聞かず林檎酒の栓を抜き、私に一本手渡すと、かんぱーい！と瓶をカチンと合わせてそのままラッパ飲みし始める。

瓶から直接飲むんだ……と笑いそうになったが、ジローさんが美味しそうに飲んでいるので、たまにはこういうのもいいかと、真似して瓶に口をつけてみる。

重いし飲みにくいが、瓶の口当たりが心地よいし、なんだか悪いことをしているみたいでちょっと楽しい。

ジローさんはあっという間に一本空けてしまい、家にあるお酒を次々出してきて、テーブルに並べた。どれだけ飲む気なのかとちょっと不安になる。

「今日は家にある酒全部空けちまおうぜ！　ディアさんの絡み酒にも今日は付き合うぜぇ～」

「もう、いつまでその話引きずるんですか。ジローさんって結構根に持つ性格ですよね」

くだを巻くディアさんもあれはあれで可愛かったなどと嘯《うそぶ》くジローさんは、宣言通り次々お酒の瓶を空けていく。これじゃ私が酔う前にジローさんが潰れるんじゃないかしら……。

二人で酔いつぶれて明日後悔することになる気がしたが、大変なことがあった今日ぐらい、前後不覚になるくらい飲んだっていいかもしれない。

ぐいっとお酒の瓶を呷ると、ジローさんは『ディアさんたら、いい飲みっぷり！』と囃《はや》し立ててくるので、二人して調子に乗ってどんどん酒瓶を空けていった。

三本目の林檎酒を空けた頃、私はこれ以上飲んだら記憶が飛んでしまいそうと思うくらい酔っていたが、ジローさんはまだそれほどでもないようで、ぽわぽわしている私を面白そうに見ている。

あんなに飲んだのにあんまり酔ってないみたいだなあと思ってジローさんをじっと見つめていると、彼は少し困ったように目を逸らしたあと、実はもういっこ謝んなきゃならねえことがあるんだ……と言い出した。

「本当は、こうなるかもしれないって俺は予想がついていたんだ。使用人やってた頃から思っていたことだが、あの家族はディアさんを犠牲にして成り立っていたから、いずれ崩壊するだろうとは思っていた。だから、ディアさんがいなくなったら血眼《ちまなこ》で探して、いずれ見つかるんじゃねえかなと危惧していたんだが……」

そこで言葉を途切れさせたジローさんは、ためらいを振り払うように頭を振る。

「……でもまさか、ディアさんがいなくなってこんなにすぐ町にもいられなくなるほどとは思っていなかったんだ。跡を辿れないよう俺がもっと注意して移動すれば良かったのに、いい加減なことをしちまったから、ディアさんをこんな目に遭わせちまった。すまん……」

言っても不安にさせるだけだと考えて、探される可能性について黙っていたが、そのせいで余計に怖い思いをさせてしまったとジローさんは後悔をにじませていた。

「いいえ……だって、私は両親が探しに来るなんてあり得ないと思っていましたから、ジローさんが申し訳なく思う必要ないですよ……」

「でもなァ……やっぱ俺の見通しが甘かったわ。全員こんなに早く一挙に集結しちまうとはな。やっぱ最初にエロ君に見つかったのがまずかったかな」

「……ラウの場合は、身分札のせいもありますが、田舎に行きたがる私の思考が読まれていた気がします。妹は、ラウの手紙の住所を見たと言ってましたから、まあやっぱり居場所がバレたのはラウが元凶でしょうね……」

言いながら苦い気持ちが湧き上がって、知らず知らず瓶を掴む指に力が入る。

ラウは私を見つけたことは知らせていないと言っていた。その言葉に嘘はなさそうだったけれど、辺鄙《へんぴ》な村にラウが留《とど》まっている理由を考えればすぐに気付くだろう。

そしてレーラは、ラウの家を訪れた時にその手紙を見つけて勝手に抜き取ったと言っていた。

……その話を聞いた時から、ある懸念があった。

レーラは本当に、偶然手紙を見つけたのだろうか？

ラウが手紙を出していたのは多分、村に滞在すると知らせた一度だけのはずだ。村の郵便物は集荷人が来るまで役場で預かっていたから、ラウの手紙を見たのはその一回だけだったと記憶している。もしかすると私がいない時に出していた可能性もあるが、それでも頻繁ではないはずだ。

それなのに、レーラがたまたまラウの家の郵便受けを覗いて、たまたまラウからの手紙が届いていたというのは、偶然にしてはできすぎている気がする。

あの子は単純だ。ラウの家に押しかけて行って、行き先を教えてくれと頼んでも玄関先で追い返されたりしたら、魔が差して……というか、腹いせに郵便受けを漁ってしまうのではないかと容易に想像できる。

――――ちょうどそこにラウの名が書かれた手紙が入っていたとしたら？

レーラならば絶対抜き取るに違いない。

気が短く、人の意見に踊らされやすい妹の思考はかなり読みやすいだろう。

そして、間を置いて両親がレーラの後を追いかけて行った。こちらはレーラとは時間差があるはずなのに、ちゃんとこの村にたどり着いている。最初からレーラの行き先を知っていたとしか考えられない。

両親までも現れた時は、嫌な偶然が重なったとしか思わなかったが、落ち着いて考えてみると、偶然ではなく、私の許へ誘導されてきたのではないだろうか……。

「どした？　ディアさん、飲みすぎて具合悪くなったか？」

「あ……いえ、大丈夫です。なんかちょっと……色々あったなってぼーっとしちゃって」

うっかり思考を飛ばしていたせいで、またジローさんに心配をかけてしまった。気遣わし気な目を向けられ、今考えていたことをジローさんに相談してみようかと一瞬考える。

けれどすぐ、それはできないと思い直す。

何の確証もない、私の想像に過ぎない話を口にするわけにいかない。それに……相談してしまったら、もう引き返せなくなる気がして、怖気《おじけ》づいてしまったのだ。

「まだ心の傷が癒えてなかっただろうに、また酷い言葉もたくさんきかせちまった……ホントごめんなァ……俺のせいで……」

私の表情が強張っていたせいか、ジローさんはまた申し訳なさそうにがっくりと肩を落として謝り始めたので、慌ててそれを止める。

「だから謝らないでくださいって。両親のことは、いつかは絶対向き合わなくちゃいけないことだったんです。ジローさんはずっと私が言いたいことを言えるように守ってくれたじゃないですか。ようやく気持ちに区切りがつけられたから、レーラのことも両親のことも言いたいこと言えて良かったなと思っています」

「そうかぁ……なんにせよ、一番の問題だった両親のことが解決したのはよかったな。縁を切る決心をできずにいたら、迎えに来た両親にほだされたディアさんが、また連れ戻されて利用されちまうんじゃないかと心配だったんだよ」

「あ……そっか」

言われて気付いたが、もしも私が一人きりで、そこへ両親が『心配していた』などと言いながら現れていたとしたら、多分されたことなど忘れて、探しに来てくれたと喜んでまた両親の言いなりになる自分に戻ってしまったかもしれない。

でも私にはジローさんがいた。

本当の優しさを教えてもらったから、両親の理不尽さに気付けた。ずっと隣にいて味方でいてくれたから、立ち向かう気持ちになれた。

本当に、この人にはいくら感謝してもしきれない……。

「でも、これでようやく自由になれたな。気持ちが落ち着いたら、どこか違う町への移住も検討してみちゃどうだ？　港町とかいいぞぉ。海が近いと飯が旨いんだ」

どこどこの町がよかった、とかあの地域の郷土料理はおススメだとか、私の気持ちを盛り上げてくれようとしているのか、ジローさんはたくさん楽しい話をしてくれる。

「世の中には楽しいことが山ほどあるんだ。これまで頑張ってきたんだから、ディアさんはもっと人生を謳歌しないとな。若いんだからさ」

私はただ笑って彼の言葉を聞いていた。

違う土地には娯楽がもっとたくさんあるとジローさんは言う。私が生涯ここに住むという選択肢は、ジローさんの中にはないようだった。

これからどうしたい？　と問われたが、答えられずに曖昧に笑ってごまかす。

ジローさんはもう私が過去から解放されて前に進めると思っているが、実は私にはまだ解決していないことがあって、それに向き合うことから逃げている。

たくさんの割り切れない複雑な気持ちが絡み合っていて、不安を確信に変えたくなくて、答えを出せずにいる。自分がどうしたいのか、それすらも分からず頭のなかで堂々巡りしていた。

ジローさんに話せば、きっと正しい答えをくれると思う。

私が頼ればジローさんは絶対に助けてくれるはずだ。道を示してくれと頼めばそうしてくれるだろう。そうやって判断を人任せにできたら、きっとすごく楽なんだろうなと思うが、それをしてしまったら私はこの先もずっと人任せな人生に逆戻りしてしまう。

……もしこれからのことを、私が一人でちゃんと乗り越えて解決できたら、私はジローさんの隣に並び立てるだろうか。庇護《ひご》される子どもではなく、一人の大人として見てくれるだろうか。

……そうなればジローさんは、私に自分の過去を打ち明けてもいいと思ってくれるだろうか。

「これからのこと……よく考えてみます。南の町もいいですね。海に面した土地って行ったことないんですよ」

「おう、そうだなァ。そういや昔、南の町で異国の珍しい酒ってのを飲んだんだけどな、一杯目でその後の記憶がねえのよ。すげえ酒精が強いのなー。あれはディアさん飲んじゃダメだぞ～」

酔いのまわってご機嫌なジローさんは私の複雑な感情には気付いていない。

私は来年も再来年も、この人とこうして穏やかかな時間を過ごせているだろうか。

自分に問いかけてみたが、その答えは見つかりそうになかった。

＊　＊　＊

人生がひっくり返るような出来事があったとしても、時間というのは平等に進んでいくようで、飲みすぎて寝落ちしてしまった私は窓から差し込む朝日で目が覚めた。

「あ……仕事いかなきゃ……」

つい調子に乗って酒盛りをしてしまったが、目が覚めて冷静になったら昨日役場の仕事を途中で放り出してきてしまったことを思い出した。

それに役場前で散々騒いで迷惑をかけた村長には、説明と謝罪も必要なわけで……たとえ二日酔いであろうとも、最低限の礼儀として役場に赴《おもむ》かなければいけない。

私は痛む頭を押さえながら着替えて出かける準備をした。

酒瓶を抱いて床でいびきをかいているジローさんは、まだまだ起きそうにもないので、仕方なく毛布を掛けてそのまま寝かせておく。

レーラに続き、あの両親、そしてジェイさんと軍憲兵までもが昨日一日でこの小さな村に現れたのだ。きっと物見高いご老人方が私に事情を聞こうと役場で待ち構えているに違いない。また質問攻めにされるのかと思うと憂鬱《ゆううつ》だった。

重い足取りで役場に着くと、意外なことにそこにはいつも通り村長がちょこんといつもの机に座っているだけだった。

「おはようございます。あの……昨日はお騒がせしてすみませんでした。今日は、誰もいらしてないんですか？　私てっきり……」

「あぁ、ディアちゃんおはようさん。昨日大変だったんだろ？　休んでもよかったのによう。あの後憲兵さんまで来たから何事かと思ったんだけど、わざわざ役場に事情を説明しに来てくれてな。じいさんたちは興味津々だったけど、事情は話せないし、ディアちゃんに訊ねてもいけないって憲兵さんが注意して黙らせてくれたんだよ」

「えっ！　そうなんですか？」

なんとあの憲兵さんが、帰る前に役場に立ち寄って事情説明してくれていたと聞いて驚く。役人として村を訪れているから、村長に話を通しに行くのは普通なのかもしれないが、噂好きのご老人方にも騒がないよう釘を刺してくれたのは、完全に親切心からだろう。

軍警察の憲兵さんなんて関わったことが無かったので、なんとなく怖い印象を持っていたが、うちを訪れた時も、私の言葉を後押ししてくれたりと、さりげなく助けてくれた。

そしてお役人が来ること自体が珍しいこの村では、憲兵さんの言葉は絶対で、注意されたご老人方はすくみ上がってすっかり大人しくなってしまったという。

しばらくは役場に近づきもしないだろうね、とちょっと笑いながら村長は教えてくれた。

「ああ、それでコレ、ディアちゃんにって手紙置いていったよ」

そう言って村長は封筒に入った手紙を私に差し出してきた。

封がされていないので、その場で開いて見てみると、走り書きだが整った字で私への連絡事項が書かれていた。

『あなたの両親はすでに横領や詐欺で複数の裁判が控えています。全ての裁判が結審《けっしん》するまでにも一年以上かかりますし、おそらく有罪は確定でしょう。再びそちらに赴くことはないでしょうからご安心を』

気遣いが感じられる言葉の後に、彼の名前と軍警察での所属と宛先が書いてあって、『裁判の進《しん》捗《ちょく》が知りたければこちらへ』とあった。

扉の外で私と両親のやり取りを聞いていて、大体の事情を察してこのような手紙を残してくれたのだと分かり、改めて感謝の念が湧いてくる。

「憲兵さんって親切なのね……」

手紙に見入っていたら、ふと頭上に影が差したので顔を上げると、いつの間にかクラトさんが後ろに立っていた。

「ああ、悪い。驚かせたかな？　昨日はあの後も大変だったらしいな。なにも力になれなくて申し訳なかった」

「こちらこそ、お騒がせしてすみませんでした。あれ？　今日ラウは一緒じゃないんですか？」

クラトさんの後ろを見るが、いつも一緒について来ているラウの姿が見当たらない。

「あー……アイツから昨日のあらましを聞いたんだけどね……なんか相当落ち込んでいるみたいで、今日は使い物にならないから置いてきた」

「ああ……まぁ……」

昨日、抜け殻のようになって帰っていたラウの様子を思い出す。

レーラとの軽い火遊びのつもりが、私の父の思惑に乗せられていただけなんて、いろんな意味で自尊心が傷つけられたのだろう。とはいえクラトさんに迷惑をかけるのはどうかと思うが……。

「ラウのヤツな、自分が騙されていたからとかじゃなくて、自己嫌悪で落ち込んでいるみたいだぞ。なんにも見えていない馬鹿だったたって、昨日帰ってきてから相当へこんでいた。ディアさんにも申し訳ないことしていたって言ってたよ。さすがに合わせる顔がないから、町に帰る決心をしたみたいだ」

とうとう帰るのか、と思いつつ曖昧に頷いていると、それで相談なんだが……とクラトさんはちょっと困った様子で話を切り出した。

「ラウのヤツに、もう一回だけディアさんに会う機会が欲しいって相談されてな……。これまでのこと、帰る前にちゃんと謝りたいって言うんだが……どうする？　今更謝られても迷惑なだけだろって言ったんだが、まあ許す許さないじゃなくて、アイツに謝罪の機会をやるかどうか、考えてみてくれないか？」

正直謝罪はもういらないとは思ったが、クラトさんがすごく申し訳なさそうにしているので、断るのも大人げない気がする。

それにしても、ラウがこんな相談をクラトさんに持ちかけて、クラトさんのほうも面倒がらずに聞いてあげるなんていつの間にか二人の信頼関係が随分と深まっていたんだなあと変なとこで感心してしまう。

「そうですね、謝罪はともかく、昨日はラウの言葉に助けられたこともあったので、帰るのなら私も挨拶したいです。それに、クラトさんに頼まれたら断れないです。面倒見がいいんですね」

「まあ、どうしようもない奴だけどまだガキだしね。世話を引き受けた責任もあるし、俺も昔は兄貴に色々助けてもらった記憶があるからなあ。アイツが反省するなら、更生できるよう導くのが年長者の役目かと思ってな」

「クラトさん、お兄さんいたんですね。ラウには、帰る時には見送るから出立日《しゅったつび》を教えてとお伝えください」

クラトさんの兄ならジローさんと同じくらいの歳だろうかとふと考える。ジローさんは昔の話をあまりしないので、その話も知らなかった。

「そうか、伝えておく。なんだかディアさんはずいぶんとすっきりしたみたいに見えるな。あんなに嫌がっていたラウのことも普通に話しているし、昨日でかなり心境の変化があったみたいだね。いい顔している」

「そうですね……色々あってすっきりしたんで……」

それからクラトさんとしばらく雑談をしていると、別の雑務を片づけていた村長が私に、ちょっと話しておきたいことがあるんだけど……と声をかけてきた。

書類に目を落としながら難しい顔をしているので、昨日のことでまだなにかあるのかと、少し不安になる。

「ディアちゃんには早めに話しておこうかと思ってねえ……」

と、言いつつ、持っていた書類を見せながら、『とある事情』を説明してくれた。

その話は、この村の今後と、私の進退にも関わることだった。

村長の話を聞きながら、驚いたがよく考えてみれば予想がつくことなので、思ったより心は落ち着いていた。むしろ、潮時というかこれで良かったのではないかとも思う。

「でもこのことはまだ、村の皆には内緒にしておいてくれるかい？　ディアちゃんには申し訳ないんだけど、以前から考えていたことだから」

簡潔に話を終わらせると、村長は早々に席を立とうとしたので、どうしても気になっていたことを訊いてみた。

「早めに話してくださってありがとうございます。あの、それで、今後のことを考えるためにも……ジローさんには言ってもいいですか？」

「あ、もうジローには言ってあるよ。てっきりディアちゃんはもうアイツから聞いているかと思っていたけど、アイツも言い出せなかったのかねえ」

「ジローさんは……知っていたんですね。言ってくれてもよかったのに」

この話を知っていたから南の町とか話題を振ってきたのかもしれないが、直接教えてくれなかったことにちょっと恨みがましい気持ちになる。

この話によって、私はまた考えなきゃいけないことが増えたことと、ジローさんにいつこの話を切り出すかを考えて少し憂鬱な気分になっていた。

それから数日が経った頃、クラトさんから『明日ラウが出立する』と報告を受けた。

村のご老人方に教えるとうるさいことを言われそうなので、事後報告にして早朝に出発してしまうつもりらしい。

私はジローさんと相談して、一緒に見送りに行くことにした。

ラウの荷馬車はクラトさんの家で預かっていて、村の出入り口に近いクラトさんの家から夜明けと共に出発するというので、朝早くからジローさんをたたき起こして一緒に家に向かう。

着いた時には空が白み始めたばかりだというのに、ラウはすでに準備を整えて荷物の積み込みを済ませていた。

来た時と同じ風よけのマントを羽織って、荷馬車の前に立つラウを見ていると、自然と彼が来た時のことを思い出す。あれは本当に最低な再会だったと、苦笑が漏れる。

でも、あれだけ憎くてしょうがなかった相手だが、今、馬車の横に佇むラウを見ても再会した時のような感情は何も湧いてこない。

いつの間にか、ラウのことは私のなかで消化され、過去になっていたんだな……。

そのことに気付いて、自分の変化を嬉しく思った。

「ジローさんのおかげ、かな」

ちょっと見ないあいだに、ずいぶんとやつれてしまったラウが、私が来ていることに気が付いてやや気まずそうに手を上げて挨拶をしてきた。

「おはよう、ディア。あの、さ……出発前に少しだけ、二人で話できないか？」

「おはよう、ラウ。ようやく町に帰るのね。……でも大丈夫なの？　私を連れ帰らなきゃ家に入れないってお義母さんに言われてたんでしょ？」

以前聞いた話を振ると、ラウは私が覚えていたことが意外だったようで少し驚いていた。

「あ、ああ……まあ確かに、ディアが一緒じゃなきゃ帰ってくんなと言われてるけどな……母さんには謝ってなんとか許してもらうわ。心配してくれてありがとな」

心配はしていない、と思ったがそこは黙っておく。

「つーか、ディア……謝って済むことじゃないけど………ごめん。俺、どんだけ馬鹿だったのか、この前のことで嫌というほど分かった。ディアが親から酷い扱いを受けていたのとかも、俺、子どもの頃からお前と一緒にいたのに、気付かなくて……」

まあ、あの頃のラウは、私のことなど興味が無かっただろうから、気付かないのも当然だ。

何か言葉を返そうかと思ったが、ラウが一人語りのように喋っているので、そのまま黙って耳を傾けるだけに留める。

「レーラとのこともさ……俺、馬鹿でどうしようもないよな。町にいた頃はさ、なんでも自分の思い通りになったし、できないことなんてなかったし、人よりも優れたすげえ人間みたいに錯覚していたんだ。ここにきて、クラトさんと一緒に仕事させてもらうようになって、どれだけ自惚《うぬぼ》れていたか嫌って程思い知らされた。ディアにどんだけ酷いことしたのか、どんだけ迷惑かけたのかって、改めて反省したんだ」

悪かった！　と深々と頭を下げられたので、ちょっと慌ててしまう。

「え、どうしたの？　謙虚なラウなんて、ラウじゃないみたい」

「そういうこと言うなよ……まあ、だから……クラトさんにも言われたんだ。本当にディアに申し訳ないと思うなら、口先だけで謝るんじゃなくて、町に帰ってやらかしたことの責任を取って片をつけてこいって。ホント、その通りだよな。だからもう一緒に帰ってくれなんて言わねーよ。今まで困らせてごめん。もう村に来ることもないから、元気でな……」

そう言うとラウはようやく顔をあげ、少しだけ潤んだ瞳で私をまっすぐ見た。

「分かった。じゃあ道中気を付けて」

「うん、じゃあな」

私は許すとも言わなかったし、ラウも謝罪をするだけで何も求めてこなかった。

以前のラウだったら、何か言ってくれよとでも言いそうなものなのに、あっさりと会話を終えたのが意外に感じたが、もしかしてクラトさんから謝罪に対して許しを求めるなと言われたのかもしれないとも思った。

クラトさんとジローさんは、案外思考が似ている。

そう感じたのは、二人がよく会話を交わすようになってからだ。二人の会話を聞いていると、以前はとても仲が良かったのだろうと分かるくらい、話が合っていた。共通項の無さそうな二人だが、価値観はよく似ていた。

ジローさんがレーラに、『犯した罪の重さに見合うだけの償いをして、ようやく相手に許しを請うことができる』と言った時、生真面目で自分にも他人にも厳しいクラトさんもラウに対してこういうことを言いそうだなという考えが頭をよぎったのを覚えている。

改めて、どうしてこの二人が仲違《なかたが》いしてしまったのかと気に掛かったが、理由を訊ねることはやっぱりできそうにない。

カンタンな別れの言葉だけを交わして、ラウに背を向けかけた時、ふと思いついて最後に一言付け加えたくなった。

「ラウ。お義母さんに……よろしく伝えて」

わざわざ振り返って言われた言葉に、ラウは目を瞠って不思議そうにしている。

「ああ……？　いやでも、母さんにお前と会ったことを伝えていいのか？　知られたら帰って来いって手紙がたくさん届くようになるかもしれねえぞ」

「ううん。もう知られていると思うから」

「え？　でも俺は言ってねーぞ。……あ、そうか。レーラとかからディアのことも聞いちまうだろうしな。どうせバレるか」

曖昧に微笑んでいると、ラウは何か違和感を抱いたのか、探るような目を向けてくる。

まだ何か聞きたそうにしていたが、いつまでも話しているラウにしびれを切らしたクラトさんが、いい加減出発しろと声をかけてきた。

ラウはもう一度短い挨拶を私に告げてから、踵《きびす》を返して馬車へと歩いていった。私も家に戻ろうと少し離れたところにいるジローさんの許へ歩き始めた時、後ろから呼び止められた。

振り返ると、馬車に乗り込んだはずのラウがこちらを見ている。

「待ってくれ！　最後にひとつだけ……！　訊きたいことがあるんだ」

「……何？」

「あのさ……本当にもう、これで終わりなのか？　復縁は無いにしても、その、仕事仲間とか……友達、とかでも、関係を続けていけないか？」

「えっ？　ない。ないない。ラウとは友達にもなれる気がしないわ」

意外な問いかけだったので、つい言葉を選ばずに答えてしまった。するとラウは、「ない……のか……」と絶望した表情で呟きがっくりと肩を落としている。

そしてラウはクラトさんに頭を叩かれて、しおしおと項垂れたまま馬車に乗って村を出て行った。

走り去っていく馬車を二人並んで見送る。

「友達にもなれる気がしないは言い方悪かったかしら……」

「いいやァ。最高の返しだと思うぜぇ？　これでディアさんがエロ君に欠片も興味がねーってことがよく分かっただろ。いやーあのお坊ちゃんのベソ顔最高だったわー」

言われてみれば確かに、ラウの言うことに何の興味も湧かなかった。昔はラウの言うことに一喜一憂していたのに……。

あんなに好きで、だからこそ憎くて、自分でもラウに対する感情を持て余していた。でもそんなことすら思い出さなくなっていたことに驚く。

全てに絶望したあの夜には、なんとも思わなくなる日が来るなんて想像もできなかった。改めて、あの時黒い感情に身を任せて火をつけたりしなくて良かったとしみじみ思う。

ただ不思議なのが、あれだけ私に興味が無かったラウがどうして関係を続けていきたいなどと言い出すようになったのかということだ。

……自分に無関心な相手ほど、人は興味を向けて欲しくなってしまうものなのだろうか？

「なーに考えてんのディアさん。ひょっとしてエロ君が帰っちゃってちょっと寂しくなった？

まー最初俺もアイツのことは馬鹿でどうしようもねえ尻野郎としか思ってなかったけど、今の素直な坊ちゃんは割と嫌いじゃなかったなー」

「私も今は別に嫌いじゃないですけど、さすがに寂しくはなりませんね。まあ、元気でいてくれればとは思いますけど」

「でもエロ君、ディアさんに未練たらたらだったから、諦めきれず戻ってきちゃうんじゃねえ？結婚式で尻を出すほど欲望に忠実な若者だからなァ、もう来んなって言われても来ちゃいそう」

「ホント止《や》めてください……でもラウはなんで今更私に拘るんでしょうね」

未だにそれだけはよく分からないと言うと、ジローさんはブフッと噴き出していた。

「エロ君可哀想になー。マ、でも自業自得か。エロ君がやらかしてくれたから、俺がディアさんを独り占めできているわけだし、むしろ感謝しなきゃなァ」

ジローさんはにかっと私に笑いかけると、いい天気だなぁと気持ちよさそうに空を仰いでいた。

振り向くと、ラウの荷馬車はもう村を出て遠く小さくなっている。

――私は本当に、ラウへの執着を全部捨てて新しい人生を踏み出せたんだなあ。

遠のいていく馬車を見て、清々しい解放感を覚える。ここが始まりなんだと思うと、浮き立つような気持ちになり、なんとなくじっとしていられなくなる。

「ね、ジローさん。今日は何か美味しいものを作ってお祝いしましょうか」

「おっ、いいねえ。あ、でもこないだ全部酒飲んじまったから、乾杯できねえや。村長に貯蔵酒を売ってもらうかなァ……っていうか、何のお祝い？　エロ君がやっと帰ったからとか？」

「んー……内緒です」

ええーなになに？　と不思議そうなジローさんに私はにっこりと笑いかける。

「いいじゃないですか。ジローさんと美味しいもの食べてお喋りしたい気分なんです」

「何それーディアさんおいちゃんを口説いてンのォ？」

いつものようにジローさんがニヤニヤしながら揶揄ってくるので、いつもやられてばかりの私は、たまにはやり返してみたい悪戯心が湧いてくる。

「そうですよ！　ジローさんを全力で口説いているんです」

満面の笑みで答えてやると、ぶはっとジローさんが噴き出した。

「ちょっと！　笑うとかいくらなんでも酷くないですか⁉」

「だっ……だってよ、ディアさんが冗談言うの初めて聞いたからさァ、笑っちまうだろ。今のはディアさんが悪いって」

「何でそうなるんですか！」

ムキになって怒るとジローさんはもう遠慮なくゲラゲラと笑っている。

「冗談ってわけでもないのに……」

「ん？　何か言ったァ？」

「何でもないです！　ジローさんの馬鹿！」

「ヤダ、ウチのディアさんが反抗期に……」

結局、私のほうが揶揄われっぱなしで終わったので、悔しくてジローさんの脇腹をむぎゅっとつかんでやる。

「ぎゃー！　くすぐりは卑怯だってェ！」

脇が弱点のジローさんは悲鳴を上げて飛び上がったので、少し溜飲が下がった私はやり返される前に走って逃げだした。

「あっ！　ちょっと置いていくなよォ。なんだよもう、今日のディアさん情緒おかしすぎだろ！」

訳が分からないといった顔をしながらジローさんが追いかけてくる。その様子がなんだかおかしくて、笑ってしまっていると、すぐに捕まってしまった。

「なんで逃げるんだよー。サミシーから一緒に帰ろうぜー」

「あはは、そうですね。ちょっとふざけすぎました。帰ったらお茶にしましょうか。朝早かったから、ちょっと体冷えちゃいましたね」

いつもより蜂蜜を多めに入れた甘いお茶にしよう。家のテーブルに座って、ジローさんと向かい合ってお茶を飲む光景を想像すると、それだけで心が温かくなってくる。

「じゃあ早く帰ろうぜ。ディアさんが風邪引いたらいけねえ」

ジローさんに促され、私たちは並んで家までの道のりを歩く。

手をつないで歩くわけでもない。けれど、肩が触れそうなくらいの距離で並んで歩くことができる。それが今の私たちの関係だ。

この関係性にどんな名前をつければいいのだろう？　友人？　同居人？　それともただの知り合い？　考えてみるが、当てはまる言葉は見つかりそうにない。

隣を見上げると、ジローさんの横顔がすぐ近くにある。時々肩がぶつかるけれど、お互い離れようとせずそのままの距離で歩いていることに胸が熱くなる。

その熱の意味に、この時もう私は気付いていたのかもしれない。

だけどその気持ちに向き合ってしまうと、全てが変わってしまいそうで怖かった。

「だから、もう少しだけ……」

このままでいさせてください。

肩にジローさんの気配を感じながら、何も気づかないふりをする。それが正しい選択でないことを自分で分かっているけれど、もう少しだけこの曖昧さに甘えていたかった。

# 番外編『冬ごもりを満喫する』

この冬、私は行ける日は村役場で仕事をして、雪の日はジローさんと、以前話していたとおり、ゆっくりと家のなかで過ごしていた。

とにかくダラダラ過ごすのが正しい冬ごもりなのだとジローさんは力説していたが、私はせっかく時間があるのだからジローさんのために服を仕立てようと最初から計画していた。

ジローさんは基本、着るものに頓着《とんちゃく》せず、手持ちの服はどれも着古したものばかりでいくら言っても買い替えようとしない。だからカップのお礼と称してジローさんに服をプレゼントしたかったのだ。

「というわけで、寸法を測らせてほしいので、服を脱いでくれませんか」

「ディアさん唐突だなァ！　おいちゃんこんな若い子に裸に剥《む》かれたら、お婿に行けなくなっちゃうよォ」

「もう、そうやってジローさんはすぐふざけるんですから。下着はそのままでいいですからそのシャツ脱いでください」

「ちょ、ディアさぁん！　男の服を脱がすのは淑女としてどうかと思うよ！　い、イヤアァァー！」

ジローさんが面倒くさいモードに入ったので私はさっさと上着を脱がせて採寸《さいすん》を始めた。

胸囲を測る時に抱き着くような形になると、ジローさんが顔を真っ赤にして照れていたので、思わず吹き出してしまう。

「なんでそんなに恥ずかしがるんですか？　ジローさんだって、ふざけて抱き着いてきたりしたじゃないですか」

「いやいやいや、だってさぁ、あん時はエロ君とかいたからさぁ。自分から抱き着くのとディアさんから来られるのじゃ違うってか、っひゃあぁ！　ちょっとディアさんソコくすぐったいからァ！　ひょえぇぇぇ」

「え、ジローさんくすぐったがりなんですか？　意外ですね。でも測れないんでじっとしていてください」

「ディアさん容赦ない！」

わちゃわちゃになりながら採寸を終える頃には、ジローさんはぐったりと乙女のような体勢で座り込んでいた。ちょっと無理やりすぎたかもしれないと反省する。

そうしてジローさんの羞恥心と引き換えに出来上がったシャツは、形から縫い目まで私がこれまで作ったどの服よりも完璧な仕上がりだったので、思わず自画自賛してしまうほどだった。

「ジローさん、出来上がったので試着してみてください」

「おーすげえ。もう縫い上がったのか。仕事が早《はえ》えなあ。あ、自分で着るからディアさんは手伝わなくていいぞ」

先日の採寸を根に持っているのか、強く手伝いを拒否してジローさんはシャツを着替える。

実際着た状態で見ても、採寸通りピッタリに出来上がっていて流行《はや》りの形に仕上げたシャツはジローさんにとても似合っていた。

「うん、カッコいいです」

「うわ、すげえ嬉しい。ちょっと待ってこの切り返し部分、すげえ凝ってる。袖口もかっけえ。これ着ると俺、めちゃくちゃ男振りが上がる気がしねえ？　うわーこれはディアさんが惚れちゃうやつだわー」

この時ばかりは人の分まで手仕事の裁縫をやらされていたおかげで技術が身についていてよかったと思った。

「仕立て代はどうすっか。金払うのもディアさんに失礼な感じするしなァ。なんかしてほしいこととかあるか？」

「要らないですよ。というかこれは以前頂いたカップのお礼にプレゼントするつもりだったので」

「カップ？　あーなるほど。ディアさんは律儀なァ。あんな安モン、シャツのほうが手間も価値も比べ物にならねえってのに。んでもせっかく俺のために作ってくれたんだから、有難く頂くわ」

「良かった、洗い替えとして使ってくださいね」

「いやいや、これは一張羅《いっちょうら》だわ。めでたい日にとっとくヤツだわ」

普段着として作ったのに、と主張したが、ジローさんはそのシャツを全然着てくれず綺麗に飾って眺めているだけなので、せっかく作った意味がなくなってしまって不満だった。

「毎日の着替え用に作ったんだから、ちゃんと着てほしいんですけど……」

「えー、だって俺が着たらディアさんの匂いが消えちゃうしィ。勿体ないしなァ」

ジローさんは訳の分からないことを言って時々匂いを嗅いだり撫でたりするだけで、結局着たのは完成後に試着した時だけだ。

なんだか納得がいかなかったが、とても嬉しそうな顔でシャツを眺めてくれているし、ジローさんなりに喜んでくれているならまあいいかと諦めた。


それから、ちょっと忘れかけていた『本当に何もしないで過ごすという日』というのも冬ごもりの間にする予定のひとつにちゃんと入っていたらしい。

「約束どおり、今日はディアさん完全休日だからな。あ、針仕事も仕事の本を読むのもダメだぞ？ひたすらダラダラして心身を休める日だからな？」

ある日、いつも通り朝ごはんを食べているとジローさんがこんなことを言ってきた。パンをかじっていたら唐突にやる気になったようで、今日実行する！　と宣言してきたので、かじったパンが変なところに入りそうになって、慌ててお茶で流し込む。

「んっ、それ本当にやるんですか？　せっかくなんで普段できないところの掃除をしたいと思っていたんですけど……」

仕事に行かない分、かなり時間に余裕があるのだから、それほど休息を欲していなかった私はあまり気が進まなかったのだが、本人はもうやる気になっている。

「掃除も洗濯も食事もぜーんぶ俺がやるんだってェ！　ディアさんはそこに座って働く俺の雄姿を眺めて応援してくれ。そして褒めてくれ」

ジローさんは私を長椅子に座らせて張り切って家事を始めた。完全に思い付きで始まった私の休息日に、不安しか感じないのは仕方がないと思う。

「なー、ディアさん。床拭くぞうきんってこれでいーのォ？」

「ディアさぁん！　ここビシャビシャでめっちゃ滑るから歩かないで！」

「ハタキ折れちゃった……ごめん……」

案の定、掃除するだけでこの騒ぎである。

別に休みたかったわけでもないし、むしろハラハラして休むどころではないから手伝うと申し出るも、後始末まで全部俺がやるから！　と止められてしまうので、横で助言しながら見守ることしかできない。

「よし、掃除が終わった。俺もやればできるだろォ？　な？　ディアさん」

「あ、はい。お疲れ様です。えっと、すごく床が綺麗になりましたね。ありがとうございます」

ものすごく褒めてほしそうにこちらを見てくるので、ぎこちなくお礼を言うと、ジローさんはニッコニコで頷いていた。私の褒め言葉を欲しがるその姿がちょっと可愛いと思ってしまう。

「次は洗濯だな。ディアさん洗濯物出して」

「いえ洗濯物はさすがに自分でやりたいので」

「何言ってんの。今日は全部俺がやるって言ったでしょ。ディアさんの下着も生地が傷まないように丁寧～に手で洗うからサ」

「ぜっっっったい！　嫌です！　ジローさんの馬鹿！」

どさくさに紛れて洗濯物の下着を取られそうになったので、ジローさんの頭をペシペシと叩いて必死に抵抗した。さすがにここは譲れない。

洗濯はいいからそろそろ昼食の準備をしたほうがと提案すると、しぶしぶながら諦めてくれた。昼までにはまだ間があったが、作るのも時間がかかるだろうと見越して早めに取り掛かるよう勧めたのだが、これが大正解だった。

「俺、ムズカシー料理はできないけど、愛情込めて作るからなー」

ジローさんは張り切って私を台所から追い出して、さっそく料理を始める。料理に関しては、ジローさんは傭兵時代に野営飯を作っていたからか、煮込み料理なら割と上手なのだ。

掃除と違ってこちらは心配要らないかなと思い、私はソファに座り本を読んで出来上がりを待っていた。

最初ガチャガチャと騒がしかった台所は、しばらくすると静かになったので、火にかけて煮込んでいるのかなあとぼんやり考えていたが……いつまで経っても台所からジローさんが出てこない。邪魔をしては悪いかと思い声をかけずにいたが、どうしても気になったので、こっそりと様子を窺ってみた。

「……ぐぅ……ぐぅ」

なんとジローさんは椅子に座ったままお酒の瓶を抱きしめて居眠りしているではないか。

「ジローさん！　火かけっぱなしですよ！」

「んがっ、あ！　やべえ」

鍋がボコボコ沸いて噴きこぼれていたので、飛び起きたジローさんは慌てて火から下ろしていた。急いで鍋をかき混ぜていたが、焦げるほどではなかったようで、ホッと胸をなでおろす。

「もう、火を使っている時に居眠りなんてダメですよ」

「いやぁ、酒がちょっと余ったから飲み干しちまおうと思って。そんで飲んだらうっかり眠くなってなぁ。次から飲み過ぎないように気を付けるよ」

「いや、料理中に飲んじゃダメです」

ごめーんと全然反省していない様子の返事をして、ジローさんは出来上がった料理を皿に盛り付け始める。

「ホラ、ご飯できたぜディアさん。そこ座ってて？」

ジローさんが作ってくれたのは、豆とお肉のハーブ煮だった。これは以前、傭兵時代に不味《まず》い肉をなんとか美味しく食べる方法として編み出したハーブやスパイスで誤魔化す調理法だと教えてくれた。ハーブの爽やかな香りが食欲をそそるので、作ってもらった時にすごく美味しいと褒めた記憶がある。

「わぁ、ありがとうございます。美味しそう。って、お匙《さじ》……ください」

さっそく頂こうと思ったら、なぜかジローさんが匙を握りしめている。

「ダメダメ、今日はディアさん何もしない日でショ？　ご飯も俺が食べさせるから。ハイ、あーんしなー」

「えっ、無理です！　赤ちゃんじゃないですし普通に食べさせてください！　やだやだ！」

「んーダメ。いい子だからあーんしてな？　ホラ、おいしいおいしいしようなー？」

匙を口元に運んでくるジローさんはニマニマと笑っていて、これは完全にからかわれているヤツだと考えなくても分かる。

「ジローさんこれ嫌がらせでやってますよね！　この前くすぐった仕返しですか？　大人げない！ジローさんおじさんなのに大人げないですよ！」

「ええ～仕返しだと思われているなんて、おいちゃんショックー。俺はただ、あーんて無防備に口を開ける可愛いディアさんが見たかっただけなのにぃ～」

「余計にダメです！」

本気で怒ったらジローさんはしぶしぶ匙を渡してくれたが、それからもずっと『俺が食べさせたかったのに』としばらく恨み言を言われた。

料理はお肉がほろほろによく煮えていて、ホクホクの豆とよく合ってとても美味しかった。料理のセンスはあるのに、どうして掃除は壊滅的に苦手なのか不思議でならない。

お皿を洗って片づけ終わったところで、ジローさんが上着を羽織って手袋をはめて外出の準備を始めた。どこへ行くのかと問うと、雪かきをしてくる！　とすごく得意げに宣言した。

「雪かきはさすがに一人でやるには大変だから、私もやりますよ」

ここ数日降り続いたあとだったので、屋根の雪下ろしと家の周辺の雪をちょっと片づけるだけでも重労働になる。この積雪量を片づけさせるのは申し訳ないので、私も上着を着かけたのだが、そこはまた、私は『今日は何もしない日』だからダメなのだと言う。

「ディアさんは俺の雪かきする雄姿を、そこの窓から眺めて応援してくれなァ」

いつの間にか用意されていた温かいお茶を渡されて、窓際の椅子に座らされる。もこもこに着ぶくれたジローさんは意気揚々と一面の雪景色に飛び出して行った。

いつもは、屋根の雪下ろしから始めて、それを運んで片づけて、そのあとは家の前の道と畑までの小道を歩けるくらいに雪を退《の》けるまでやるのだが、それをひとりでやるつもりらしい。

最初、ざっくざっくと雪を投げ飛ばしていたジローさんも、案の定すぐに勢いがガタ落ちでヘロヘロになっていた。

心配で窓から見つめていたら、顔を上げたジローさんと窓越しに目が合う。頑張って！　の意味を込めて手を振ったら、ものすごく笑顔になって手をブンブンと振って応えてくれた。

一面の雪景色のなか、ジローさんがこっちを見て笑っている。

その光景を見た時、どうしてか胸がぎゅっとして涙が出そうになった。

私が変な顔をしていたせいか、ジローさんが不思議そうに首をかしげている。慌てて笑顔で手を振り返すと、安心したようにもう一度大きく手を振ってくれた。

「……幸せだな」

ごく自然にそんな言葉が口をついて出る。

どうやら、人は幸せでも泣きたくなる生き物らしい。そんな気持ちがあるなんて、今まで知らなかった。ジローさんといると、たくさんの気持ちが湧き上がってくる。

雪まみれでスコップを振り回しているジローさんの姿はなぜかとてもキラキラ輝いて見えた。

しばらく幸せをかみしめながらジローさんを眺めていたけれど、なにせ雪かきは単調な作業の繰り返しで時間がかかる。だんだん何もしないでいる時間が勿体なくなってきて、こっそり仕事の本を持ってきて読み始める。

それを目敏《めざと》く見つけたジローさんが窓越しに雪を投げてくる。

「勉強してたら休んだことにならねえーぞー！」

とことんのんびりするのが今日の私の使命らしい。仕方なく本を置いてジローさんに手を振るだけでその時間を過ごすしかなかった。

雪まみれになってジローさんが部屋に戻ってきたので、着替えをしている間にホットワインを作る。しっかり火にかけて酒精を飛ばすのも忘れない。以前ジローさんが作ってくれた味を思い出しながら、少し甘めに仕上げた。

「お疲れ様でした。温まるから飲んでください」

ホットワインを差し出すと、ジローさんは嬉しそうに凍《こご》えた両手でカップを包んで、ふうふうしながら飲み始める。

「あ～～～あったまるぅ。でもなんでホットワイン？　この話題出すといつもディアさん怒るから、てっきり嫌いなのかと思ってたけどな」

「それはジローさんが酔っぱらった私がいかに酷かったかって何度も言うから！　ホットワインは、あの時……私のために作ってくれたのが、すごく嬉しかったんです。思い出の味なんで、なんとなく作りたくなったんです」

あの時飲んだホットワインは、甘くて温かくて、体中に染みわたっていくみたいに感じて、真っ黒に汚れて凝り固まってた心を解きほぐしてくれた。私はあの時の味を一生忘れないだろう。

作ってくれた張本人のジローさんは、そうかぁ～となんてことないように言って、まだ熱いワインをごくごくと飲んでいた。

この人は、私がどれだけあの時のことに感謝しているのかなんて、きっと考えもしない。

向かい合ってホットワインを飲んでいると、過去からずいぶんと遠いところに来たと今更ながら実感して、今こうして過ごす時間がとても尊く感じた。


夕飯はお昼にジローさんが作ってくれたものの残りを食べ、早めに湯を使って、あとは二人でなにをするでもなくゆったりと過ごしていた。

でもジローさんが何度も腰をさすっているので、どうしたのかと聞くと、昼間の雪かきで張り切りすぎて腰を痛めてしまったらしい。

「あ、じゃあ今日のお礼に腰を揉みましょうか」

軽い気持ちで提案すると、ジローさんは思いっきり首を振って断ってきた。

「いやいやいや！　いいって。ホント、明日にゃ治るからよ。ディアさんにそんなことさせられねえし！　気にしなくていいって」

「遠慮しないでください。明日起きられなかったら困るでしょう？　えいっ」

妙に嫌がる様子から、なにか面白いものを感じて、好奇心も手伝って私はじりじりと逃げ腰のジローさんを半ば無理やりひっ捕まえて、長椅子にゴロンと寝かせた。

腰をぎゅっと揉むと、ジローさんから変な声が漏れる。

「ひゃああ！　ちょ、待って、あの、ホント気持ちだけでってェ！　く、くすぐってぇ！」

もみもみするたびに奇声をあげるジローさんを見て、調子に乗った私は、背中から足までくまなく揉み解してみた。

「ディアさあん！　マジでっ！　ひょあああ！　これ、あーんしようとした仕返し⁉　待ってホント、復讐からはなにも生まれないよぉ！　いやあああああ」

ジローさんの必死な姿が面白くて、ついやりすぎてしまったら、本気で泣きそうになっていたのでちょっと反省する。

「ディアさんめっちゃ面白がってただろ。俺、脇とかくすぐられんの本当にダメなんだわ」

わざわざそんなことをばらしてしまうものだから、私の中で悪魔が囁く。すっと脇に手を入れてこしょこしょっとくすぐってみる。

「キャ――――！」

女の子みたいな可愛い奇声を上げたので、もう息もできないくらいに笑ってしまった。

「ご、ごめんなさ、ふふふ、もうジローさん可愛い。あはは」

もう立っていられないくらい爆笑する私を恨みがましい目で見ている。

「もおお〜しょうがねえなあ。爆笑するディアさんが可愛いから許しちゃうけど、脇くすぐりは一生禁止だからな！」

怒り切れないジローさんは本当に優しい。

翌日、私はゆっくりさせてもらったお礼にジローさんの好物を作ってあげることにした。

朝から林檎をスパイスと一緒に甘く煮ていると、匂いを嗅ぎつけたジローさんが台所に顔を出した。くつくつ煮込む鍋を見て、目を輝かせている。

「ディアさぁん、なんかいい匂いするー。もしかして、オヤツ作ってる？」

「あ、出来上がるまでのお楽しみです。だから入ってきちゃダメです」

もう甘い香りでばれているとは思うが、お楽しみと言うとジローさんはものすごく嬉しそうにニヤニヤして、白々しく「えーなにかなー」ととぼけていた。

バターと生地を層になるように何度も重ねてパイ生地を作り、それを器に沿わせてかたちにする。さきほど煮た林檎を生地に流し入れ、その上から網目状にしたパイ生地で蓋をして、熱したオーブンに入れて焼き上げる。

火を入れているうちに、甘い香りが部屋中に広がって、ジローさんがソワソワと台所の前を行き来していた。

このアップルパイはジローさんの大好物なのだ。

林檎畑が家の裏にあるから、昔は林檎農家だったのだろうが、彼の口からそれが語られたことはない。でも初めてアップルパイを作ってあげた時、ジローさんはものすごく喜んで、何度も美味いと言ってお代わりをしてくれた。

食べながらどこか遠い目をしていたことに私は気付いていた。その時から、もしかして思い出の味なのかなと勝手に想像していたのだが、家が林檎農家だったら、小さい頃にお母さんが作ってくれたとしても不思議ではない。

昔のことはなんとなく訊かれたくないようで、私も話題に出さないようにしている。だからその予想が当たっているのか分からないけれど、何か食べたいものはあるかと訊ねるといつも『アップルパイ』と答えていたので、大好物なんだろうと思っていた。

だから昨日のお礼をするなら、アップルパイしかないと思ったのだ。

パイが綺麗なきつね色になったところでオーブンから取り出すと、待ちきれなくなったジローさんが台所に入ってきた。

「うっわ、美味そう！　なあディアさん、これ俺のために作ってくれたんだよな？　俺食べていいやつだよな！」

「もう、粗熱《あらねつ》取れるまで待ってください」

「えー熱々の食べてみたい。熱いとダメなのか？　なあ、ちょっとだけでいいからー」

食べたい食べたいと駄々をこねるので、まあこれはジローさんのために作ったものだしと思い、味見に一切れ熱々のまま出してあげることにした。

まだ焼き立てのパイはナイフを入れると柔く崩れて切りにくいが、甘酸っぱい香りの湯気が一気に立ち込めて食欲をそそる。

ジローさんは、注意したにもかかわらず熱々のパイを口に入れて案の定悶絶していた。

「あっふ！　あふい！　ん！　でも美味い！　熱い林檎がめちゃくちゃ甘酸っぱくて美味い！」

熱い熱いと笑いながらパイを頬張るジローさんは、まるで子どもみたいにはしゃいでいた。

私も試しに一切れ切り分けて皿に取り、出来立ての熱いパイを口に運んでみるが、確かに冷めた時よりも甘みと酸味がはっきりしていてすごく美味しかった。

「熱々のアップルパイなんて、初めて食べました」

私が料理を習ったのは、女衆の集いで炊き出しをする時や、家で働いてくれていた調理場の人たちの仕事を手伝いながら教えてもらったものだから、勉強や仕事と同じで習ったとおりにするのが正しいと頭のどこかで思い込んでいた。

粗熱を取って冷ましてから食べるのよ、と言われたことをずっと覚えていて、それを約束事のように守っていた。だから熱いうちに食べるなんていけないことのような気がしていたが、考えてみると熱いうちにナイフを入れるとこのように崩れてしまうからという理由だろうと想像がつくし、それは絶対に守らなければいけない事柄でもなんでもなかったんだなと気が付く。

教えられたとおりに、言いつけどおりに従うだけで、私は本当に自分で考えることを止《や》めて生きてきたんだなあと改めて恐ろしくなる。

――もし、もっと昔から自分で考えて物事を見定める努力をしていたら、両親のこともラウの家のことも、もっと違った結果になっていたのだろうか……。

崩れたパイを眺めながら、また過去を思い出して少し気分が落ち込んでしまったが、いつの間にかジローさんがお代わりして半分以上を食べてしまっているのを見て、そんな感傷は吹き飛んでしまった。

「あっ！　味見だけって言ったのに、こんなに食べちゃったんですか？」

「えーだってディアさん止めないしーいいのかと思ってー」

砂糖がたくさん使われているのだから、こんなに一気に食べるものじゃないと言って、抱え込んでいた皿を取り上げた。

「残りはまた夕飯のあとに食べましょうね」

いっぺんに食べてしまうより、少しずつ楽しむほうがいいでしょうと言うと、ジローさんはようやく諦めてフォークを置いた。

「アップルパイなんて滅多に作ってもらえなかったからよぉ。林檎は山ほどあんのに、母親は作るのがすげえ面倒臭《くせ》えんだって言ってさ。本ッ当にたまーにしか作ってもらえなかったんだヨ。ガキの頃、焼き立てを好きなだけ食ってみてえなと思ってたから、つい」

我慢できなかったわーと笑うジローさんに、私は驚きが顔に出ないよう気を付けて相槌を打つ。

初めて聞くお母さんとの思い出話を聞かせてもらえて、何故か胸がドキドキした。

「でもさ、前にディアさんが作ってくれた時、初めてちゃんと作り方見たけどさァ、確かにすげえ手間かかって面倒臭えんだな」

「そう……ですね。もっと簡単なのもあるんですが、この作り方のほうが美味しいと思うから……」

「そうなんだなあ。林檎煮るのも時間かかるけど、生地もさ、混ぜるだけじゃダメなんだな。でも面倒な作り方のおかげであんなに美味いんだよなあ。そんな手間のかかるもんを、ディアさんは嫌な顔ひとつせず作ってくれるから、すげえ優しいよなあ」

ありがとな、と急にしんみりした声でお礼を言われて、不意打ち過ぎてうっかり泣きそうになってしまったが、ぐっとこらえる。

「……いつでも作りますよ。美味しそうに食べてくれるの、私も嬉しいですから」

涙はこぼれなかったが、声が震えてしまったせいで、泣きそうになっているのがバレてしまった。

「ちょ、なんで泣くんだよー。お、俺なんかダメなこと言っちまったか？」

「だってジローさんが、急に真面目にお礼を言うから……」

「お礼で泣いちゃうのかよ。もー、びっくりしたなあ。ディアさんは案外泣き虫だよな」

違う。私は昔は泣くのが苦手だった。

泣けたら楽だろうと思っても、固く凝り固まった心が涙をせき止めていた。

――こんな風にすぐに泣いてしまうのは、あなたの前だから。あなたが私を、素直に涙を流せるようにしてくれた。

心の中でたくさんの言葉を彼に向かって語りかけるが、口に出すことはできなかった。

ジローさんは涙目の私に困っているようだったが、それでも涙が引くまでずっとそばにいて、優しい瞳で見守ってくれている。

今日のこの出来事も、冬ごもりの間の楽しい思い出のひとつになった。

たくさんの思い出が、私の中で大切なものとして積み重なっていく。

張り切って掃除をして失敗していたジローさん。

雪まみれで手を振ってくれた時の嬉しそうな顔。くすぐられて涙目になりながら笑い転げていた姿も可愛かった。

子どものようにはしゃいでパイを頬張る姿も、全部全部、大切な思い出だ。

私は今日のことを一生忘れないだろう。

たとえこの先どんな人生を送ることになっても、彼と過ごした日々は人生のなかで一番キラキラした時間として私の中に残り続ける。

優しく細められた瞳に、私が映っているのが見える。この瞬間が永遠に残るよう、祈るような気持ちでゆっくりと瞬きをした。決して色褪《いろあ》せないよう、瞼の裏に焼き付けるように。

# 嫉妬とか承認欲求とか、そういうの全部捨てて田舎にひきこもる所存　1

＊本作は「小説家になろう」（https://syosetu.com/）に掲載されていた作品を、大幅に加筆修正したものとなります。
＊この作品はフィクションです。実在の人物・団体・事件・地名・名称等とは一切関係ありません。


2023年10月20日　第一刷発行

著者 ………………………………………… エイ
©EI/Frontier Works Inc.
イラスト ………………………………………… 双葉はづき
発行者 ………………………………………… 辻 政英
発行所 ………………………… 株式会社フロンティアワークス
〒170-0013　東京都豊島区東池袋3-22-17
東池袋セントラルプレイス5F
営業　TEL 03-5957-1030　FAX 03-5957-1533
アリアンローズ公式サイト　https://arianrose.jp/
装丁デザイン ………………………… ウエダデザイン室
印刷所 ………………………… シナノ書籍印刷株式会社